U0028088

THE SILENT PATIENT

緘默的病人

ALEX MICHAELIDES

艾力克斯・麥可利迪斯 —— 著　吳宗璘 —— 譯

媒體名人盛讚

艾力克斯·麥可利迪斯寫出了我有生以來所看過的最佳心理懸疑小說之一。這部擁有絕對驚嚇結局的小說，是一場壓力沉重的偏執夢魘！

——《紐約時報》暢銷書《人生複本》作者，布萊克·克勞奇

這是我們近年來看過最叫人目不轉睛的心理驚悚小說之一。文筆優美，佈局精巧，它毫不留情，把你硬拉進去，一直要到最後的驚人轉折出現之後才肯放手，絕對與眾不同的精采作品！

——暢銷書排行榜冠軍《*Pendergast*》作者，道格拉斯·普列斯頓與林肯·查爾德

精緻俐落的敘事手法，內蘊真正的懸疑情節——無論就任何標準來看，都屬極為上乘之作！

——傑克·李奇暢銷書系列作者，李·查德

鳳毛麟角：完美的驚悚小說。這本了不起的小說看得我熱血沸騰——真的是無法釋手。我知道自己入了坑，爬不出來，十一個小時之後——凌晨五點四十七分——我一口氣看完了，驚嘆讚服不已！

——《紐約時報》暢銷書排行榜冠軍《後窗的女人》作者，A·J·芬恩

慢火鋪陳的絕妙心理驚悚小說，佈局精巧，而且還有讓我真的嚇了一大跳（這一定要功力非凡）的暗黑伏筆。作者超厲害，拜託，再多寫一點吧！

——《濃情巧克力》作者，喬安娜・哈里斯

『我再看一章就休息了，一章就好。』只要你一拿起這本書，你一定會對自己說出這句話，但最後還是會繳械投降，繼續看到那令你大呼意外的精采結局——無論你是多厲害的偵探，也絕對猜不出結果！

——《*IF I Die Before I Wake*》作者，艾蜜莉・寇區

《緘默的病人》悄悄襲身，宛若暗巷裡殺出的一道可怕幽影。麥可利迪斯打造出一部創意十足、令人癡迷的心理懸疑小說，實在太詭譎獨特，應該要自成一派類型才是。我花了兩個晚上就看完，所有美麗的文字、恐怖的相會、驚奇的轉折，都讓我回味不已。指尖急速翻閱的摩擦力，將會讓你的書著火！

——《*End Game*》作者，大衛・鮑爾達奇

精采絕倫……全程緊張刺激，令人無法喘息，根本猜不到結局，完全不可能！

——史蒂芬・佛萊

令人愛不釋手，大呼過癮！

——《*The Magpies*》作者，馬克．愛德華茲

了不起，一打開就上癮！

——《*Now You See Her*》作者，海蒂．佩克斯

大師級的構局，希區考克式的懸疑風格，還有絕對會讓人掉下巴的結局，不讀不可的佳作！

——暢銷書《*The Hunting Party*》作者，露西．佛利

我今年看過最棒的懸疑小說之一。大師級佈局，步調緊湊，作者的巔峰極品！

——《消失的女孩》作者，卡拉．韓特

『那一刻』到來的時候，我居然沒有發現，不禁讓我十分懊惱。我從來沒有判斷失準卻如此過癮的經驗——強力推薦！

——《週日泰晤士報》暢銷書《粉筆人》作者，C．J．杜朵

真正令人不寒而慄，令人驚呼的意外轉折！

——《週日泰晤士報》暢銷書《*The Craftsman*》作者，莎拉．鮑爾頓

佈局精準，文筆充滿機鋒的小說，掀開了創傷與人性心理複雜性的面紗。

——《週日泰晤士報》暢銷書《*Good Me, Bad Me*》作者，艾麗．蘭德

令人驚豔的處女作……充滿原創性的心理分析小說作品。我對艾力克斯的下一部作品充滿興奮期待，這傢伙的確有才，實在罕見，天賦異稟！

——《不能贏的辯護》作者，史蒂夫．卡瓦納

本書定義了什麼叫作令人愛不釋手，關鍵轉折宛若甩在臉上的一巴掌，來得又狠又快！

——《*The Good Samaritan*》作者，約翰．馬爾斯

許多小說，尤其是心理懸疑類，都有吹捧過度的問題，但這本二〇一九年在茫茫書海中脫穎而出的優秀作品，絕對值回票價！

——《*Heat*》雜誌

艾力克斯．麥可利迪斯的初試啼聲之作是部懸疑小說，某名女子對丈夫任意施加暴行，心理治療師執意要挖出她的真正動機。步調明快，層次複雜，完全意想不到的結局轉折，這是一部會讓人久久不忘的作品。

——《Dead Good Books》網站

頂尖之作……這本獨特、佈局精緻的心理懸疑小說，建立了麥可利迪斯的一線地位。

——《出版人周刊》星級評論

精緻佈局，加上障眼法與諸多轉折，編劇出身（電影《失控好萊塢》）的麥可利迪斯的懸疑處女作的結局，一定會讓絕大多數的讀者大吃一驚。陰鬱、獨特，令人想一口氣讀完！

——《圖書館期刊》

本書一點也不低調，大聲宣告了艾力克斯．麥可利迪斯是心理懸疑小說的新秀！

——《Shelf Awareness》網站

初試啼聲的小說家麥可利迪斯，藉由向希臘神話、藝術，以及愛情的致敬方式，成功糊化了精神變態與理智之間的界線。結合過往日記內容與現今敘事，娓娓道出多重故事軸線，扭合為一的時候，情節更加糾葛不清，讓讀者坐立不安，苦思猜測。這部作品令人愛不釋手，充滿情感面的恐懼與張力，而且還有就連最經驗豐富的懸疑小說讀者也會嚇出一身冷汗的結局轉折。

——《書訊》

不過，她為什麼不說話？

——歐里庇得斯，《阿爾克斯提斯》

序曲

艾莉西亞．拜倫森的日記

七月十四日

我不知道為什麼我要寫下這些話。

那不是真的。也許我早就一清二楚，但只是不想承認罷了。

我甚至不知道該怎麼稱呼它才好——也就是我現在下筆的這些文字。說是日記，未免有些矯情，我又不是有什麼非說不可的事。安妮．法蘭克寫日記，賽繆爾．皮普斯也會寫這種東西——但輪不到我這種人。也不知道為什麼，把它稱之為「日誌」，似乎太拘泥了點，彷彿天天都得要寫東西一樣，但我不想——如果變成了每天都得完成的日常事務，我就不想碰它了。

也許我不會給它任何名稱，就是一本偶爾抒發心情的無名記事本，這樣比較好。一旦取了什麼名字，就無法看透它的本質或者重要性。你會對它的名稱鑽牛角尖，然而這其實只是最微不足道的部分，冰山之一角。文字從來就不是我的強項——我一直依賴畫面思考，以圖像表述自我——所以，都是因為蓋布瑞爾的關係，我才會開始動筆寫東西。

我最近因為諸多紛擾而陷入低潮。本來以為自己掩飾得很好，但他還是注意到了——當然，一切都逃不過他的法眼。他問我畫得怎麼樣了——我說不順利。他交給我一杯紅酒，我就坐在餐桌前，看著他煮菜。

我喜歡望著蓋布瑞爾在廚房裡忙進忙出的模樣。他是優雅的廚師——動作細緻、宛若芭蕾舞者一樣，而且有條不紊，而我卻總是搞得亂七八糟。

他開口，「那就跟我說吧。」

「沒什麼好講的，只不過有時候腦袋當機罷了，我覺得自己像是在泥地裡跋涉前進。」

「怎麼不把自己的心情寫下來呢？就當作是某種紀錄，也許有助釐清思緒。」

「嗯，應該吧，我會試試看。」

「親愛的，不要只是說說而已，要動手啊。」

「一定。」

他一直在煩我，但我也無計可施。過了幾天之後，他送給我這本可以寫東西的小冊子，黑色的真皮外封，厚厚的雪白紙頁。我伸手撫摸第一頁，感受到那股滑順質感——於是，我削了鉛筆，開始寫東西。

當然，他說對了，我的心情好多了——寫下思緒，等於提供了某種抒發的管道，是一種出口，是可以表達自我的空間。我想，有點像是治療吧。

蓋布瑞爾什麼都沒提，但我看得出來，他很擔心我的狀況。如果我必須老實招認的話——也沒有說謊的必要——我同意寫日記的真正原因其實是為了要讓他安心——證明我好好的。我連讓他不舒服、不開心，或是造成他受苦都不願意了，要是害他為我煩心，我會受不了。我好愛蓋布瑞爾，毫無疑問，他是我的一生摯愛，我對他的愛好純粹，沒有任何保留，有時候，簡直讓我愛得惶惶不知所措，我不免在想——

不，我不會把它寫出來。

這將是激盪我藝術靈感的思維與圖像的美好紀錄，全都是能夠引發創造力的事物。我只會寫下正面、幸福、一般生活日常的想法。

絕對不能出現任何的瘋狂念頭。

第一部

耳聰目明者應該都心知肚明，沒有世人能夠保守秘密。就算雙唇保持緘默，指尖也會喋喋不休，每一個毛孔都會洩露真相。

——西格蒙德．佛洛伊德，《精神分析導論演講》

1

艾莉西亞．拜倫森當年殺死老公的時候，三十三歲。

他們結婚七年。兩人都是藝術工作者──艾莉西亞是畫家，而蓋布瑞爾則是名時尚攝影師。他的風格特殊，喜以詭奇的直白角度拍攝那些餓得半死的半裸女子，他過世之後，生前作品的價格也開始以驚人速度飆升。老實說，我覺得他的東西浮誇又膚淺，完全沒有艾莉西亞巔峰之作的那種內蘊質感。當然，我對藝術認知有限，無法斷言艾莉西亞．拜倫森的畫家地位是否能夠經得起時代的考驗，她惡名昭彰，藝術才華也顯得黯然失色，所以很難客觀看待。也許你會指責我偏頗，但我也只是表述個人意見而已。對我來說，艾莉西亞也算是天才。除了技巧之外，她的畫作具有一種攫取觀者目光的神奇魔力──幾乎是，鎖喉──宛若老虎鉗一樣緊掐不放。

蓋布瑞爾．拜倫森在六年前慘遭謀殺，時年四十二歲。八月二十五日身亡──也許你有印象，某個異常酷熱的夏日，創下了什麼最高氣溫紀錄，他死亡的那一天，是當年最炎熱的一日。

蓋布瑞爾在世的最後一天，他一大早就起床了。某輛派車在五點十五分到達他與艾莉西亞的家，位於倫敦西北部、漢普斯特德邊郊的住所，司機把他載到肖爾迪奇，進行拍攝工作。他一整天都待在某個屋頂上面，為《*Vogue*》雜誌拍攝模特兒。

至於艾莉西亞那天的行蹤，大家並不是很清楚。她馬上就要開展，一直忙著畫畫，應該是整天都窩在自宅花園後方的夏屋裡作畫，她最近才把它改建為畫室。最後，蓋布瑞爾工作到很晚才結束，直到十一點才被送回家。

過了半小時之後，他們的鄰居，芭比．赫爾曼，聽到了數起槍響。芭比打電話報警，十一點三十五分的時候，哈沃史托克丘派出所派出警車，不到三分鐘的時間就到達拜倫森住所。

大門開敞，屋內一片漆黑，所有的燈都沒開。警員走入門廳、進入起居室，以手電筒四處搜尋，時斷時續的光束照亮了屋內，他們發現艾莉西亞站在壁爐旁，白色睡衣在手電筒燈源的映照下發出慘光，整個人宛若幽魂一樣。她對於警方到來似乎不以為意，她僵挺凝凍——成了一具冰雕——臉龐流露出詭異的驚懼神情，彷彿見到了什麼不該看到的恐怖畫面。

地板上有把手槍。蓋布瑞爾坐在一旁的陰暗處，動也不動，腳踝與手腕被鐵絲纏綁在椅子上頭。警察起初以為他一息尚存，他的頭無力側垂，宛若昏迷不醒。然後，手電筒的光束照到蓋布瑞爾中了好幾槍的面孔。英俊的五官就這麼沒了，只剩下一團血糊的爛泥。濺滿他背後牆壁的那些碎末包括頭骨、腦漿、頭髮——以及血塊。

鮮血到處都是——從牆面流下、在地板上匯成小河，浸染了木板條地板的紋理。警方判定那是蓋布瑞爾的血，但這種血量也未免太多了。然後，手電筒映出了某個東西的閃光——艾莉西亞腳邊地板上有把刀子。另一道光照到了艾莉西亞白衣上的濺血痕跡。某名警員抓住她的雙臂，舉高，對著光源，她的雙腕有多處傷及血管的割痕，她大量失血，但依然還活著。

第二天，艾莉西亞躺在醫院的私人病房，在律師的陪同之下、接受警方偵訊，她全程不發一語。雙唇發白，毫無血色，偶爾會顫抖兩下，但始終無法說出任何一個字句，發不出聲音。她沒有回答任何問題，不能言語，不願言語。就連因為殺害蓋布瑞爾而遭到起訴的時候，也沒有講話。

艾莉西亞再也不說話。

她堅持不語，讓這起事件不再是一般的家庭悲劇，反而蛻變成某種更了不得的轟動事件：佔據頭條版面不放、緊緊抓住大眾想像力長達數月之久的懸疑謎團。

艾莉西亞一直不說話——但她還是提供了自白，一幅畫作。這是她出院之後、等待審判開始之前的居家軟禁期作品。根據法院指派的精神病專科護士表示，艾莉西亞簡直不吃不睡——幾乎所有的時間都拿來作畫。

通常，艾莉西亞必須花上好幾個禮拜、甚至是好幾個月的醞釀，才能著手進行新的作品——不斷修改的草圖、安排與重置構圖、測試顏色與形式——經過了漫長的孕育期之後，才能一筆一筆地辛苦畫圖，宛若難產一樣。不過，現在她的創作過程卻發生了巨大變化，謀殺親夫之後，才不過短短幾天，就完成了這幅畫作。

對於大多數的人來說，這已經足以構成撻伐她的理由——在蓋布瑞爾死後沒多久就重返畫室，流露出她異常漠然的性格，這是冷血殺手毫無悔意的殘暴獸性。

也許吧。但我們千萬不要忘了，雖然艾莉西亞．拜倫森可能是殺人犯，但她也是藝術家。拿起畫筆作畫、在帆布上表達內心的複雜情緒——至少對我而言——這種行為十分合理。難怪她的揮灑出現難得一見的輕鬆暢快，如果，悲傷能被稱之為輕鬆暢快的話。

這幅畫是自畫像，她在畫布的左下角以淺藍色的希臘字母、寫下了畫作名稱——只有一個名字。

阿爾克斯提斯。

2

阿爾克斯提斯是某部希臘神話的女英雄，那種哀戚至極的愛情故事女主角。阿爾克斯提斯自願為先生阿德墨托斯犧牲生命，願意為他受死，一部有關自我犧牲、另人惴惴不安的神話故事。但它與艾莉西亞之間到底有什麼關聯，依然混沌不明，其蘊含的暗示意義讓我百思不解了好一段時間。直到有一天，我終於領悟到真相……

但我這樣敘述也未免太急躁，衝過了頭。我應該要從頭開始，讓所有事件自我表述。我不該為它們塗抹上色、扭曲它們，或是講出任何的謊言。我應該要按部就班，步履緩慢，小心翼翼。不過，該從哪裡著手？我應該先做自我介紹，但也許先不要這麼做比較好，因為，我畢竟不是這齣戲裡的英雄。這是艾莉西亞・拜倫森的故事，所以我必須從她——以及阿爾克斯提斯——作為起點。

這是一幅自畫像，謀殺案發生之後、艾莉西亞在自家畫室的模樣，她站在畫架與畫布前面，手裡拿著畫筆。她全身赤裸，身體的細節盡顯無遺：一綹綹的紅色長髮垂落見骨不見肉的肩頭、半透明肌膚下的青筋清晰可見，還有雙手的簇新割腕傷口。她掐著畫筆，紅色顏料滴落而下——或者，那其實是鮮血？在她作畫的那一瞬間，被定格下來——不過，她面對的畫布一片空白，表情也同樣空茫。她回頭，直視著每一個觀者，張開嘴唇，沉默無語。

在法院審理案件的時候，負責代理艾莉西亞作品的蘇活區小畫廊經理尚費利克斯，做出了充滿爭議的決定，許多人指責他譁眾取寵，唯恐天下不亂，因為他執意要展出《阿爾克斯提斯》。現在，畫家因為謀殺親夫而入獄，也讓畫廊出現了成立許久以來、前所未見的景觀，為了等待入內參觀的排隊人潮。

我與其他引頸期盼的藝術愛好者一起排隊，站在隔壁成人用品店的紅色霓虹燈管招牌旁邊，一個接著一個，陸續進去。大家進入藝廊之後，紛紛衝向那幅畫作前面，宛若遊樂園裡的興奮群眾直搗鬼屋一樣。最後，我站到了第一排——與《阿爾克斯提斯》面對面。

我盯著那幅畫，望著艾莉西亞的容顏，想要判讀她的眼神，了解她的思維——但那幅畫像卻拒絕溝通，艾莉西亞回瞪我——戴著沒有任何表情的面具——高深莫測，難以捉摸。我的直覺告訴我，她的神情並非無辜，但也不是有罪之人。

對其他人來說，判讀她這個人倒是容易多了。

站在我後頭的女子低聲說道，「根本就是個大魔頭。」

「就是說嘛，」她的女伴附和，「冷血的賤女人。」

我心想，這樣說未免有些不公平——艾莉西亞畢竟還沒有被定罪。不過，這種結果也是意料中事，八卦小報早從一開始就把她定位為壞蛋：蛇蠍美人、黑寡婦、禽獸。

事實擺在眼前：蓋布瑞爾的屍體旁只有艾莉西亞，手槍上頭也只有她的指紋，她殺死蓋布瑞爾，無庸置疑。不過，就另一方面來看，她的殺人動機，依然是未解之謎。

媒體爭論不休，報章雜誌、廣播以及晨間談話性節目也衍生出各式各樣的理論。

針對艾莉西亞的行為，他們找專家予以解釋、譴責、合理化。她一定是家暴案的受害者，沒錯，被欺壓過頭，最後大暴走？另一派理論則是他們玩性愛遊戲擦槍走火——先生被綁起來了，不是嗎？有些人則懷疑這是傳統的妒妻殺人案——應該是另有女人吧？不過，蓋布瑞爾的哥哥在法院審案時供稱弟弟是個忠心耿耿的好老公，深愛妻子，那麼，是因為錢嗎？艾莉西亞並沒有因為老公之死而得到什麼好處，她才是有錢人，曾經從父親那裡得到了大筆遺產。

所以各種臆測沒完沒了——沒有答案，只有越來越多的問題——艾莉西亞的動機，還有行兇之後的沉默以對。她為什麼拒絕開口？這蘊含了什麼意義？她是不是想要隱瞞什麼？保護某個人？如果是這樣，是誰？又是為什麼？

此時此刻，我回想起當初每一個人都在討論、書寫、爭辯艾莉西亞的事件，然而眾人瘋狂喧囂的核心卻是一片空白——只有沉默，解不開的謎團。

對於艾莉西亞堅持不開口，法官在審案件時抱持了懷疑的態度。艾佛史東法官強調，無辜者通常會大聲喊冤——而且，是頻頻護衛自己的清白。但艾莉西亞不只是保持緘默，而且完全看不出任何悔意，審理過程自始至終都沒看她哭過——媒體報導特別強調這一點——她面無表情，冷若冰霜。

被告律師別無選擇，只能尋求認罪減刑：他宣稱艾莉西亞一直因精神問題所苦，早自童年時期就有跡可尋，法官認定這只是傳言，大部分的主張都被駁回——不過，到了最後，帝國學院精神鑑定科系任教的拉札魯斯．迪奧米德斯教授，同時也是北倫敦某間精神病療養院「葛洛夫」的醫療長，他的證詞卻讓法官陷入搖擺。根據迪奧米德斯教授的主張，艾莉西亞拒絕說話正是嚴重心理疾病的明證——應依此特殊狀況審酌量刑。

當心理學家想要說出某個不方便點破的事實的時候，就會採取這種相當迂迴的說法。

迪奧米德斯認為艾莉西亞是瘋子。

這是能夠解釋一切的唯一理由：不然為什麼要把心愛的男人綁在椅子上面？然後以這麼近的距離、拿槍轟爛他的臉？而且，看不出任何悔意，沒有提出解釋，甚至根本不開口？她一定是瘋了。

絕對沒錯。

最後，艾佛史東法官接受了認罪減刑，也建議陪審團據此作出決議。艾莉西亞隨後被送進葛洛夫——接受迪奧米德斯教授的監管，當初就是他的證詞大大影響了法官。

其實，如果艾莉西亞沒有發瘋——也就是說，要是她不說話純粹是在演戲，是為了要討好陪審團所作的一場表演——那麼，的確發揮了效果。她免去了漫長的牢獄之災——而且，要是她能夠完全康復的話，有機會可以重獲自由。當然，現在就是開始佯裝康復的時機了吧？三不五時講幾個字，然後，又多說一點，慢慢傳達出某種悔意？但就是沒有。一週接著一週過去了，一個月接著一個月過去了，接下來，好幾年過去了——艾莉西亞依然不說話。

全然沉默。

而且，已經再也沒有任何新事證，失望的媒體終於失去了對艾莉西亞・拜倫森的興趣。她也進入了短暫名噪一時的殺人犯之列：眾人依然記得的面孔，但卻早已遺忘了他們的姓名。

但必須要說一句話，並非所有人都如此，某些人——包括我自己在內——對於艾莉西亞・拜倫森的懸案以及她堅持沉默不語，依然癡迷不已。身為心理治療師，我當然看得出來蓋布瑞爾之死對她造成了巨大創傷，而且她不說話就是創傷的明證。艾莉西亞無法講出自己所做的事，口吃、卡住，就像是拋錨的車子一樣。我想要扶艾莉西亞一把、讓她重新站起來——幫助她說出自己的故事，逐漸痊癒康復，我想要修補她的傷口。

我不想誇口，但我的確認為自己別具資格，可以幫助艾莉西亞・拜倫森。我是負責精神鑑定的心理治療師，也曾經處理過許多飽受摧殘、脆弱不堪的社會個案。而艾莉西亞故事的某些部分也觸動了我個人的共鳴——打從一開始，我就對她的狀況充滿同理心。

可惜的是，這些日子我依然在布羅德摩精神病院工作，所以，要是沒有命運之神的意外介入，治療艾莉西亞很可能——應該就是——純粹空想罷了。

艾莉西亞入院已經將近六年，而葛洛夫終於開出了精神鑑定心理治療師的職缺。我一看到徵人啟事，我就知道自己別無選擇，必須相信自己的直覺——應徵那項職位。

3

我名叫李歐・法博，四十二歲。之所以會成為心理治療師，是因為自己的人生慘不忍睹。這是實情——不過，當面試者詢問我這個問題的時候，我當然不是這麼回答。

「你覺得自己為什麼會走上心理治療這一行？」問話的是印蒂拉・夏爾瑪，她戴著如貓頭鷹雙眼的大眼鏡，目光透過鏡框上方盯著我。

印蒂拉是葛洛夫的心理醫生，她年近六十，有張圓滾滾的可愛臉龐，一頭黑色長髮夾雜了銀灰色髮絲。她對我露出淺笑——彷彿是要讓我安心，這只是個簡單的問題，暖身而已，後面還會丟出更困難的題目。

我陷入遲疑，我感覺得出來，面試委員會的其他成員正盯著我。我刻意與她保持四目相接，同時緩緩說出早已預演過的答案，我在十幾歲的時候曾在療養院打工，發生了某起感人的故事，它激發了我對心理學的興趣，最後讓我決定修讀心理治療碩士，之後就進了這一行。

「我想，是因為自己想要助人，」講完之後，我還聳了一下肩膀，「真的。」

鬼扯。

我的意思是，我當然想要助人，但這只是次要目標——尤其是我剛開始受訓的時候。真正的動機純粹是基於私利，我想要找出方法幫助自己。我相信許多人之所以會進入心理健康這個產業，也是基於相同的理由。我們會被這種特殊的行業所吸引，是因為我們都是殘破之人——我們研讀心理學，是為了自我療傷。至於我們要不要老實招認這一點，那就是另一個問題了。

身為人類，呱呱墜地好幾年之後才會開始有記憶。我們總以為自己從太初臨世時就已經具備成熟人格，宛若阿芙蘿黛蒂❶從海面水沫現身時已是完好人形一樣，但由於有關腦部發展的研究越來越多，我們知道並非如此。我們一出生時的腦袋——比較像是一團水泥糊漿，我們不是什麼奧林匹亞聖神。誠如心理分析學家唐納德．威尼科特所言，「嬰兒不可能獨立而生。」我們的人格形成過程並非獨立發展，而是建立在與他人的互動——我們被看不見、完全記不得的力量所形塑而成，換言之，就是我們的父母。

這太可怕了，原因再明顯不過了——在我們有記憶之前的那段期間，誰知道我們忍受了什麼樣的羞辱、折磨與虐待？我們的人格是在連自己都毫不知情的狀況下、逐漸成形。就我的狀況來說，我自小就是焦躁又懼怕，這種不安感似乎比我先來一步、獨立在我身之外，但我懷疑它其實肇因於我與父親之間的關係，源於我一直缺乏安全感。

無論是任何場合，無論原本的氣氛有多麼融洽，我父親突如其來的莫名暴怒就是會讓現場瞬間成為地雷區。某句根本無傷的話語，或是不認同的聲音，都會觸動他的火氣，引發連環爆，完全沒有任何逃遁之地。當他大吼大叫的時候，整間房子都在震晃，他會一路追打我，逼我逃進自己的房間，我會立刻躲在床底下、緊貼著牆，猛吸稀薄空氣，祈禱牆磚能夠將我吞沒，讓我消失不見。但他會伸手把我抓出去，最後我一定是在劫難逃。他抽出皮帶，在空中咻咻作響，最後落在我身上，一次接著一次的抽打，讓我痛得滾來滾去，皮膚灼燙。然後，他不打了，卻又突然抓狂繼續抽我。我被摔打到地上，整個人縮成一團，成了被氣惱的三歲小童丟拋到一旁的布娃娃。

我一直不確定自己到底是做了什麼惹他生氣，或者，我天生就是該被揍？我詢問母親，為什麼父親總是看我不順眼——她只會對我聳肩，充滿絕望之情，「我怎麼知道？你爸爸就是個瘋子。」

她說出這種話，並非在開玩笑。要是我父親現在接受心理治療師的評估，我猜應該會被診斷為人格障礙——這是他終其一生都不曾接受治療的疾病，導致我的童年與青少年時代充滿歇斯底里、暴力相向、威脅、眼淚，以及碎玻璃。

當然，我們也曾經有過快樂時光，通常就是爸爸不在家的時候。我記得某個冬天，他在美國出差一個月。整整三十天，母親和我在屋內與花園裡自由快意，不需要擔心他在一旁虎視眈眈。那一年的十二月，倫敦下大雪，我們的花園被一大片淨亮的白毯所覆蓋，媽媽和我做了雪人。也不知道是不是出於刻意，我們堆出的這個雪人，象徵的是不在家的男主人：我把它命名為「爸爸」，大肚子、兩顆黑石頭當眼睛、兩根斜插的樹枝充作一對怒眉，的確相像得不可思議。我們還為它戴上我父親的手套、帽子以及雨傘，將我們的想像力發揮到極致。最後，我們以雪球對它展開連番砲轟，兩個人像調皮小孩一樣笑得樂不可支。

❶ 維納斯（Venus）是愛與美的女神，在希臘神話中稱為阿芙蘿戴蒂（Aphrodite）。

那晚暴雪降臨。母親就寢，我假裝入睡，然後，躡手躡腳潛入花園，站在紛落的大雪之中。我伸出雙手，抓住雪花，盯著它們在我的指尖消融無蹤，好快樂，卻也讓人挫敗不已。它顯現出某種我無法表達的真諦，我的詞彙有限，字詞的網洞太大了，根本抓不住它。也不知道為什麼，抓住快要消失的雪花，感覺就像是捕捉瞬間即逝的幸福一樣，佔有的片刻瞬間成空。它提醒了我，這個家外頭還有另一個世界，廣大無垠、具有難以想像之美的世界，我目前還無法碰觸的世界。這些年來，那段記憶不斷返回我的心底，那短暫的自由時刻，反而因為周遭的悲劇而燃燒得更加熾亮，就像是被黑暗包圍的一縷弱光。

我終於有所體悟，存活下去的唯一希望就是退卻——心理面生理面都一樣。我必須遠離這一切，越遠越好，唯有如此，我才能安全無虞。終於，到了十八歲，我拿到可以進入大學的好成績——我離開了薩里郡的那間雙拼式住宅牢籠，以為從此海闊天空。

我錯了。

我一直到那時候才發現真相，但已經太遲了——我已經將父親內化投射、深埋在我的無意識層次之中。無論我跑得多遠，他依然緊追不放，我的後頭總是緊跟著一團團的虐暴火氣，還有他的怒吼——痛罵我沒用，丟人現眼，就是個廢渣。

在我上大學第一學期的頭一個寒冬，那聲音如此暴戾，讓我動彈不得，完全被它控制得死死的。恐懼讓我失去了行動能力，我沒有辦法外出、進行任何社交活動或是交友。當初何必離家呢，我人生無望。我被徹底擊潰，陷入泥沼，被逼到了角落，無路可逃。

眼前只有一個出路。

我到多間藥房買普拿疼，為了避免引人懷疑，我一次都只買一點點——但其實我過慮了，根本沒有人注意我，我覺得自己就像是隱形人一樣透明。

我房間好冷，當我撕開包裝盒的時候，手指僵硬，不聽使喚。我費了好大的氣力才吞下所有的藥丸，一顆接著一顆，苦味連連。然後，我爬上自己硬邦邦的小床，閉上雙眼，等待死亡。

但是死神並沒有到來。

反而是體內傳來一股撕裂五臟六腑的灼燙疼痛。我彎身，大吐特吐，把膽汁與消化了一半的藥丸全吐出來。我躺在黑漆漆的房間裡，腹內有烈火燃燒，彷彿永恆不滅。然後，在那一片黑暗之中，我慢慢有了體悟。

我不想死，還不到那個時候，因為我還沒有好好活過。

這帶給我某種希望，雖然模糊不清，但還是多少驅策我認清事實，我不能只靠自己：我需要幫助。

我找到了——透過大學心理輔導室的轉介，我見到羅絲，某位心理治療師。她白髮蒼蒼，身材圓胖，有種老祖母的氣質。她的微笑帶有憐憫之情——那是一種會讓我願意託付真心的微笑。起初，她說的不多，只是在我講話的時候靜靜聆聽。我娓娓道出自己的童年、家鄉、父母。還有，當我說話的時候，我發現自己無論提到多麼痛苦的細節，我都完全無感。我與內心的各種情緒徹底斷絕，宛若從腕部截斷的殘手。我講出了痛苦回憶與自殺的衝動——但我無動於衷。

不過，我偶爾會仰望羅絲的臉龐，我嚇了一大跳，當她在聆聽我說話的過程中，她的眼眶裡居然盈滿淚水。要是說出來，大家可能很難理解，但那些淚水其實不屬於她所有。

而是我的眼淚。

當時我不懂，但這就是心理治療的功能。病人將自己無法接受的情緒交付給自己的心理治療師，由她承擔他怯於體會的那一切，她對他的情緒感同身受。然後，她再以極緩慢的速度、將他的感覺回饋給他，正如同羅絲不斷回哺我一樣。

羅絲與我持續見面，好幾年之久。她成了我的人生支柱，透過她，我的內心也培育出一種與他人互動的新關係：以互相尊重、誠實、仁慈為基礎的關係——而不是反控對方、發脾氣、暴力相向。我漸漸發現自己的內心有了轉變——不再那麼空虛，害怕，更容易被觸動。腦中咒唱仇恨的部隊一直不曾真正離我而去——但我現在有了羅絲的聲音可以與其抗衡，我就沒那麼注意它們了。結果，我心裡的那些聲音變得越來越微弱，偶爾會暫時消失。我終於感覺到寧靜的氣息——有時候，甚至是幸福。

我知道，這，就是我的志業。

大學畢業之後，我在倫敦上心理治療師的訓練課程，期間依然會去探望羅絲。她還是一樣支持我，鼓勵我，但卻對我打算走上這條路途提出警告，必須要有現實感，「這並不是在公園裡散步。」她的評語非常中肯，處理這些病人，讓我十分辛苦——絕對不是什麼愉快的經驗。

我還記得自己第一次去探視精神病院的情景。進去才不過幾分鐘，就有一名病人脫下了自己的褲子，蹲下來、在我面前大便，留下一坨臭氣沖天的屎。之後發生的那一連串事件，倒是沒那麼令人反胃，但誇張的程度不相上下——慘不忍睹的自殺場面、企圖自殘未果、難以壓抑的歇斯底里與哀傷——全都超過我的忍受範圍。不過，也不知道怎麼回事，截至目前為止，我每次都能發揮潛力、恢復到飽滿狀態，更加游刃有餘。

原來我們能夠這麼快速適應精神病院的詭譎新世界，真是太離奇了。對於瘋言瘋行，可以變得越來越坦然——不光是別人的瘋狂舉動，你自己的也一樣。我想，每個人都是瘋子，只是呈現方式各不相同而已。

這就是我為什麼能夠對艾莉西亞．拜倫森感同身受的原因——這也是我對她的理解模式。我是幸運兒，由於在年輕時得到了成功的治療，才能夠從心理黑暗世界的邊緣全身而退。不過，我心中卻一直隱藏了另一種可能的版本：我本來可能會發瘋——最後被關在某間機構、度過餘生，就像是艾莉西亞一樣，所幸上帝垂憐……

當然，在印蒂拉．夏爾瑪問我為什麼會成為心理治療師的時候，我絕對不能向她吐露這些心聲。畢竟這是面談——而且，我正好擅長玩這種遊戲。

「最後，」我說道，「我相信無論初衷是什麼，一定要經過磨練才能成為心理治療師。」

印蒂拉點點頭，展現睿智風範，「對，沒錯，的確是如此。」

面試很順利。我在布羅德摩的工作經驗讓我大大加分，印蒂拉表示——這顯現出我具有處理極端心理疾病的能力，他們當場就請我去上班，我也欣然接受。

一個月之後，我已經準備前往葛洛夫報到了。

4

在一月冰寒狂風的撲追之下，我抵達了葛洛夫。光禿禿的枯樹宛若骷髏一樣矗立路旁，天空燦白，但雲靄沉重，看來大雪將至。

我站在門口外頭，拿出口袋裡的香菸。我已經一個多禮拜沒抽菸——當時我暗自起誓，自此之後再也不碰香菸。不過，站在這裡，卻讓我破了功。我點了一根菸，開始生自己的氣。心理治療師總認為菸癮是意志力薄弱的表徵——只要是夠格的心理治療師應該都可以戒除這種毛病。我不希望自己走進去的時候散發出菸味，所以我在抽菸的時候、丟了幾顆薄荷糖大嚼特嚼，而且還不斷挪移腳步。

我在發抖——但老實說，泰半是因為緊張，並不是因為天寒，而是心中有疑慮。我在布羅德摩的精神科醫生同事當然不敢說我這一步走錯了，但他暗示我離職之後，大好前程可能就此中斷，而且他對葛洛夫嗤之以鼻，對於迪奧米德斯教授更是不以為然。

「這傢伙離經叛道。花一堆力氣搞團體治療——他在佛克斯那裡工作了一段時間。八〇年代的時候，在哈特福郡弄了某種另類治療社群，花費龐大，根本撐不下去。而且那些治療模組啊，尤其是現在……」他遲疑片刻，壓低聲音繼續說下去，「李歐，我不是要嚇唬你。但我聽說那地方馬上就要被裁撤了，你搞不好六個月內就沒飯碗……真的不要再考慮一下嗎？」

我的確陷入猶豫，但那純粹是為了禮貌。

我回道，「真的不需要了。」

他搖搖頭，「對我來說，這簡直是自毀前程。但既然你心意已決……」

我沒有告訴他艾莉西亞．拜倫森的事，也沒有提到自己想治療她的熱切期盼。其實，我可以利用別的方式表達想法，也許他就能夠理解：治療她之後也許可以出書或是發表論文什麼的，但我知道這不重要，他依然會認定我大錯特錯。也許真的被他說中也不一定，我很快就會知道答案。

我捻熄香菸，放下不安情緒，走了進去。

葛洛夫位於埃奇維爾醫院最老舊的院區。原本的維多利亞式紅磚建築早已被更巨大、通常也更醜陋的增建建物重重包圍，顯得分外渺小。葛洛夫地處院區核心，可以看出裡面收容危險病人的唯一線索，就是圍牆上那一排維安攝影機，簡直就像是睜大雙眼、等待獵物的鳥兒一樣。接待區看得出刻意營造友善氣氛的苦心——藍色大沙發、牆上還貼了許多病人粗糙幼稚的畫作，我覺得這裡比較像是幼稚園，而不是什麼精神療養院。

有名高大男子挨到我身邊，對我燦笑，又伸手致意。他開始自我介紹，名叫尤里，是精神科的護士長。

「歡迎來到葛洛夫，」尤里說道，「抱歉，歡迎委員會陣仗不大，恐怕只有我一個人而已。」

尤里長得好看、體格健壯，年紀將近四十歲左右。深色頭髮，鎖骨上的頸脖地帶爬滿原始部落圖騰刺青。他渾身散發菸味，而且鬍後水味道太濃，雖然他的英文有腔調，但完全正確無誤。

「我七年前從拉脫維亞搬過來，」他說道，「剛到的時候一個字都不會說，但一年後就很流利了。」

「好厲害。」

「沒什麼。英文很簡單，你應該要去學一下拉脫維亞語。」

他哈哈大笑，取下腰帶上那一大排哐啷作響的鑰匙，拿下其中一串，交給了我。

「每個房間都配有不同的鑰匙，還有，病房區也需要不同的密碼。」

「好多啊，我在布羅德摩的時候沒這麼誇張。」

「哦，這個嘛，自從史蒂芬妮加入團隊之後——我們也開始加強安檢層次。」

「誰是史蒂芬妮？」

尤里沒開口——但下巴卻朝出現在接待櫃檯辦公室的那名女子點了一下。她是加勒比海人，四十多歲，留的是斜度醒目的鮑伯頭。「我是史蒂芬妮．克拉克，」她自我介紹，「葛洛夫的主任。」

史蒂芬妮對我露出虛情假意的微笑。我向她握手致意，發覺她的力道比尤里更堅實，而且態度相對冷淡許多。

「身為這間療養機構的主任，」她說道，「安全是我的第一原則，病患與工作人員的安全同樣重要。要是你有危險的話，也沒辦法看病了。」她又交給我某個迷你設備——緊急求援器，

「隨身攜帶，千萬不要把它丟在辦公室裡面。」

我真想回她一句，「女皇陛下，遵命。」但如果我以後想要過著好日子，還是得要順著她才是。這是我自己以前與跛扈病房主任們的相處策略——避免正面衝突，不要讓他們特別關注你。

我露出微笑，「史蒂芬妮，真是幸會了。」

史蒂芬妮點點頭，但並沒有向我回笑，「尤里會帶你去你的辦公室。」講完這句話之後，她立刻轉身邁步離開，根本懶得多看我一眼。

尤里開口，「跟我來。」

我跟他到達病房入口——某道強化鋼大門。旁邊有金屬探測器，還有負責安檢的警衛。

「那一套規矩，我想你也很清楚了，」尤里說道，「不能攜帶尖銳物品——只要是能夠拿來當作武器的東西，一律禁止入內。」

「不可以攜帶打火機。」對我搜身的警衛從我口袋裡撈出打火機，露出責難表情。

「抱歉，」我說道，「我忘了。」

尤里向我示意，請我跟過去，「我們馬上過去你的辦公室，」他說道，「現在大家正在開社群會議，所以相當安靜。」

「我可以現在參加嗎？」

「參加社群會議？」尤里似乎很吃驚，「難道你不想現在先進去自己的辦公室？」

「如果不會影響到你的話，我可以等一下再過去。」

他聳肩，「隨便你了。」

他帶我穿越一道又一道被大門鎖住的走廊——關門、上鎖、轉動鑰匙的節奏周而復始，我們的前進速度十分緩慢。

看來他們這幾年來並沒有花什麼經費進行修繕：牆面油漆剝落、淡微的腐濕霉氣已經悄悄滲入了走廊。

尤里站在緊閉的房門外面，向我點點頭，「大家都在裡面，」他說道，「進去吧。」

「好，謝謝。」

我停頓了一會兒，準備就緒，推門走了進去。

5

社群會議的地點是某個長型房間，裡面的大窗全部加裝了鐵條，外頭的景觀也只是一堵紅磚牆而已。空氣中瀰漫著咖啡香，還混雜了些許尤里的鬍後水氣味，裡面大約有三十個人坐成一圈，大部分的人都拿著盛裝茶或咖啡的紙杯，打哈欠，想要趕快清醒。還有的人一喝完咖啡之後、就覺得手中的空杯很不順眼，擠壓、捏得扁扁的，或是將它們撕成碎片。

這裡每天會召開一次或兩次的社群會議，這算是兼具行政會議與團體治療性質的聚會。有關療養院運作或是病人照護的事項，都會列入討論議程。套用迪奧米德斯教授喜歡掛在嘴邊的那套說詞，這是為了企圖鼓勵病人參與自身的療程，對自己的身心健康負起責任，想也知道，這樣的企圖也很難長期奏效。迪奧米德斯具有深厚的團體治療背景，也就是說，他喜愛各式各樣的會議，而且也鼓勵大家要多多進行團隊合作。也許可以這麼說吧，只要有觀眾，他就會開心得不得了。當他站起來向我打招呼、伸出雙手表示歡迎，示意我過去的那一刻，我覺得他隱約流露出一種劇場經理人的氣質。

「李歐，你到了，就跟我們一起來吧。」

他的英語略帶希臘腔，但要是不仔細聽的話也根本察覺不出來——畢竟他住在英國已經超過三十年之久。雖然已經六十多歲，但依然俊朗，根本看不出有那個年紀——他的行為舉止很俏皮，洋溢青春活力，比較像是個玩世不恭的大叔，而不是心理學家，但這並非意指他不認真照顧病人——每天他都比清潔工還早來，而且總是等到夜班人員接手之後才下班，有時候乾脆窩在辦公室的沙發裡睡覺。迪奧米德斯離了兩次婚，他總是笑說自己的第三段婚姻最成功，因為他娶了葛洛夫。

「坐在這裡，」他指了指自己身旁的座位，「來，快坐下來。」

我乖乖坐下，迪奧米德斯開始以得意的姿態向眾人介紹，「請容我向大家介紹這位新來的心理治療師，李歐．法博。希望大家都能像我一樣展現熱忱、歡迎李歐加入我們這個小家庭——」

我趁迪奧米德斯說話的時候，趕緊打量了一下四周，找尋艾莉西亞，但卻遍尋不著。全場除了迪奧米德斯西裝革履之外，其他人幾乎都是身穿短袖襯衫或是T恤，很難判斷到底誰是病人、誰是工作人員。

我看到了兩張熟悉的面孔——克里斯蒂安，就是其中之一。我在布羅德摩精神病院任職時就認識他了。喜歡打橄欖球的心理醫生，斷掉的鼻梁、深色鬍鬚，頹廢型的帥哥。我剛到布羅德摩沒多久，他就離職了。我不是很喜歡克里斯蒂安，但老實說我跟他也不熟，畢竟我們共事的時間並不長。

當然，我也記得面談時認識的印蒂拉。她對我微笑，我十分感激，因為她是唯一友善的面孔。大部分的病人都對我怒目相視，擺出不信任的臭臉。我不怪她們，她們承受了各式各樣的虐待——生理、心理、性暴力——換言之，必須經過一段漫長的時間之後，她們才會願意信任我，如果，真有那麼一天的話。這些病患全部都是女性——大部分人的臉龐都有可怖傷疤，她們的過往不堪回首，承受了恐懼煎熬，逼使她們必須退卻到心理疾病的三不管地帶，她們的旅程全都蝕刻在臉上，難以視而不見。

但艾莉西亞．拜倫森呢？她在哪裡？我又在那一群人裡四處尋找，但依然沒看到她。然後，我才驚覺——自己明明就盯著艾莉西亞，她在這個圈圈裡，坐在我的正對面。

我剛才沒看到她，因為她太不顯眼了。

艾莉西亞坐在椅子裡，整個人前傾，顯然是服用了高劑量的鎮定劑。她手裡拿著紙杯，裡面裝了滿滿的茶，而她的手一直在發抖，杯內的液體不斷匯成小河、流到了地板上面。

我萬萬沒想到她現在會如此狼狽。雖然還是可以看出她美人胚子的痕跡：深邃的藍色眼眸、完美對稱的臉龐，但她太瘦了，看起來髒兮兮。油膩打結的紅色長髮垂落在肩頭，指甲被啃咬得亂七八糟。依然可以看到兩隻手腕的褪淡疤痕——與我在《阿爾克斯提斯》畫作中所見的傷痕如出一轍。她的指尖依然在不斷抖晃，顯然這是她服用多種藥物所造成的副作用——理思必妥，以及其他的重量級抗精神病藥物。她張著嘴，晶亮的口水匯積唇邊，這是藥物治療的另一項不幸副作用，不由自主流口水。

我發現迪奧米德斯正在看我，所以趕緊將目光從艾莉西亞身上移開，又看向他。

「李歐，我想你的自我介紹一定會比我講的精采，」他說道，「要不要向大家說幾句話？」

「謝謝，」我點點頭，「其實我沒什麼好補充的了。我只想說，能夠在這裡服務非常開心，充滿了興奮緊張的期待。而我也盼望能夠盡快認識大家，尤其是病人，我——」

大門突然砰一聲被撞開，讓我沒辦法繼續講下去。起初我以為這是自己的幻象，某個巨人衝入房內，手裡拿著兩根有缺口的木矛，她高舉過頭，然後宛若把它們當成魚叉一樣、朝我們丟過來。其中一名病患立刻以手護眼，尖聲大叫。

我原本以為那兩根長矛可能會刺穿我們，但最後卻落在我們之間的那塊地板。然後，我到這時候才發現那根本不是長矛，而是斷成兩截的撞球桿。那個身材高大、深色頭髮、年約四十多歲的土耳其女人開始發飆，「氣死我了！撞球桿壞了一個禮拜，媽的你們居然到現在還沒換新的。」

「愛麗芙，注意妳的措辭，」迪奧米德斯說道，「妳遲到了這麼久，我們根本還沒決定是否該讓妳加入社群會議，當然也不會討論撞球桿的事。」他態度詭詐，側著頭，把問題丟給我，「李歐，你覺得呢？」

我眨眨眼，愣了一會兒才有辦法講話，「我認為遵守時間規範至為重要，而準時參與社群會議——」

圓圈的另一頭有個男人插嘴，「你的意思是，大家應該要像你剛才一樣嗎？」

我轉過去，發現開口的是克里斯蒂安。他哈哈大笑，覺得自己的哏很幽默。我勉強擠出笑容，再次面向愛麗芙。

「他說的一點都沒錯，我今天早上也遲到了。所以，也許這是我們可以一起學習的好機會。」

「你在鬼扯什麼？」愛麗芙怒道，「媽的你誰啊？」

「愛麗芙，注意一下妳的遣詞用字，」迪奧米德斯說道，「不要逼我送妳去罰站，快坐下。」

愛麗芙依然站著不動，「那撞球桿呢？」

這問題是衝著迪奧米德斯而來——但他盯著我，等著看我如何解決。

「愛麗芙，我看得出來，妳因為撞球桿的事很生氣，」我繼續說道，「我猜，折斷它的那個人也很生氣。好，所以問題來了，在這樣的機構裡，我們該如何面對怒氣？我們要不要先討論一下這個議題？妳何不先坐下來呢？」

愛麗芙翻白眼，但還是乖乖坐下。

印蒂拉點點頭，狀甚滿意。印蒂拉和我開始討論怒氣，想要讓這些病患說出自己的憤怒情緒，我覺得，我們的合作成績還不賴。我知道迪奧米德斯都看在眼裡，他正在評估我的表現，看來似乎是很滿意。

我偷瞄了一下艾莉西亞，嚇了一跳，萬萬沒想到她也在看我——至少，她盯的是我這個方向。她的眼神有些迷濛——彷彿想要努力定焦、看個仔細。

如果你告訴我，這具殘破軀殼的前身是那個艾莉西亞．拜倫森，也就是親友口中那個亮麗、迷人、活力十足的女子——我真的沒辦法相信你的話。就在這時候，我知道自己當初決定前來葛洛夫的決定是正確的。現在我已經疑慮盡消，我下定決心，一定要讓艾莉西亞成為我的病人，沒有達成目標絕不善罷甘休。

不能再繼續浪費時間了：艾莉西亞迷了路，失蹤不見。

我一定要找到她。

6

迪奧米德斯教授的辦公室位於醫院最殘破的區域。角落佈滿蜘蛛網，而且走廊裡只有兩盞燈會正常發亮。我敲了一下房門，過了一會兒之後，我聽到裡面傳來他的聲音。

「請進。」

我轉動把手，大門發出咿呀聲響開了。屋內的氣味立刻讓我嚇了一跳，跟醫院的其他地方完全不同，沒有消毒藥水或漂白劑的味道，奇怪，反而像是交響樂團樂池的氣息，揉合了木頭、弓弦、亮光劑、蠟漆。我愣了一下，雙眼才逐漸適應這裡的幽暗光線。然後，我發現牆邊放了一架直立式鋼琴，與醫院完全不搭調的東西。還有二十多個金屬樂譜架在黑暗中閃光盈耀，某張桌子上面的樂譜堆得好高，成了一座搖搖欲墜的擎天紙塔。另一張桌子放了小提琴、雙簧管以及豎笛。而且一旁還有豎琴——美麗的木紋琴框、加上一整排琴弦的龐然大物。

我瞠目結舌，不禁讓迪奧米德斯哈哈大笑。

他坐在自己的辦公桌前面，咯咯笑個不停，「你看到這些樂器，一定很吃驚吧？」

「全都是你的？」

「是的，因為是我的嗜好。不對，我撒謊——這其實是我的熱情。」他的手指在空中恣意舞動，這位教授講話的方式很鮮活，使用一堆手勢配合他的話題——彷彿在指揮某個隱形交響樂團一樣。

「我弄了一個非正式的音樂社團，」他說道，「只要有興趣，人人都可以參加——工作人員與病患都一樣。我發現，音樂是最有效的治療工具。」他停頓了一會兒，開始以輕快吟唱的方式唸出詩句，「音樂具有撫慰狂暴心靈的魔力……想必你也同意吧？」

「的確。」

「嗯……」迪奧米德斯打量了我好一會兒，「你要不要來玩一下？」

「玩什麼？」

「什麼都好，可以從三角鐵開始。」

我搖頭，「我沒什麼音樂天分，只有小時候念書時吹過直笛，如此而已。」

「所以你會看樂譜嘍？這是一大優勢，很好。你就隨便挑個樂器吧，我來教你。」

我笑了，再次搖頭，「我擔心自己沒有耐心。」

「沒有？哦，身為心理治療師，耐心是必須要好好培養的美德。你知道嗎，在我年輕的時候，一直無法決定未來該當音樂家、神父，還是醫生，」迪奧米德斯哈哈大笑，「我現在兼具了這三種身分。」

「看來的確是如此。」

「你知道嗎，」他轉換話題，似乎完全不見任何停頓，「你參加面試的時候，我提出了關鍵意見。也就是說，我投下了決定性的那一票，我強烈支持你。你知道為什麼嗎？我現在就講給你聽——李歐，我在你身上看到了某種特質，你讓我想到了自己……誰知道呢，過了幾年之後，這地方搞不好就由你接管了……」他話沒講完，停頓半晌，嘆氣，「當然，前提是它還能存活下去。」

「你真覺得會撐不下去嗎？」

「誰知道呢？病人太少，醫療人員過多。我們現在與信託基金密切合作，想要找出更『符合成本的經營模組』。也就是說，我們必須永遠被控管、評估——被人偷偷監視。你可能會有疑問，在這種狀況之下，要如何進行診療工作？這就和威尼科特❷所說的一樣，你不能在著火的房子裡看診。」他搖搖頭，突然之間，他的外表顯露出真正的年紀——疲憊、厭倦。他突然壓低聲音，宛若在跟我偷偷進行密謀，「我想史蒂芬妮．克拉克主任與他們站在同一陣線。畢竟她的薪水是由信託基金所支付。你好好觀察她，就會明白我的意思了。」

我覺得迪奧米德斯未免太多疑了，但這也不難理解。我不想說錯話，所以保持禮貌性的沉默，過了許久之後，我才開口——

「我想要向你請教一些問題，」我開口說道，「有關艾莉西亞的事。」

「艾莉西亞．拜倫森？」迪奧米德斯看了我一眼，表情詭異，「要問什麼？」

「我很好奇她現在接受的是哪一種治療，有接受個人治療嗎？」

「沒有。」

「有沒有什麼特殊原因？」

「讓人身心俱疲——最後就放棄了。」

「怎麼會這樣？負責治療的是誰？印蒂拉嗎？」

「不是，」迪奧米德斯搖頭，「其實，是我自己為艾莉西亞看診。」

「我明白了，當初出了什麼狀況？」

他聳肩，「她不肯到我的辦公室，所以我只好去她的病房。在進行診療的時候，她只是坐在床上，遠望窗外，當然，拒絕開口，甚至根本不肯看我。」他雙手一攤，神色惱火，「我認為從頭到尾就是浪費時間而已。」

我點點頭，「我想……嗯，也許這是移情作用……」

「哦，」迪奧米德斯盯著我，充滿興味，「繼續說下去。」

「我覺得，是不是有這個可能呢？她認為你是某種權威的表徵……也許……可能會對她懲戒？我不知道她與她父親的相處狀況，但是……」

迪奧米德斯聆聽時面帶微笑，彷彿我在講笑話，他等著要聽那關鍵的笑點。他開口問我，「但是你覺得她要是遇到比較年輕的對象，會比較願意溝通？」他繼續說道，「讓我猜猜……像你這樣的人嗎？李歐，你覺得自己可以幫助艾莉西亞？拯救她？讓她說話？」

「我不知道自己能否拯救她，但我的確想要出手相助，我願意試試看。」

❷ Donald Winnicott，英國著名兒童心理學家。

迪奧米德斯面帶微笑，依然是同樣的促狹神情，「你不是第一個了，我當初也深信自己一定會成功。艾莉西亞是沉默的賽蓮女妖❸，引誘我們撞向巨石，害我們對心理治療的雄心壯志瞬間瓦解成碎片。」他笑道，「她替我上了寶貴的一課，教我認清了失敗，也許你也應該要上同一堂課。」

我態度挑釁，與他四目相接，「當然，我成功的話就另當別論。」

迪奧米德斯的笑容消失了，取而代之的表情詭譎莫測。他沉默了好一會兒，做出了決定。

「我們就等著看，好不好？首先，你必須先見艾莉西亞一面。我們還沒有把你介紹給她吧？」

「對，還沒有。」

「那麼就請尤里安排一下吧，之後再向我報告進度。」

「沒問題，」我拚命壓抑興奮之情，「一定。」

❸希臘神話中的女海妖，歌聲優美，水手們聽到之後會迷惑失神，導致船隻觸礁。

7

診療間不大，是個狹長的小房間，幾乎就跟囚室一樣，或者可說是更侷促。窗戶緊閉，而且外頭還加裝鐵窗。桌面上的淡粉紅色面紙盒，產生某種突兀的歡樂情調——應該是印蒂拉放在那裡的：我不認為克里斯蒂安會遞出面紙給自己的病患。

裡面有兩張破爛褪色的扶手椅，我挑了一張坐下來。時間一分一秒過去，完全沒有艾莉西亞的蹤影。也許她不來了？搞不好拒絕見我。我焦躁不耐，緊張萬分，索性就不坐了，直接跳起來走向窗邊，透過鐵條間的空隙向外張望。

從四樓往下看，最下方是庭院，面積與網球場相當，周邊都是高聳的紅磚牆，無法攀爬逃脫的高度，但顯然一定有人試過。每天下午，無論病患有沒有意願，她們都會被趕到外頭、呼吸三十分鐘的清新空氣，這種冷得半死的天氣卻得窩在外頭，也不能怪她們心生抗拒。有些人孤零零站在那裡自言自語，還有的像是無法安息的殭屍一樣來回踱步，不知何去何從。其他人則是三五成群，講話、抽菸、吵架。各種人語、尖叫，還有詭異的興奮笑聲，飄升到我的耳畔。

起初，我沒看到艾莉西亞，但後來找到她了。她一個人站在庭院的遠處，靠牆而立，動也不動，宛若雕像一樣。尤里穿越庭院、朝她的方向走過去。他先與站在幾呎之外的護士說話，護士點點頭，然後，尤里小心翼翼走到艾莉西亞的面前，速度緩慢，儼然像是在接近某種令人難以捉摸的野獸。

我先前曾經告訴尤里不要著墨太多的細節，只需要告訴艾莉西亞新的心理治療師想要見她，這就夠了。我還提醒他，措辭必須像是詢問，而不是命令。他開始對艾莉西亞說話，她站著不動，看不到她點頭或搖頭，完全看不出她到底有沒有聽到他說話。僵了一會兒之後，尤里轉身離去。

我心想，哎，就這樣了——她不會過來。幹，我應該老早就猜到會是這樣的結局，從頭到尾就是浪費時間而已。

然後，我萬萬沒想到，艾莉西亞往前走了一步。步伐有些顫抖，但的確跟在尤里後頭、拖著腳步穿越了庭院——最後，消失在我窗前的視野範圍。

所以，她要過來了。我努力壓抑緊張情緒，做好準備。我想要消滅腦中的負面聲浪——也就是我爸爸的話語——他說，我不配做這樣的工作，我是個廢物、騙子。我心想，閉嘴，閉嘴，給我閉嘴——

兩分鐘之後，傳來了敲門聲。

我開口說道，「請進。」

門開了，艾莉西亞與尤里站在走廊。我盯著她，但她並沒有回望我，依然低垂目光。

尤里對我露出得意微笑，「她來嘍。」

「是的，我看到了。嗨，艾莉西亞。」

沒回應。

「怎麼不進來呢？」

尤里傾身向前，彷彿要推她一把，但他其實根本沒碰她，只是輕聲說道，「親愛的，繼續往前走呀，進去坐下來。」

艾莉西亞陷入遲疑，瞄了一下尤里，終於下定決心。腳步有些顫顫巍巍，走進診療室。她坐下來，沉靜得宛若一隻貓，擱在大腿上的雙手止不住顫抖。

我正打算要關門，但尤里卻沒打算要離開，我壓低聲音，對他說道，「謝謝你，但我自己應付得來。」

尤里憂心忡忡，「但這是一對一治療，而且教授說——」

「我負全責，沒問題。」我從口袋裡拿出緊急求援器，「你看，我有這個——而且，其實我根本不需要這東西。」

我瞄了一下艾莉西亞，看來她並沒有聽到我所說的話。尤里聳肩，顯然很不高興。

「我會守在門外，搞不好你會突然需要我幫忙。」

「不需要，但還是謝了。」

尤里離開，我關上了門，將緊急求援器放在辦公桌上，在艾莉西亞對面坐了下來。她沒有抬頭，我端詳她好一會兒，她面無表情，空茫，這是被藥物控制的假面具。我很好奇底下的真面目到底是什麼。

我開口說道，「妳願意見我，真是太好了。」

我等待回應，但我知道一定等不到，所以我繼續說下去，「我了解妳的程度，遠遠超過了妳對我的認識，這是我的相對優勢。妳的名聲比妳還響亮——我的意思是，妳的畫家身分，我一直很喜歡妳的作品。」沒反應，我在座位裡稍微挪動了一下身體，「我詢問迪奧米德斯教授，是否可以讓我們聊一聊，他也慨然安排了這次面會，謝謝妳願意過來。」

我遲疑了，本來以為她會出現已經聽到的反應——眨眼、點頭，或是皺眉，沒有。我開始揣測她的心思，也許她服藥劑量太重，根本無法思考。

我想起了自己以前的心理治療師，羅絲。她會怎麼做呢？她總是說我們人類是由不同的部分所組成，有的好，有的壞，而健康的心靈可以容受這種矛盾，在好壞之間同時遊走也不成問題。而心理疾病的原因正是因為缺乏這種整合性——最後，我們再也無法碰觸自己不討喜的那一個部分。如果我想要幫助艾莉西亞，我們就必須在意識邊緣之外的地帶、找出她自我隱藏的部分，將她心靈地圖之中的不同點位連接起來，唯有如此，我們才能夠爬梳出那晚殺夫恐怖事件的來龍去脈，這將會是一段辛苦又漫長的過程。

通常，一開始面對病患的時候，完全不需著急，也不必事先擬定治療計畫，在頭幾個月，就是一直談話。在理想狀況下，艾莉西亞會在我面前說出她自己的事、她的生活以及童年，而我會專心聆聽，讓我得以慢慢建立全貌、能夠做出準確、對病人有所助益的詮釋。但就目前這個病例看來，不會有任何的談話，自然也沒有傾聽。而我所需要蒐集的那些資料，也只能透過非口語的線索逐步累積，比方說，我的情感反轉移——也就是在治療過程當中、艾莉西亞讓我所產生的感覺——以及從其他管道所能得知的所有資訊。

換言之，我必須在其實不知道該如何具體落實的狀況下、執行幫助艾莉西亞的計畫。而且，勢在必行，不只是為了要在迪奧米德斯面前證明我自己；更重要的是，履行我對艾莉西亞的職責，幫助她。

我看到她坐在我對面，因為藥效的關係而昏昏沉沉，嘴邊積了一泡口水，手指宛若髒兮兮的蛀蟲一樣在顫動，我突然覺得好悲傷，心生憐憫，不只是對她，也包括了和她處境類似的那些人——我們這些受傷迷失的眾生。

當然，我沒有對她說出這些話，只是純粹套用羅絲的方法。

安靜坐在那裡，不發一語。

8

我坐在辦公桌前、打開艾莉西亞的檔案，這是由迪奧米德斯主動提供的資料。

「你一定得要看我寫的病歷紀錄，」他說道，「對你一定有用。」

我根本沒興趣，我早就知道迪奧米德斯的想法，我現在的要務是釐清自己的思緒。不過，我還是客氣收下來。

「謝謝，一定很有幫助。」

我的辦公室位於建物後面的救生梯旁邊，空間狹小，幾乎沒什麼家具。我望向窗外，有隻小黑鳥正在封凍的草地上來回啄食，牠無精打采，儼然也沒什麼多大的期待。

我在發抖。房間裡好冷，窗下的小小暖氣管壞了——尤里說他試著修過了，還是沒辦法，最好還是直接告知史蒂芬妮，要是依然無法解決，那就拿到社群會議上討論。我突然好同情愛麗芙，為了要求更換壞掉的撞球桿而奮力一戰。

我意興闌珊翻閱艾莉西亞的檔案，我所需的大部分資料都在網路資料庫。不過，迪奧米德斯就像是大部分的老齡工作人員一樣，喜歡親筆撰寫報告，而且樂此不疲（完全不管史蒂芬妮要求改正的碎碎唸）——所以我面前才會出現這樣一份邊角摺得亂七八糟的報告。

迪奧米德斯的詮釋，帶有幾分老派的精神分析特質，我沒有多加理會，反而專心研究護士每日交班時針對艾莉西亞行為的報告內容。我仔細研究，想要找出事實、數據、細節——我必須要搞清楚自己現在面對的狀況，應該要怎麼處理，也想知道是否能挖出令人驚喜的線索。

結果，這份檔案乏善可陳。艾莉西亞剛入院的時候曾割腕兩次，而且只要逮到機會就自殘。在一開始的那六個月當中，她必須接受二對一式的照護——也就是說，必須一直有兩名護士盯著她——最後，放寬到一對一。艾莉西亞根本懶得與病患或是工作人員互動，依然保持與世隔絕的封閉姿態，通常，其他的病患完全不鳥她。要是你與某人說話，對方總是置之不理、而且一直不肯聊天，那麼過不久之後，你就會忘了有這號人物。艾莉西亞立刻就融解在背景之中，成了隱形人。

只有一件意外特別引人注目。事發地點在餐廳，時間是艾莉西亞入院數週之後。愛麗芙指控艾莉西亞搶走了她的座位。事情到底是怎麼發生的，其實大家並不清楚，但雙方戰火一觸即發。艾莉西亞出現暴力行為——摔破盤子、想要拿碎片割愛麗芙的喉嚨。醫護人員必須為她上約束帶、施打鎮靜劑、予以隔離。

我不知道這起事件為什麼會特別引發我的注意。不過，我就是覺得不對勁，我決定要去找愛麗芙問個仔細。

我從拍紙本撕下一張紙，又拿起筆。這是我從大學時養成的老習慣——以紙筆書寫的過程可以幫助我釐清思緒，要是不寫下來，想法就是難以具體成形。

我開始草草寫下想法、手記，以及工作目標——擬定出擊計畫。為了要幫助艾莉西亞，我必須要了解她、以及她與蓋布瑞爾之間的關係。她愛他？還是恨他？是什麼原因促使她殺死親夫？而且她為什麼不肯說出關於這起謀殺案的事——以及其他的種種？沒有答案，還沒有——目前只有一連串的疑問。

我寫下了一個關鍵字，在底下畫線：阿爾克斯提斯。

那幅自畫像——也不知道為什麼，我就是覺得它非常重要，了解背後成因，一定能夠幫助我解開謎團。這幅畫是艾莉西亞唯一的溝通方式，她只留有這份證詞。它透露的訊息，我還沒有辦法參透，我寫下筆記，必須再次前往藝廊仔細端詳。

我寫下另外一個字詞：童年。如果我想要弄清楚蓋布瑞爾謀殺案，要了解的並非只有艾莉西亞行兇當晚所發生的事件，也包括了遙遠的過往。在她槍殺老公那短短幾分鐘的關鍵心因，很可能是多年前所埋下的種子。殺人的暴怒，並非存於當下，而是起源於有記憶之前的那個地帶，早期童年的世界，小時候的受虐經驗，經年累月不斷累積，終於爆炸——而結果通常都是錯殺標的。我必須找出形塑她童年的各種因素，要是艾莉西亞沒辦法或是不願告訴我，我得詢問其他人——在兇案前就已經認識艾莉西亞、能夠幫助我了解她過往歷史與個性、最後又怎麼會走上這條路的某個人。

根據檔案中的資料，艾莉西亞的聯絡人是她的姑姑——莉蒂亞．洛斯——一手將她撫養長大的親人，因為艾莉西亞的母親早年因車禍身亡而過世。艾莉西亞當時也坐在車上，但幸運存活下來。想必這起事件在這小女孩身上留下可怕烙印，我期盼莉蒂亞能夠跟我談一談這段過往。

此外，艾莉西亞只剩下另一名聯絡人，她的律師：麥克斯．拜倫森。麥克斯是蓋布瑞爾．拜倫森的哥哥，所以他是近距離觀察他們婚姻狀況的完美見證人。至於麥克斯．拜倫森是否願意向我坦白一切，那就是另一個問題了。艾莉西亞的心理治療師主動提出要見她的家人，說是旁門左道，已經算是最客氣的措辭了。

我已經隱約有感，迪奧米德斯不會核准。我決定最好還是別問他，以免被他拒絕。事後看來，這是我處理艾莉西亞這個病例、逾越專業分際的第一個疏失——爾後的不幸接踵而來。我應該要在這裡收手才是，但已經太遲了。就許多方面看來，這是我早已註定的命運——就像是希臘悲劇一樣。

我拿起電話，根據艾莉西亞檔案上的資料、撥打麥克斯．拜倫森的辦公室電話，響了好幾聲之後，有人接起電話。

「這裡是艾略特、巴羅，以及拜倫森聯合事務所。」

「請幫我轉拜倫森先生。」

「可否請教您是哪位？」

「我是李歐．法博，是葛洛夫的心理治療師。不知道能否與拜倫森先生見個面、請教一下有關他弟媳的事。」

她沉默了一會兒之後，才開口回我。

「嗯，我明白了。拜倫森先生這禮拜不會進辦公室，目前正在愛丁堡拜訪客戶。如果您願意留下電話號碼，我會等到他回來後回電給您。」

我唸出自己的號碼之後，掛了電話。

繼續撥打檔案裡的下一組電話號碼——艾莉西亞的姑姑，莉蒂亞．洛斯。這一次，電話只響了一聲就立刻接通，這位老太太呼吸急促，似乎是勃然大怒。

「喂？你誰啊？」

「請問是洛斯女士嗎？」

「你哪位？」

「我打電話是為了要請教您外甥女的事，也就是艾莉西亞．拜倫森。我是心理治療師——」

「去死啦。」她破口大罵之後，立刻掛了電話。

我皺眉。

出師不利。

9

我好想抽菸。一離開葛洛夫，我就開始對著外套口袋東摸西摸，但遍尋不著。

「在找什麼嗎？」

我轉身過去，尤里就站在我後面。我根本沒聽到他走過來，而且我有點嚇了一跳，他與我之間的距離也未免太近了一點。

「我在護理站找到了這東西，」他笑嘻嘻交給我一包菸，「一定是從你口袋掉出來的。」

「謝謝。」

我收下，點了一根，同時把菸盒遞給尤里，但他搖搖頭。

「不了。反正，香菸我是絕對不碰啦，」他哈哈大笑，「看來你得喝杯啤酒。來吧，我請你。」

我陷入猶豫。直覺告訴我應該要拒絕——我從來就不是那種會與同事熱絡的人，而且我也不覺得尤里和我有什麼共通點。但他對於艾莉西亞的了解程度應該遠遠超過葛洛夫的任何一個人——他的看法應該可以助我一臂之力。

「好啊，」我回道，「當然沒問題。」

我們走進車站附近的酒吧，「宰牲羊肉」，昏暗、骯髒、充滿破敗氣息，就和那些啤酒喝了一半、開始打盹的老頭子們一樣。尤里買了兩杯啤酒，我們挑了後頭的位置入座。

尤里灌了一大口啤酒，抹抹嘴。

「好，」他說道，「跟我聊聊艾莉西亞吧。」

「艾莉西亞？」

「有沒有什麼新發現？」

「恐怕是沒有。」

尤里面露詫異，然後又對我微笑，「她不想讓別人知道心事吧？對，沒錯，她一直在隱藏自我。」

「你和她很親近，我看得出來。」

「我特別照顧她。沒有人比我更了解她，就連迪奧米德斯教授也比不上我。」

他的口吻聽得出得意洋洋，也不知道為什麼，那種語氣就是惹惱了我——我不知道他是否真的十分了解她，或者只是在膨風。

「你覺得她為什麼一直不說話？背後有什麼意涵？」

尤里聳肩，「我覺得她還沒準備好開口，等到她作足了準備，就會說出來。」

「準備要說什麼？」

「老弟，當然是真相。」

「什麼真相？」

尤里微側著頭，細細打量我，他接下來的那個問題，讓我嚇了一大跳。

「李歐，你結婚沒？」

我點點頭，「是的，已經結婚了。」

「嗯，我看得出來。我也曾經結過一次婚，我們從拉脫維亞搬過來，但她適應能力沒像我這麼好。你知道嗎，她根本不努力，連英文也不肯學。反正就是……我不開心——但我不願承認事實，一直對自己撒謊……」他一飲而盡，把話說完，「……談了戀愛之後，就此翻轉一切。」

「我想你指的對象應該不是你老婆吧？」

尤里哈哈大笑，搖頭。

「當然不是。是某個住在我附近的女子，長得非常漂亮，我對她一見鍾情……我在街上看到她，過了好久之後才鼓起勇氣找她說話。我曾經跟蹤她……還在她不知情的狀況下監看她的一舉一動。我還躲在她家外頭，期盼她會突然出現在窗前。」

這故事開始讓我覺得渾身發毛。我喝光啤酒，瞄了一下手錶，希望尤里可以看懂我的暗示，但並沒有。

「有一天，」他說道，「我想要和她講話，但她對我很冷淡。我又試了好幾次……但她卻告訴我不要騷擾她。」

我心想，我也不能怪她。我正打算要編藉口離開，但尤里卻講得起勁。

「這實在很難令人接受，」他說道，「我知道我們是天生一對。她傷了我的心，她讓我很生氣，氣得半死。」

我忍不住好奇，「然後呢？」

「沒有了。」

「沒有了？你還是和老婆在一起？」

尤里搖頭，「沒有。和她玩完了。但正因為我愛上了這女人，我才終於願意面對自己與妻子之間的真相。你知道嗎，有時候，誠實以對一切，必須要有勇氣的加持，而且必須經過漫長的等待。」

「我明白了。你認為艾莉西亞還沒有準備好面對她婚姻的真相，是不是這個意思？很可能確是如此。」

尤里聳肩，「現在我和某個匈牙利好女孩訂婚了。她在水療美容機構上班，英文講得很好。我們個性很合，過得很開心。」

我點點頭，再次看手錶，拿起外套，「我得走了，等一下要見我太太，快遲到了。」

「好，沒問題……你老婆叫什麼名字？」

也不知道為什麼，我就是不想讓他知道，我不希望尤里知道她的任何事，但我這種反應也太荒謬了。

「凱瑟琳，」我回道，「她名叫凱瑟琳……但我都叫她凱西。」

尤里對我露出詭譎微笑。

「我給你一點建議吧，」他說道，「趕快回家找老婆，去找你的凱西，真正愛你的那個人……不要再管艾莉西亞的事了。」

10

我與凱西在南岸的國家劇院咖啡館見面，表演工作者在彩排結束後經常會在這裡聚會。她坐在咖啡店的後面，和兩名女演員聊得正起勁。我一走過去，她們立刻抬頭望著我。

「親愛的，你有沒有覺得耳朵癢癢的？」

「為什麼？」

「我正在向這些女孩講你的事。」

「哦，我是不是應該要先離開一下？」

「別傻了。坐下來——現在這時間點剛剛好，我正好講完我們認識的經過。」

我乖乖入座，凱西繼續講故事，她對此一向是津津樂道。偶爾還會瞄一下我，彷彿也想讓我成為主角之一——但這姿態其實很敷衍，因為這是她的故事，不是我的。

「我坐在酒吧裡，他終於現身了。好不容易啊，就在我放棄希望找尋他的時候——他走了進來，我的白馬王子。遲到，總比被放鴿子好多了。妳們知道嗎？我本來以為自己會在二十五歲結婚，到了三十歲，我會有兩個小孩，加一隻小狗，還有沉重的房貸。不過呢，那時候我已經三十三歲了，但根本八字還沒一撇呢。」凱西笑盈盈，還對那兩個女孩眨眨眼。

「反正，那時候我跟一個名叫丹尼爾的澳洲人約會，但他看起來並沒有要馬上結婚或是生小孩的打算，所以我知道自己在浪費時間。某天晚上，我們一起出去，突然之間，事情就這麼發生了——真命天子走進來……」凱西望著我，露出微笑，又翻白眼——「但卻帶著他的女朋友。」

講到這一段的時候必須要小心處理，才能贏得她聽眾的憐惜之情。凱西與我開始交往的時候，其實我們都另有對象。雙方都在偷吃，這並不是什麼開啟戀情的好兆頭，更何況，我們都是靠當時的伴侶才認識彼此。他們之所以會互相認識的機緣，我已經不記得細節了——很可能是因為瑪麗安曾經和丹尼爾的室友有過一次約會吧，或是正好相反。我不太記得我們認識的那個場合，但我記得我一看到凱西就被電到了，我記得她的黑色長髮、炯炯的綠色眼眸、嘴唇——她美麗又纖巧，是天使。

凱西停頓了一會兒，微笑，握住我的手，「李歐，你還記得嗎？我們說了些什麼？你說你在受訓，以後要當心理治療師，我說我是神經病——所以我們是天造地設的一對。」

這段話引來女孩們哄堂大笑，凱西也笑得開心，她望向我的方向，誠懇又急切，與我四目相接，「不過……親愛的……真的，我們是一見鍾情，你說是不是？」

輪到我接話了，我點點頭，親吻她的臉頰，「當然，這是真愛。」

這句話贏得她朋友們的讚賞目光。但我不是在演戲，她說得沒錯，的確是一見鍾情——嗯，其實是色慾薰心。雖然那晚我與瑪麗安在一起，但卻一直盯著凱西不放。我在遠處觀察她，她與丹尼爾講話的時候，姿態很激動——然後，我看到她的嘴唇冒出「幹」，他們在吵架，看來很嚴重，丹尼爾扭頭就走。

「你好安靜，」瑪麗安說道，「怎麼了？」

「沒事。」

「好，那我們回家吧，我累了。」

「我還好，」我心不在焉，「我們再喝一杯。」

「我現在就想走了。」

「那妳走啊。」

瑪麗安狠狠瞪了我一眼，狀甚受傷，然後她拿起外套走了出去。我知道明天有得吵了，但我不在乎，我直接走向坐在吧檯的凱西。

我開口問道，「丹尼爾還會回來嗎？」

「不會，」凱西反問我，「那瑪麗安呢？」

我搖頭，「不會，妳想不想再喝一杯？」

「好啊。」

所以我們又點了兩杯酒，站在吧檯前閒聊。我記得我提到了自己的心理治療訓練課程，而凱西則提到她在戲劇學校的那一段時光——她沒有待太久，因為第一學年結束時就已經與經紀人簽約，自此之後就走上專業演員之路。也不知道為什麼，我就是覺得她應該是很厲害的演員。

「我不適合念書，」她說道，「我想離開校園，到外頭做那件事——你知道是什麼嗎？」

「什麼？演戲嗎？」

「不，好好生活。」凱西側著頭，深色眼睫毛下的綠色眼眸盯著我，露出淘氣模樣，「好，李歐，你怎麼會有那種耐心啊——我的意思是，為什麼會一直想讀書？」

「也許是因為我不想到外頭『好好生活』，也許我是懦夫。」

「才不是。如果你是懦夫的話，早就跟你女朋友回家了。」

凱西哈哈大笑，令人大開眼界的邪惡笑聲。我好想抓住她、狠狠吻她，我從來沒有感受過這麼強烈的生理慾念，我想要把她拉入懷中，貼住她的唇，感受她的體熱。

「抱歉，」她說道，「我不該說出那種話。我總是想到什麼就說什麼，我告訴過你了，我有點瘋瘋癲癲。」

凱西常常這麼說，堅持自己瘋癲成性——「我瘋了」、「我腦袋不正常」、「我精神錯亂」——但我從來就不信這種話。她動不動就開懷大笑，我實在無法相信她曾經體驗過我的那種悲絕煎熬。凱西有一種與生俱來的特質，輕鬆歡欣過生活，總是能夠發掘出無盡樂趣。雖然她堅持自己個性瘋癲，但她其實應該是我見過最正常的人。有她在身邊，我覺得自己也沒那麼瘋狂了。

凱西是美國人。她在曼哈頓上西城出生長大，她的母親是英國人，讓凱西得以擁有雙重國籍——但凱西一點都不像是英國人。她壓根沒有英國人的氣息——不只是因為她的講話方式，還有她看待世界的角度與感知的方式。她的自信活潑，無人能出其右，我從來沒看過像她這樣的人。

我們離開酒吧，叫了計程車，將我公寓的地址告訴了司機。在這段短短的路程當中，我們都沒說話。我們一抵達之後，她溫柔送上雙唇、貼住我的嘴，我的矜持立刻決堤，把她拉入我懷中，我們一邊激情狂吻，我一邊忙著找大門鑰匙。等到我們進入屋內的時候，幾乎已經脫光光了，然後，我們踉蹌進入臥室、倒在床上。

那一晚是我一生中最奇豔、最幸福的夜晚。我花了好幾個小時的時間拚命在探索凱西的身體，我們一直做愛，直到黎明才結束。我還記得到處都是一片白：從窗簾邊緣悄悄潛入的白色陽光、白牆、白色床單、她的眼白、白色牙齒、白色肌膚。我一直不知道原來皮膚可以這麼白亮清透：象牙白的肌膚下方，偶見藍色血管，宛若有細縷斑紋的白色大理石。她是雕像，在我手中甦醒的希臘女神。

我們躺在床上相擁，凱西面對著我，我們的雙眼如此貼近，我已經找不到焦點，只看到一片迷濛的綠海。她開口問道，「那現在怎樣？」

「怎樣？」

「瑪麗安呢？」

「瑪麗安？」

她露出一抹微笑，「你的女友。」

「嗯，對，對哦，」我遲疑了一下，「我不知道要怎麼處理瑪麗安的事。丹尼爾呢？」

凱西翻白眼，「誰管丹尼爾，我有男友了。」

「真的嗎？」

凱西吻了我一下，當作是回應。

凱西打算沐浴之後再離開。趁她在洗澡的時候，我打電話給瑪麗安，我想要找時間見她，當面講清楚。但她很生氣，堅持我們當下就要在電話裡解決一切。瑪麗安萬萬沒想到我要提分手，但我還是說了，只能力求委婉。她開始哭，又悲又怒，搞到我最後掛她電話。很殘忍，沒錯——而且毫無悲憫之心。打了那樣的電話，也不是什麼光彩的事，但在那種時候，似乎也只能採取這種誠實的應對之道。除此之外，還有什麼其他解決的方法嗎？我依然沒有答案。

我與凱西的第一次正式約會地點在邱園。這是她的提議，我從來沒去過那裡，讓她嚇了一大跳。「開什麼玩笑？」她說道，「你從來沒進去過那些溫室？有一間超大的溫室，裡面都是熱帶蘭花，裡面設定的溫度很高，就和火爐一樣。我在念戲劇學校的時候，經常跑去那裡鬼混，目的只是要取暖而已。等你下班之後，我們在那裡見面好嗎？」然後，她突然猶豫不決，「對你來說是不是太遠啦？」

「親愛的，為了妳，就算比邱園更遠的地方都不成問題。」

她虧了我一下，「白痴。」然後又吻了我。

我到達大門口的時候，凱西早就等在那了，她身著厚外套與圍巾，像個興奮的小孩一樣對我揮手，「過來，快過來，」她喊道，「跟著我就是了。」

她帶我穿越冰凍的泥地，到達種養熱帶植物的巨型玻璃建物入口，她推開大門衝進去，我跟在她後頭，陡升的高溫熱浪立刻朝我猛烈襲來，我扯掉圍巾，脫去外套。

「看吧？我早就告訴你了，裡面跟三溫暖一樣。是不是很棒？」

我們把外套披掛在臂上，手牽著手，在小徑漫步，欣賞各式各樣的異國花卉。光是有她陪伴身旁，就已經讓我感受到一股陌生的幸福氣息，彷彿某道密門被打開了，而凱西頻頻召喚我要跨越門檻——進入充滿溫暖光亮色彩，以及數百朵佈有藍紅黃微斑的蘭花的神奇世界。

在這股熱氣之中，我覺得自己開始逐漸融化，邊緣也變得柔軟，宛若烏龜經過漫漫冬季長眠之後、在陽光下伸出頭來，眨眼，慢慢甦醒。這都要歸功於凱西——她是我的人生邀請函，我必須伸出雙手緊抓不放。

所以，這就是了，我一直在想，這就是愛。

我認出了它的面貌，無庸置疑；而且我很清楚，自己從來沒有過這樣的體驗。我先前的戀情都很短命，就各方面看來都不夠格。我還是大學生的時候，必須靠著狂喝酒借膽、然後才好不容易鼓起勇氣獻出處男之身，對象是某個就讀社會系的加拿大人，名叫瑪瑞迪絲，她戴的牙套好尖利，接吻的時候還割傷了我的嘴唇。接下來的一連串關係也都讓人意興闌珊，我一直找不到自己夢寐以求的那種獨特心動感覺。我一直覺得是自己傷得太深，無力去經營親密關係。不過，現在我只要聽到凱西充滿感染力的咯咯笑聲，一股興奮的浪潮就會席捲我全身。透過某種滲透作用，我也吸收了她的青春朝氣，泰然自若，以及歡笑。我喜歡全新的自己，在凱西的鼓勵下、轉為無畏無懼的這個男人。我們一天到晚在幹砲，我對她的急切渴慾永不止歇，必須隨時隨地撫觸她，無論再怎麼親暱也不厭倦。

那年的十二月，凱西搬入我的住所，位於肯提什鎮的一房公寓，潮濕陰冷、鋪有厚重地毯的地下室公寓有窗戶，但是沒有景觀。我們在一起的第一個聖誕節，決定要好好動手布置一下，在地鐵站附近的小攤買了聖誕樹，把市集買來的那堆亂七八糟的裝飾品與燈串全掛了上去。

我還記得松樹針葉、木頭、蠟燭燃燒的濃烈氣味，凱西看著我的眼眸晶亮，宛若聖誕樹燈一樣。我不假思索，脫口而出，「嫁給我好嗎？」

凱西盯著我，「什麼？」

「我愛妳，凱西，嫁給我好嗎？」

凱西哈哈大笑，然後，我又驚又喜，因為她答應了。

第二天，我們出門，她挑了戒指，我突然有了現實感，我們訂婚了。

說也奇怪，我第一個想到的是我父母，我想要把凱西介紹給他們。我想要讓他們知道我有多麼幸福：我終於逃開了牢籠，成為自由之身。所以我們搭乘火車到了薩里。後來才證明這並非明智之舉，一開始就出現不祥預兆，應門的是我父親，展現出一貫的敵意態度，「李歐，你氣色好糟糕，太瘦了吧，頭髮也剪得太短了，簡直就像是犯人一樣。」

「爸，謝了，我也很開心能見到你。」

媽媽好像越來越憂鬱、沉默，也不知道為什麼，看起來更孱弱渺小，彷彿根本不存在一樣。父親的存在感沉重多了，一點都不友善，對我們怒目而視，沒有笑容。從頭到尾，他都以冷酷陰鬱的目光盯著凱西，這是一頓令人渾身不自在的午餐，他們似乎不喜歡她，也並沒有為我們的喜訊感到格外開心。我不知道自己何必這麼驚訝，他們的這種反應明明很正常。

吃完晚餐之後，我父親躲進他的書房，再也沒有現身。母親與我擁抱道別，這一抱也未免太久、太緊了一點，她連腳都站不穩。我悲傷欲絕，當凱西與我離開的時候，我知道自己的某一個部分仍然遺留在那裡——永遠動彈不得的小孩。我覺得失落又無望，幾乎快要淚水潰堤。然後，凱西一如往常，又給了我驚喜，她把我拉過去，給了我一個擁抱，「我現在懂了，」她在我耳邊輕聲細語，「我全都明白了，現在我更加愛你。」

她沒有多作解釋，也無須多此一舉。

四月的時候，我們在尤斯頓廣場附近的某間小型戶政事務所完婚。在凱西的堅持之下，我們並沒有邀請雙方家長，沒有上帝，沒有任何宗教儀式。但是在典禮進行的時候，我還是在心中暗自禱告，感謝祂賜給這等讓我萬萬意想不到的巨大幸福，我何德何能啊。現在，我看得十分清楚，我已經了解了祂更遠大的目的，上帝並沒有在我孤單恐懼的童年時代放棄了我——祂一直把凱西藏在自己的袖子裡，等待時機、把她變出來，就像是巧手魔術師一樣。

我們在一起的時時刻刻，我都心存謙卑感激。我知道是自己三生有幸、才能享受到這樣的愛情，何其難得可貴，因為其他人並沒有這麼幸運，我的大多數病人都得不到愛，艾莉西亞・拜倫森就是其中之一。

很難想像還有比凱西或是艾莉西亞更極端的女人。凱西讓我聯想到光亮、溫暖、色彩，還有歡笑。而想到艾莉西亞的時候，卻只有深沉、陰鬱、悲傷。以及沉默。

第二部

未表露的情緒永遠不會消失，只是被活埋而已，有朝一日，將會以更醜惡的方式現身。

——西格蒙德·佛洛伊德

1

艾莉西亞・拜倫森的日記

七月十六日

我萬萬沒想到自己會有期待天降甘霖的那一天。熱浪來襲，已經進入第四個禮拜，每天似乎都越來越熱，感覺根本不像英國，比較像是異地——希臘之類的地方。

我在漢普斯特德高地寫日記。整間公園擠滿了臉龐紅通通、半裸的人群，這裡彷彿成了海灘或是戰場，有人坐在毯子或長椅，還有的人乾脆大剌剌躺在草地上。我坐在樹蔭下方，傍晚六點鐘，已經開始有了涼意。紅色斜陽在黃金霞光天空中逐漸西沉——在這種光線下的石南呈現出另一種樣貌——陰影更深邃，映色更明亮，綠草宛若著了火，在我的腳下冒出閃爍不定的焰光。

我脫掉鞋子，光腳走路，不禁讓我聯想到自己小時候在外頭嬉戲的情景。我腦中浮現另一個夏天，就和現在一樣炎熱——也就是母親死去的那個夏天——我和保羅在外頭玩耍，騎著腳踏車、穿越綴滿野菊的黃金草原，在廢屋與鬧鬼的果園裡四處探險。那個夏季，在我心中烙下永遠無法忘懷的印記。我記得媽媽還有她那些色彩繽紛的上衣，黃色細肩帶，輕薄纖巧——就和她一樣。她好瘦，宛若嬌小的鳥兒。她會打開收音機，把我拉起來，隨著電台播放的音樂一起跳舞。我記得她有洗髮精、香菸、妮維雅護手霜的氣息，而且總是隱約散發出伏特加的味道。她那時候幾歲？二十八？還是二十九？她當時的歲數比我現在年輕多了。

感覺好詭異。

我在這裡的小徑發現了一隻小鳥，躺在某棵大樹的樹根旁。想必是從鳥巢裡摔落而下。牠動也不動，我猜可能已經斷翼，我伸出手指，輕輕撫摸牠的頭，沒反應。我推了一下、把牠翻過去——鳥兒的腹底已經全被啃食得乾乾淨淨，留下一個擠滿小蛆的空洞，肥白滑溜的蛆……扭纏蠕動……我一陣反胃，好噁爛——充滿了死亡感。

那景象就是在我腦中揮之不去。

七月十七日

為了躲避高溫，我開始躲進某間位於高街、裝有冷氣的咖啡店——「藝術家咖啡館」。裡面超涼爽，就和鑽進冰箱裡一樣。有時候我在裡面看書，不然就是打草稿、做筆記。大部分的時候都是在發呆，享受冷氣。站在櫃檯後面的漂亮女孩百無聊賴，盯著手機、頻頻看手錶，三不五時就嘆氣。昨天下午，她的嘆氣聲似乎拉得特別長——我後來發現她其實在等我離開，她才能趕快打烊，我只好不情不願走出咖啡店。

在這種炎熱天氣下行走，宛若從泥地跋涉而過一樣。我覺得疲憊至極，全身癱軟，毫無招架能力。這個國家並沒有應付這種酷熱的設備——蓋布瑞爾與我的家中沒有冷氣——誰家會裝呢？但要是沒有它，根本無法入睡。入夜之後，我們丟開被子，赤裸裸躺在黑暗之中，全身都在冒汗。我們打開了窗戶，但完全不見微風吹送，只有悶熱空氣而已。

我昨天買了台電風扇，把它放在床尾的梳妝台上方，蓋布瑞爾立刻開始抱怨，「太吵了，我們要怎麼睡覺啊？」

「反正我們一定是睡不著，」我回他，「至少我們不用躺在三溫暖裡面。」

蓋布瑞爾低聲抱怨，但到了最後，他比我還早入睡。我躺著不動，聆聽風扇在運轉：我喜歡它所發出的那種聲響，某種溫柔的颼颼音頻。我可以閉上眼睛，融入那樣的節律，消失無蹤。

我一直帶著那電扇在屋內走來走去，隨著動向而必須不斷將插頭拔進拔出。今天下午，我把它放在花園後頭的工作室，有了風扇之後，我總算是可以稍稍忍受這種天氣了。但還是太熱，沒辦法完成太多工作，我進度落後——但熱成這樣，我已經完全不管了。

我有了一點小小的突破——我終於知道那幅耶穌畫像哪裡出了問題，為什麼不對勁。問題不在於構圖——十字架上的耶穌——癥結點在於那根本不是耶穌的畫像，完全不像祂——我也不知道祂長怎樣，反正完全不對，因為那不是耶穌。

而是蓋布瑞爾。

太神奇了，我以前居然沒有注意到這件事。也不知道為什麼，我在自己渾然不覺的狀態下，居然把蓋布瑞爾畫了進去，那是他的臉龐，他的身體。這不就是瘋了嗎？所以我已經完全繳械——任由自己被畫筆牽著鼻子走。

我現在明白了，要是我擬定了創作計畫，對於最後的成果已經有了既定的想法，到頭來一定失敗，看起來就是了無生氣的死胎。但要是我全神貫注，有時候會聽到有人在對我輕聲指點、帶我走入正確的方向。如果我願意乖乖聽從，表現出自己深信不疑，那麼它就會引領我進入某個讓我充滿驚奇、完全意料不到的地方，但卻充滿了激情活力、光彩燦亮——最後的成果自有其獨特的生命力，已經不是我可以主宰的範圍。

我覺得，真正讓我害怕的是自己屈從於那股未知力量，我想要掌握自己的走向，所以我才會打那麼多的草圖——想要控制結果——徒勞無功也是意料中的事——因為我並沒有針對眼前所發生的狀況真正做出回應。我必須睜開眼睛，看個仔細——注意生活的脈動，不能只是自己任性而為。現在我知道這是蓋布瑞爾的畫像，我可以回到起點，從頭再來。

我馬上要請他當我的模特兒，他已經好久沒幫我這個忙了。希望他喜歡我的創意——不要覺得這是什麼瀆神啊之類的念頭。

有時候，他就是這麼古怪。

七月十八日

今天早晨我下山，前往卡姆登市集。我已經好久沒有到那裡去了，上次來到這裡，是為了要陪伴蓋布瑞爾追尋自己失落的青春。他十多歲的時候經常在這裡鬼混，與朋友通宵達旦狂舞喝酒聊天。他們一大早過來，看著小販們準備擺攤，走向徘徊在卡姆登水閘橋的那些拉斯特里法教徒毒販，想辦法和他們買大麻菸。

蓋布瑞爾和我去那裡的時候，早就看不到毒販蹤影——這一點讓蓋布瑞爾好頹喪。「我已經認不得這個地方了，」他說道，「現在這裡被消毒得乾乾淨淨，成了坑殺觀光客的地方。」

今天我四處閒晃，我覺得問題可能不在於市集產生了什麼巨大的變貌，而是蓋布瑞爾自己變了。這裡依然到處都是十六歲的青少年，擁抱陽光，癱躺在運河的兩側，一堆青春肉體——男孩赤裸上身，下搭捲邊短褲，女孩們則是身穿比基尼或胸罩——到處都看得到裸露的紅燙肌膚。可以感受到蠢蠢欲動的性能量——他們對於生命的不耐飢渴。我突然對蓋布瑞爾湧起一陣慾念——他的身體，還有他的強壯雙腿，壓貼在我腿上的那種感覺。當我們做愛的時候，我覺得自己對他永遠慾求不滿——因為我們之間有某種連結的關係——某種比我，比我們之間更偉大的情感——某種神聖性。

突然之間，我注意到一名流浪漢，坐在我一旁的人行道，死盯著我不放。他用繩子綁住褲頭，靠膠帶黏固鞋子。他的皮膚有潰瘍，整張臉長滿紅斑，我突然覺得好悲傷，充滿嫌惡，他渾身散發陳年汗臭與尿味。我原本以為他在對我說話，但他只是在自言自語，低聲咒罵——「幹」這個「幹」那個，我從包包裡掏了一點零錢給他。

然後，我走回家，一步步慢慢爬坡。現在的路似乎變得更為陡峭，在這種悶熱的天氣下行走，宛若永遠到不了終點一樣。也不知道為什麼，我一直惦念著那個流浪漢。除了悲憫之外，還有某種難以名狀的情緒——恐懼吧。我開始想像他還是小嬰兒的時候、依偎在母親懷中的模樣。她會猜到自己的寶寶最後變成瘋子？又髒又臭，窩在人行道低聲罵髒話？

我想到了自己的母親，她瘋了嗎？她是不是因為發瘋才做出那樣的事？她為什麼要把我綁在她那輛黃色mini的副座？而且加速衝向那面紅磚牆？我一直很喜歡那輛車，好愛那令人心情大好的淡黃，我的畫箱也是這顏色。現在我好討厭那顏色——只要一用到畫箱，就會讓我想起死亡。

她為什麼要做出那種事？我想我永遠也無法知道答案。我以前覺得這是自殺，但現在我覺得這是殺人未遂，因為我也在車上，不是嗎？我有時不免在想，我才是這起預謀的受害人——她想殺死的是我，而不是她自己。我的血液裡是不是流有她的瘋狂因子？是這樣嗎？我會不會——

不要再想了，就此打住，停下來——

至於那個部分，我就不寫了，我絕對不會寫出來的。

七月二十日

昨晚蓋布瑞爾與我外出吃晚餐。我們經常在週五晚上出門。他經常用好笑的美國腔告訴我，這是「約會之夜」。

蓋布瑞爾一向是感情內斂的人，而且喜歡嘲弄他所認定的「感傷」事物。他自認個性憤世嫉俗，不會傷春悲秋，不過，他卻是十分浪漫的人——他的心，但不是他所說的話。事實勝於強辯，不是嗎？而蓋布瑞爾的一舉一動都讓我感受到滿心的愛。

我開口問道，「你想去哪裡？」

「給妳猜三次。」

「奧古斯都？」

「第一次就猜中了。」

奧古斯都是我們家附近的義大利餐廳，就在路口而已。沒什麼特別的——但感覺就像是另一個家一樣，而且我們在那裡度過了無數的開心夜晚。我們大約在八點鐘到達，冷氣壞了，所以我們只好坐在敞開的窗邊，忍受潮濕窒悶的空氣，啜飲冰鎮過的干白酒，到了最後，我覺得自己喝得醉醺醺，我們真的都在閒聊鬼扯，但卻暢懷大笑得好開心。走出餐廳之後，我們在外頭接吻，回家做愛。

所幸蓋布瑞爾終於不再抱怨電扇，至少，我們在床上的時候他就不廢話了。我把它放在我們的正前方，習習涼風吹送，我們彼此相擁。他撫摸我的髮絲，吻我，對我柔聲說道，「我愛妳。」我沒接話，沒有這個必要，因為他知道我的感覺。

不過，我卻犯蠢毀了這大好氣氛——我開口請他當我的模特兒。

「又來了？妳已經畫過我了啊。」

「那已經是四年前的事，我想要再畫你一次。」

「嗯，這樣啊，」他似乎興趣不大，「這次有什麼想法？」

我遲疑了一會兒——還是說出了耶穌畫作的事。蓋布瑞爾坐起來，露出苦笑。

「幫幫忙好嗎，艾莉西亞……」

「怎樣？」

「親愛的，我不確定這是否妥當，」他回道，「我覺得這樣不太好。」

「有什麼問題嗎？」

「妳怎麼會有這種想法？把我畫在十字架上面？大家會怎麼說？」

「你哪時候開始會在乎別人的想法？」

「我沒有，大部分的時候並不會，不過——我的意思是，他們可能會以為這是妳看待我的角度。」

我哈哈大笑，「你以為自己是上帝之子嗎？我不覺得啊，那只是一幅畫作而已——我在創作時的自然產物，我自己根本渾然不覺。」

「所以妳應該再斟酌一下。」

「何必呢？他們評論的又不是你或是我們的婚姻。」

「那不然是什麼？」

「我怎麼知道？」

蓋布瑞爾翻白眼，哈哈大笑，「好吧，」他回道，「幹，如果妳堅持想要這麼做，我們就試試看，我想妳很清楚自己在做什麼。」

這不算是什麼充滿信心的背書。不過，我知道蓋布瑞爾相信我，也對我的才華有信心——要不是因為有他，我也不會成為畫家。要不是他拚命刺激我、鼓勵我、對我施壓，我也不會熬過大學畢業之後那幾年、與尚費利克斯一起幫人畫牆壁的悲慘歲月。在我認識蓋布瑞爾之前，我失去了方向，也不知道怎麼回事——迷失了自我。對於那些在我二十多歲的時候、勉強算是朋友的那些毒蟲玩咖同伴，我沒有任何眷戀。我只會在晚上看到他們——這些人總是在黎明消失，宛若見光就落荒而逃的吸血鬼。當我遇到蓋布瑞爾之後，他們全都消失無蹤，而我卻根本渾然不覺。我再也不需要他們了，既然我有了他，不需要其他人。他救了我——就像是耶穌一樣。也許這正是那幅畫的真義。打從我們認識的第一天開始——蓋布瑞爾就是我的全世界。無論他做了什麼，無論出了什麼事，我會永遠愛他——無論他害我生了多大的氣——無論他有多麼骯髒邋遢——多麼漫不經心、自私，我就是愛他這個模樣。

至死不渝。

七月二十一日

今天蓋布瑞爾進了我的畫室，坐下來當我的模特兒。

「上次我在畫室待了幾天，我不會再幹這種事了，」他說道，「我們是說多久？」

「這又不是一次就能搞定。」

「妳的真正企圖是想要花更多時間和我在一起吧？如果是這樣，那我們可以跳過這個暖身階段，直接上床，妳覺得怎麼樣？」

我哈哈大笑，「如果你乖乖的不要隨便亂動，等一下也許有機會。」

我示意請他站在電扇前面，他的髮絲開始迎風飄揚。

他開始擺弄姿勢，「應該要怎麼樣才好？」

「不需要，當你自己就是了。」

「難道不需要我裝出痛苦神情嗎？」

「我不確定耶穌是不是痛苦不堪，我眼中的祂不是這個樣子。不需要給我任何表情——站在那裡就是了。還有，不要動。」

「我聽妳的話就是了。」

他站了約二十分鐘，就破功了，直說他好累。

「那就坐下吧，」我說道，「可是不要講話，我要畫臉部細節。」

蓋布瑞爾坐在椅子上，沉默不語，讓我專心作畫。我喜歡畫他的臉，很好看的臉龐。堅實的下巴，高聳的顴骨，還有細緻鼻梁。但我現在沒辦法畫出他的雙眼形狀，就連顏色也無法拿捏。我當初一看到蓋布瑞爾，立刻注意到的就是他雙眸中的光芒——宛若虹膜內鑲有迷你鑽石。但現在也不知道為什麼，捕捉不到他的神韻。也許是因為我技法還不夠好——抑或是蓋布瑞爾具有某種畫筆難以攫取的氣質。那雙眼睛依然死氣沉沉，我開始生自己的氣。

「幹，」我怒道，「畫得好爛。」

「要不要休息一下？」

「好，休息吧。」

「做愛？」

他的這句話引得我哈哈大笑，「好。」

蓋布瑞爾跳起來，抱住我，開始吻我，我們直接在畫室裡做愛，然後躺在地上喘息。

在這段過程當中，我不時望向蓋布瑞爾畫像中那雙死氣沉沉的雙眼，它們直視著我，灼燙我身，我必須把頭別過去。

但我依然覺得它們死盯著我不放。

2

我在迪奧米德斯的辦公室裡面找到了他，他正忙著整理樂譜。

「嗯，」他根本沒抬頭，「狀況如何？」

「老實說，完全沒有進展。」

迪奧米德斯瞄了我一眼，神情疑惑，我遲疑了一會兒之後才說出口，「我需要艾莉西亞能夠思考、恢復知覺，我才有機會能夠突破。」

「當然，你的重點是……？」

「要是給病患的藥開得這麼重，心理治療也不會有任何成果，現在的她就跟進了棺材一樣。」

迪奧米德斯皺眉，「我不會使用這麼誇張的措辭，」他繼續說道，「我不清楚她的藥物劑量——」

「我問過尤里了，十六毫克的理思必妥，這是給馬兒的劑量。」

迪奧米德斯挑眉看著我，「沒錯，真的很高。應該可以降低才是。你知道克里斯蒂安是艾莉西亞的主治醫生，應該要去找他討論才是。」

「我覺得如果是由你出面會比較好。」

「嗯，」迪奧米德斯看著我，一臉狐疑，「你和克里斯蒂安以前就認識了，對不對？是布羅德摩的同事吧？」

「幾乎沒什麼交集。」

迪奧米德斯沒有立刻回答我。他從桌上拿起一小碟糖衣杏仁，交到我面前。我搖搖頭，他抓了一顆塞到口中，大嚼特嚼，一邊盯著我。

「跟我說實話，」他說道，「你和克里斯蒂安之間是不是有什麼芥蒂？」

「為什麼要問這奇怪的問題？」

「因為我感受到某種敵意。」

「問題不在我身上。」

「所以是他嘍？」

「你必須要問克里斯蒂安，我對他並沒有任何成見。」

「嗯，也許是我多心了。但我嗅到不尋常的氣氛……你要注意一下，不要因為野心或是彼此競爭而妨礙了工作。你們兩個必須要通力合作，而不是彼此敵視。」

「我知道。」

「好，我們必須要讓克里斯蒂安加入討論。你希望艾莉西亞恢復知覺，沒問題。但你要記得，感受性越強烈，危險也隨之增高。」

「誰會有危險？」

「當然是艾莉西亞，」迪奧米德斯伸出食指，在我面前搖了幾下，「別忘了，她當初入院的時候，患有嚴重自戕傾向，好幾次自殺未遂。藥物治療讓她得以保持穩定，讓她活到了現在。要是我們降低用量，很可能會造成她情緒失控，後果難以收拾，你準備要冒這種風險嗎？」

迪奧米德斯的這番話，讓我仔細思索了好一會兒，不過，我還是點點頭，「教授，我認為這是我們必須承擔的風險，」我繼續說道，「不然我們永遠沒機會碰觸她的內心世界。」

他聳肩，「好，那我就幫你找克里斯蒂安談一談。」

「謝謝。」

「我們先看看他作何反應。對精神科醫生來說，要是有其他人針對他們的病患提出用藥建議，通常是不會買單。當然，我可以直接反對他，但我傾向不要這麼處理——讓我先旁敲側擊一下，我會把他的反應告訴你。」

「你找他討論這件事的時候，最好還是別提到我的名字。」

「我明白，」他露出詭譎微笑，「這一點我很清楚，我不會說的。」

迪奧米德斯從辦公桌取出某個小盒子，推開盒蓋，裡面有一排雪茄。他拿了一根給我，我搖搖頭。

「你不抽菸？」他似乎很吃驚，「我覺得你看起來就是個大菸槍。」

「不，不是。只有偶爾來一根——久久才一次……。我正打算戒菸。」

「好，你戒菸是好事，」他打開窗戶，「你聽過那個笑話吧？為什麼不能當個菸槍心理醫生？因為這就表示你這個人還是萎靡不振。」他哈哈大笑，把雪茄塞入嘴中，「我覺得這裡的每一個人都多少有點瘋狂。你知道他們以前在辦公室掛什麼標語嗎？『不需要是瘋子，也可以在這裡工作，但如果你是瘋子，當然更加分。』」

迪奧米德斯再次發出朗笑。他點了雪茄，對著窗外吞雲吐霧，我盯著他，心裡羨慕得要命。

3

吃完午餐之後，我在走廊裡到處兜轉，找尋出口。我打算要溜出去偷抽菸——卻在逃生梯那裡遇到了印蒂拉，她以為我迷路了。

「李歐，別擔心，」她挽住我的手臂，「我花了好幾個月的時間才熟悉環境，這裡就像是沒有出口的迷宮一樣。我在這裡已經十年了，有時候依然會搞不清楚方向。」她哈哈大笑，我還沒來得及婉拒，已經被她帶到樓上、準備在「金魚缸」裡面喝茶。

「我來煮水。天氣真是糟透了，對吧？真希望能夠下雪就好了，可以一掃陰霾……雪是非常強烈的想像力象徵，你也這麼覺得吧？它可以將一切清除得乾乾淨淨。你有沒有注意到病人一直在討論這件事？大家都巴望看到雪景，有意思。」

然後，我萬萬沒想到她把手伸入自己的包包，拿出一大塊包著保鮮膜的蛋糕、硬塞到我手中，「拿去吧，這是核桃蛋糕，我昨晚自己做的，送給你吃。」

「哦，謝謝，我——」

「我知道這是非傳統療法——但要是在進行療程的時候遇到難纏的病人，送給她們一小塊蛋糕，最後得到的效果總是比較好一點。」

我哈哈大笑，「我想也是。我是難纏的病人嗎？」

現在輪到她笑得開懷，「不是，但我覺得拿它來對付難纏的同僚也一樣好用——對了，你不是那種人。一點點的糖，就可以讓人心情大好。我本來會在員工餐廳廚房做蛋糕，但史蒂芬妮卻大發雷霆，說什麼健康與安全之類的鬼話，不能把食物從外頭帶進來。你可能會以為我是偷偷帶進來，但其實我依然會躲在裡面偷烤蛋糕。這是我對於獨裁國家的抗暴行動，你一定得嚐嚐看。」

這不是詢問，而是命令。我咬了一口，好吃。充滿豐富的堅果、有嚼勁、香甜。

我嘴巴裡塞滿了蛋糕，講話的時候只能以手遮嘴。

「我相信妳的病患一定會因為蛋糕而心情大好。」

印蒂拉笑得開懷，甚是開心。現在我知道我為什麼喜歡她了——她散發出一股母性的沉靜，讓我想到了自己以前的那位心理治療師，羅絲，很難想像她會出現惱怒或悲傷的模樣。

趁她在泡茶的時候，我四處張望了一下這裡的空間。護理站一直是精神療養單位的樞紐，是它的心臟：工作人員在這裡進進出出，處理病房的日常事務，至少所有的臨床決策都是如此。「金魚缸」是護理人員取的綽號，因為護理站的牆壁是強化玻璃材質——換言之，工作人員就可以監控病患在娛樂室的活動，至少，理論上是這麼說沒錯。其實，病患在外頭不斷焦躁晃蕩、死盯著我們，我們才是被他們一直觀察的對象。這地方很小，座位不夠，而且通常都會有忙著打字的護士坐在那裡，所以大部分的時候只能站在正中央，或是以彆扭姿態斜靠在辦公桌旁——所以無論到底裡面有多少人，總是會讓人覺得很侷促。

印蒂拉遞給我一杯茶，「親愛的，茶好了。」

「謝謝。」

克里斯蒂安晃了進來，對我點點頭。他散發出濃濃的薄荷口香糖氣味，因為他嘴巴裡老是在嚼那東西。我記得我們還在布羅德摩工作的時候，他抽菸抽得很兇，這是我們的少數共通點之一。後來，克里斯蒂安辭職、結婚，還生了個小女兒。我很好奇，不知道他會是怎樣的爸爸，我覺得他的個性並不是特別熱情。

他對我露出冷酷微笑，「李歐，居然會在這種狀況下再次相見。」

「這世界真小。」

「就心理治療的這個圈子來說，對——的確是個小世界。」克里斯蒂安說出這種話，彷彿暗指還有比較大的其他圈子。我絞盡腦汁想知道他這個人還有什麼其他的圈子，老實說，只有健身房吧，或是橄欖球球場上的鬥牛陣而已。

克里斯蒂安盯著我，長達好幾秒之久。我早就忘記了他有停頓的習慣，通常會拖很久，他慢條斯理思索該如何回應，任由對方一直枯等。他在布羅德摩的時候就已經讓我很不爽，現在亦復如此。

「你在這種時候加入這個團隊，算你倒楣，」他終於開口，「迪奧米德斯在葛洛夫的勢力早已岌岌可危。」

「你覺得真有那麼糟糕？」

「這只是遲早的問題而已。信託基金一定會關閉這間院所。所以，問題來了，你到這裡來做什麼？」

「你這麼問是什麼意思？」

「哼，船沉鼠先逃，才不會爭先恐後上船。」

克里斯蒂安毫不掩飾他的嗆辣姿態，讓我嚇了一大跳。我才不會被騙上鉤。我對他聳肩，「可能吧，但我不是老鼠。」

他正打算要回話，突然傳來一陣巨大的砰砰聲響，讓我們兩個都嚇了一大跳。愛麗芙站在玻璃的另一側，伸出雙拳猛搥個不停。她的臉緊貼牆壁，鼻子都被壓扁了，五官為之扭曲，整張面孔宛若禽獸一樣。

「我不要再吃這些鬼東西！我恨死了——媽的這些臭藥丸——」

克里斯蒂安打開玻璃牆的小門，對裡面喊話，「愛麗芙，現在不是討論這種話題的時候。」

「我告訴你，我就是不碰了，媽的它們讓我超想吐——」

「我不會在這裡討論這個話題。跟我預約看診時間，現在請妳馬上離開。」

愛麗芙臉色一沉，思索了一會兒，然後轉身，拖著沉重的腳步離開了，留下剛剛貼在玻璃牆面上的一團模糊霧氣。

我開口說道，「這傢伙總是不按牌理出牌。」

克里斯蒂安嘀咕，「真難搞。」

印蒂拉點點頭，「可憐的愛麗芙。」

「她為什麼會進來？」

「她犯下兩起殺人案，」克里斯蒂安回道，「殺死自己的母親與妹妹，趁她們睡覺的時候悶死她們。」

我透過玻璃牆觀察裡面的狀況。愛麗芙與其他病患在一起，身材高人一截。其中一個人把錢塞到愛麗芙的手中，她立刻收進口袋。

然後，我發現艾莉西亞待在房間的另外一頭，獨自坐在窗邊，眺望遠處。我盯著她好一會兒，克里斯蒂安的目光也隨著我飄了過去。

「對了，」他說道，「我和迪奧米德斯教授討論過艾莉西亞的事。我已經把理思必妥的用量降為五毫克，先看看她反應如何。」

「知道了。」

「我想你也許想知道這個消息吧——因為我聽說你已經為她做了一次心理治療。」

「對。」

「我們必須密切注意她對於用藥劑量變化的反應。對了，如果你下一次對於我給病患的用藥有任何意見，直接找我就是了，不需要在我背後鬼鬼祟祟去找迪奧米德斯。」他說出這些話的時候，怒氣沖沖盯著我，但我卻微笑以對。

「我沒有偷偷摸摸。克里斯蒂安，直接找你，我當然沒有問題。」

一陣令人尷尬的沉默。克里斯蒂安自顧自點點頭，彷彿終於下定決心。

「你知道艾莉西亞是邊緣性人格吧？她不會對於心理治療有任何反應，你只是在浪費時間。」

「要是她沒辦法說話，」我反問他，「你又怎麼知道她是邊緣性人格？」

「她才不會開口。」

「你覺得她在裝？」

「對，老實說，我就是這麼覺得。」

「如果她是裝的，又怎麼可能是邊緣性人格？」

克里斯蒂安面色暴怒，而印蒂拉卻在他打算反駁之前立刻插嘴。

「恕我直言，我認為類似『邊緣型人格』這樣的概括性詞彙不是很有幫助，沒辦法給我們任何有用的線索。」她瞄了一下克里斯蒂安，「我和克里斯蒂安經常因為這件事而爭執不休。」

我又問她，「妳怎麼看待艾莉西亞？」

印蒂拉思索了一會兒之後才開口回答，「我發現她會激發出我的強大母性，這是我的情感反移轉，也就是她所讓我產生的感覺——我認為她需要有人好好照顧她。」印蒂拉對我微笑，「現在有了，就是你。」

克里斯蒂安發出他的獨特惱人大笑，「抱歉，我沒慧根，但要是艾莉西亞不肯說話，又怎麼能因為心理治療而有任何進展？」

「心理治療不只是說話而已，」印蒂拉說道，「重點是要提供安全空間——包容的環境。大多數的溝通都不是靠口語，我想這一點你自己也很清楚。」

克里斯蒂安對我翻白眼。

「老弟，你自求多福了，」他對我說道，「你真的需要好運加持。」

4

我開口打招呼，「嗨，艾莉西亞。」

她的藥物劑量被降低才不過短短幾天，已經可以看出差異十分明顯。動作已經流暢多了，眼眸也變得比較清澈，迷濛神色已經消失不見，宛若成了另外一個人。

她站在門口，身旁有尤里，看來遲疑不決。她盯著我仔細打量，彷彿這是第一次能夠把我看得清清楚楚。我很好奇，不知道她會做出什麼樣的判斷。

顯然她認定是安全無虞，走了進來。她沒等我詢問，自己就坐下來。

我對尤里點頭，示意請他離開。他遲疑了一會兒，還是走出去、關上了門。

我坐在艾莉西亞對面，一片靜默，只有外頭的不歇雨聲，雨滴敲窗，發出宛若鼓擊的聲響。

最後，我開口了。

「感覺怎麼樣？」

沒有回應。艾莉西亞只是死瞪著我，雙眼宛若發亮的檯燈，眨也不眨一下。

我張嘴，欲言又止。我很想要靠講話填補空白，但還是下定決心要壓抑這股衝動。我不打算光是坐在這裡不講話，我希望能夠溝通其他部分，非口語本質的東西；也就是能讓我們就這樣坐在一起相安無事、我是不會傷害她的事物。如果我想要讓艾莉西亞開口，就必須要贏得她的信任。這需要時間——絕非一蹴可幾。這段進程十分緩慢，宛若冰河，但終究會移動。

在我們靜靜坐在那裡的時候，我的太陽穴部位開始搏動，頭痛的前兆，一種洩露心緒的症狀。我想到了羅絲經常掛在嘴邊的那一段話，「想當優秀的心理治療師，就必須要能夠吸納病患的各種情緒——但你不能把它們留在自己身上——那不是你的——並非是你的情緒。」換言之，我腦袋裡的砰砰聲響並不是我的疼痛，而是屬於艾莉西亞所有。而且，這股突然襲來的憂傷浪潮——想死、想死、想要一死了之的渴望——也並不是我的心聲。那是她的，全部都是她的。我坐在那裡，體會她的感受，頭痛欲裂，腹部絞痛，這樣的煎熬彷彿有數小時之久。終於，五十分鐘過去了，我看了一下手錶。

「我們得結束了。」

艾莉西亞低頭，盯著大腿。我遲疑了，失去了矜持。我壓低聲音，誠心說道，「艾莉西亞，我想要幫助妳。妳要相信我，我想要幫助妳看清一切。」

就在這時候，艾莉西亞抬頭，盯著我——目光直透我的靈魂。

你幫不了我，她的雙眼在大吼。你看看你都自身難保了。你假裝自己通曉一切、十分睿智，但應該坐在這裡的人是你而不是我。變態、騙子。句句謊言——

當她盯著我的時候，我意識到為什麼在今天的整個療程當中、我會這麼心煩不定。這是種很難以言語形容的現象，但心理治療師只要看到對方的肢體動作、言語，還有眼眸裡閃動的情緒——可能是某種夢魘、恐懼、瘋狂，便能夠立刻理解對方的心理疾患。這正是我的困擾之處：儘管這些年她一直在吃藥，儘管她做出了這些行為，飽受折磨，艾莉西亞的藍色眼眸依然如夏日晴空一樣清澈無雲。她並沒有發瘋，所以她現在是什麼狀況？她的眼神是什麼意思？該怎麼說呢？是不是——

在我還沒有釐清思緒之前，艾利西亞突然從椅子上跳起來，整個人撲向我，伸出的雙手宛若動物的利爪。我完全沒有時間移動躲避，她壓住我的上半身，害我失去平衡，我們兩人一起摔在地板上。

我的頭砰一聲撞到了牆。她抓住我的頭不斷掄牆——而且一陣亂抓亂打——我使出全身氣力才甩開了她。

我爬了一會兒，終於把手伸到辦公桌上方，找尋緊急求援器，就在我剛抓到的時候，艾莉西亞衝上來，撥掉我手中的警報器。

「艾莉西亞——」

她的手指死掐我的脖子，逼得我快要窒息——我拚命摸找緊急求援器，但就是遍尋不著。她雙手的力道越來越猛烈——我沒辦法呼吸。我奮力——這一次總算抓到了——立刻按下警報器。

我立刻聽到淒厲的尖銳聲響，震耳欲聾。遠方有人開門，尤里在大喊請求支援。他們終於將艾莉西亞從我身上拖走——讓我得以解脫她的勒頸束縛——我喘得上氣不接下氣。

總共出動了四名護士，才成功制伏了艾莉西亞。她又扭又踢，奮力反抗的姿態宛若遭人擒捕的野獸一樣。她不像人類，比較像是發狂的動物，具有魔性的某種生物。

克里斯蒂安出現，為她施打鎮定劑，她失去了意識。

終於，一片沉寂。

5

「會有一點痛。」

尤里正在護理站幫我處理流血的傷口。他打開殺菌藥水的瓶蓋、沾濕棉花棒，那股藥味讓我想起了學校的醫務室，喚起了我在操場打架的傷疤、破皮膝蓋與擦傷手肘的種種記憶。我還記得護士長照護我的那種溫暖舒暢的感覺，她為我貼上繃帶，還拿糖果獎勵我很勇敢。然後，藥水碰到肌膚的刺痛感又立刻把我拉回到現實，現在所受的傷可沒那麼容易補救，我不禁面容抽搐。

「我的頭好痛，彷彿她剛才拿槌子敲我一樣。」

「有嚴重瘀青，明天一定會腫起來，我們最好要密切觀察。」尤里搖頭，「我不該留你一個人與她獨處。」

「這是我的堅持，你也別無選擇。」

他對我嘀咕，「這倒是真的。」

「謝謝你沒有講出『醫生主動要求』這種話，我十分感謝。」

尤里聳肩，「老弟，我不需要多說什麼，反正教授會為我講話，他已經請你之後過去找他。」

「哦。」

「看到他那種表情，我只能說幸好他要找的人不是我。」

我準備站起來，尤里仔細觀察我的動作。

「不要著急，慢慢來，必須要確認自己沒問題。如果會頭暈目眩，一定要讓我知道。」

「老實說，我真的沒事。」

這並非實情，但其實我的感覺沒像外表那麼糟糕。帶血的抓痕、喉嚨周邊的黑色瘀傷——她勒得好緊，十指深插，害我皮下出血。

我敲了一下迪奧米德斯的辦公室房門，教授一看到我，眼睛立刻睜得好大，嘖嘖驚呼，「哎呀呀，需不需要縫針？」

「不，當然不需要，我沒事。」

迪奧米德斯露出不信的神情，示意我入內，「李歐，快進來坐下。」

其他人都已經在裡頭了，克里斯蒂安與史蒂芬妮站著，而印蒂拉則坐在窗邊。這場面看起來很嚴肅，我懷疑自己可能會被炒魷魚。

迪奧米德斯坐在辦公桌前，指了指唯一的空椅，請我入座。我坐下之後，他盯了我好一會兒，手指不斷敲打桌面，思索等一下要講出的內容，或是該如何說出口才好。不過，史蒂芬妮卻趁他還在猶豫不決的時候、先一步搶話。

「這是一起不幸的意外，」她說道，「非常不幸。」她面向我，「你安然無恙，我們大家當然都鬆了一口氣。不過我們必須面對諸多問題，這是無法改變的事實。首先，你和艾莉西亞獨處是要做什麼？」

「都是我的錯，」我說道，「我請尤里離開……我必須負全責。」

「誰允許你做出那種決定？萬一你們之中有人受了重傷──」

迪奧米德斯打斷她，「不要把事情講得這麼誇張，所幸是無人受傷。」他一臉不屑、朝我指了一下，「如果發生在法警身上，這只算是一點抓傷，根本不算什麼。」

史蒂芬妮臉色一沉，「教授，我覺得現在不該開玩笑，我是認真的。」

「誰跟妳在開玩笑？」迪奧米德斯面向我，「我可是十分嚴肅。李歐，告訴我們，到底是出了什麼事？」

我發現所有人的目光都落在我身上，我對著迪奧米德斯開口，措辭小心翼翼。

「哦，她攻擊我，」我回道，「如此而已。」

「大家都看得出來。但為什麼？我想應該不是因為出於外界挑釁吧？」

「對，至少可以說是自覺性行為。」

「而不是出於非自覺？」

「顯然艾莉西亞對我產生了某種程度的反應，我認為這也讓大家看到她的強烈溝通欲望。」

克里斯蒂安哈哈大笑，「你把它稱之為溝通？」

「對，沒錯，」我回道，「憤怒是一種強烈的溝通方式。其他的病人──只是坐在那裡無神放空的行屍走肉──早就已經放棄了。但艾莉西亞不一樣。她發動攻擊，其實是為了表達某種無法直接言說的情緒──關於她的痛苦、絕望，以及怒氣。她在告訴我別放棄她，暫且不要放手。」

克里斯蒂安翻白眼，「還有另一個沒那麼詩意的詮釋，那就是她因為用藥劑量不足而發瘋。」

他面向迪奧米德斯，「教授，我早就警告過你了，降低劑量很可能會出事。」

「克里斯蒂安，是這樣啊？」我問道，「我還以為那是你的主意。」

克里斯蒂安翻白眼，根本不甩我。我覺得他就是徹頭徹尾的精神科醫生，也就是說，對於心理動力思維通常會採取提防的態度。他們偏愛更具有生物學與化學特性、一定要可確實執行的治療方式——比方說，按照三餐交到艾莉西亞手中的那一杯藥。克里斯蒂安瞇眼的冷漠神情告訴了我，我根本完全幫不上忙。

不過，迪奧米德斯卻若有所思盯著我，「李歐，發生這樣的狀況，」他說道，「並沒有讓你卻步吧？」

我搖頭，「正好相反，我認為這是對我的一大激勵。」

迪奧米德斯點頭，面露欣慰之色，「很好，我同意你的看法，她對你產生的這種強烈反應，的確值得大力研究，我認為你應該要繼續下去。」

史蒂芬妮一聽到這段話就再也忍不住了，「絕對不行。」

迪奧米德斯依然滔滔不絕，彷彿把她當空氣一樣，他的目光依然緊盯我不放。

「你覺得你能讓她開口說話？」

我還來不及回答，後面已經有人開口。

「我認為他有這個能耐，沒錯。」

是印蒂拉。我差點忘記她在那裡，我立刻轉身過去。「而且，就某方面來說，」印蒂拉說道，「艾莉西亞已經開始說話了，她透過李歐開始溝通——他是她的代言人。」

迪奧米德斯點點頭，沉思了好一會兒。我知道他在想什麼——艾莉西亞．拜倫森是具有知名度的病人，也是能夠與信託基金談判的重要籌碼。如果我們能夠拿出大家都有目共睹的成果，就能擁有更多的主控權，以免讓葛洛夫走上關院的命運。

迪奧米德斯問道，「需要多久才能看到成果？」

「這一點我無法回答，」我說道，「你和我一樣都很清楚答案，得要慢慢來。六個月、一年，搞不好得更久——花上好幾年。」

「給你六個禮拜的時間。」

史蒂芬妮挺直胸膛，雙手交疊胸前，「我是這間療養院的主任，真的不能容許——」

「而我是葛洛夫的醫療長，」迪奧米德斯立刻打斷她，「由我做決定，不是由你作主。要是我們飽受煎熬的心理治療師受傷的話，我扛全責。」他講出這段話的時候，還對我眨眨眼。

史蒂芬妮閉嘴了，怒瞪迪奧米德斯，然後又看著我，最後轉身離開。

「哦，親愛的，」迪奧米德斯說道，「看來你把史蒂芬妮搞成了自己的仇家，真可憐哪。」

他望向印蒂拉，兩人相視而笑，然後，他又盯著我，神情嚴肅，

「六個禮拜，由我監管一切，明白嗎？」

當然，我欣然同意——我沒有其他選擇，只有點頭答應了。

我回道，「是，六個禮拜。」

「很好。」

克里斯蒂安起身，怒氣全寫在臉上。

「無論是在未來的六個禮拜或是六十年，艾莉西亞都不會開口說話，」他說道，「你只是在浪費時間。」

克里斯蒂安走出去，我不知道他為什麼這麼信心滿滿、斷言我會失敗收場。

不過，這番話卻讓我更是吃了秤砣鐵了心，一定要成功。

6

我回到家，覺得累得半死。雖然玄關走道的燈泡早就壞了，但出於習慣性動作，我還是按下了電燈開關，我們應該要換新燈泡才是，但老是忘了這檔子事。

剛進門就發現凱西不在家，太安靜了，她不是那種可以靜得下來的人。倒不是說她吵鬧，但她的世界充滿了聲響——講電話、一邊觀賞電影一邊忙著複述台詞、哼歌、播放那些我根本沒聽過的樂團的作品。不過，現在公寓沉靜得跟墓穴一樣。我呼喚她的名字，這也是出於習慣性動作——或者，可能是良心不安，確定家裡只有我一個人之後，準備偷偷幹壞事？

「凱西？」

沒有回應。

我摸黑進入客廳，打開電燈。客廳一映入眼簾，立刻湧現剛買了新家具、還必須花時間適應的那種感覺：新的椅子、新的靠墊、新的顏色，有紅有黃，而以前那裡只有黑白二色。插有粉紅百合的花瓶——那是凱西最鍾愛的花——放在桌上，強烈的麝香氣味揮之不去，令人呼吸困難。

現在是幾點？八點三十分。她在哪裡？忙著排演？她現在參與的是皇家莎士比亞劇團的新版《奧賽羅》，目前並不順利。永無止境的排演把演員們搞得半死。

她疲態盡顯，比以往更蒼白瘦弱，感冒從來沒好，「媽的我一直在生病，」她說道，「我累壞了。」

這是真的，她每晚回家的時間越來越晚，臉色好難看，哈欠連連，腳步蹣跚，直接倒頭就睡。所以她應該至少要兩個小時之後才會到家，我決定冒險一試。

我取出秘藏的大麻罐，開始捲菸。

我從念大學的時候開始呼麻，第一個學期就有了初體驗，當時我參加某場迎新派對，孤單一人，完全沒有朋友，沉重的恐懼感讓我全身麻痺，不敢向周邊的俊男美女主動攀談。我正打算逃離現場的時候，站在我旁邊的女孩遞了東西給我，起初我以為是香菸，但聞到裊裊而升、邪惡的刺鼻辛香氣味之後，我才發覺是自己誤會了。我太害羞了，不敢拒絕，接下那根大麻菸、湊到嘴邊。捲菸者的技術很爛，末端沒黏好，散落成一團。而濕潤的另一頭還沾有她唇膏的紅色留痕。它的氣味和一般香菸不一樣，更濃郁生猛，更富有異國情調。我猛吸一大口，忍住咳嗽。一開始的時候，我只覺得兩隻腳輕飄飄的，就像是性愛一樣，但上床不比大麻，實在太費事了。然後——過了一分鐘左右吧——有了，美妙至極的感覺。宛若被一陣幸福的巨浪打濕了身體，我覺得充滿了安全感，好放鬆，整個人傻乎乎的，坦然自在。

就這樣，過了不久之後，我天天呼麻，它成了我最要好的朋友，我的快感，我的慰藉。捲菸、舔黏、點火的儀式，毫不間斷。光是從拿出捲菸紙、滿心期待那溫暖癡醉的快感，就已經讓我暈茫茫。

關於成癮的來源，已經出現了各式各樣的理論。可能是先天性因素，也可能是因為化學物質或是心理層次。不過，大麻對我的功能不只是舒緩而已：最重要的一點，它改變了我感受自身情緒的態度，它讓我覺得好安全，彷彿自己像是個備受疼愛的小孩一樣。

換言之，它包容我。

心理分析學家比昂提出了「包容」這個字詞，描述人母處理嬰兒苦痛的能力。要記得，嬰兒時期沒有喜樂，只有恐懼。在襁褓中的我們，被困在疏離的世界裡，無法看清一切，而且飢餓、放屁、排便，都會讓我們的身體經常受到驚嚇，各種情緒害我們飽受痛苦。我們的確時時處於被攻擊的狀態，需要母親撫慰我們的憂煩、理解我們的特殊體驗。在她的照護過程中，我們慢慢學習到要如何處理自己的各種身心狀態。不過，母親的包容力，直接決定了我們的自我包容力的優劣——要是她從來沒有從自己的母親身上得到包容的經驗，自然一無所知，又能拿什麼教導我們呢？從來沒有學到該如何自我包容的人，終生都會因為焦慮感而飽受折磨，比昂給予它的稱呼很貼切，「無名的恐懼」。這樣的人會不斷追索源自外在、永遠欲求不滿的包容感——需要酒精或大麻「消解」這種永無止歇的焦慮——因而造成我對大麻成癮。

在進行心理治療的時候，我經常提到大麻。我不想放棄，也不知道為什麼，一想到從此再也不能碰它，就讓我驚懼萬分。羅絲說，強制與束縛從來就不會讓人產生正面感受，與其強迫自己就此斷絕大麻，還不如老實承認自己對它產生了依賴，不情願或是沒辦法戒掉這種癮頭。無論大麻到底對我造成了什麼影響，我覺得還是很管用。根據羅絲的說法——等到大麻失去了它的效果之後，應該就可以自然而然斷癮了。

羅絲說得沒錯，我遇見凱西、與她陷入熱戀之後，大麻就此退場。情愛讓我處於自然而然的亢奮狀態，不需要靠人工方式誘發，就能讓我心情大好。凱西不碰大麻，這點也加分。在她看來，愛呼麻的都是意志力薄弱的懶鬼，動作緩慢——要是戳他們一下，六天之後才會聽到他們喊一聲「哎喲」。凱西搬入我的公寓、與我同居的第一天，我就開始不碰大麻了——果然和羅絲預料的一樣——等到我覺得心安幸福，那個習慣將自然離我遠去，就像是鞋子沾到的泥塊，乾涸之後就會消失不見。

凱西的朋友妮可準備要搬到紐約，我們參加了她的歡送會，害我又開始碰麻。凱西的劇場圈朋友們一直霸著她不放，我落得形單影隻。有個身材矮胖、戴著霓虹粉紅色鏡框的男子，推了推我的手臂，開口問道，「要不要來一點？」他遞給我的是大麻菸，我本來打算拒絕，但突然轉念，我也不知道是什麼。一時興起？或是因為凱西強迫我參加這場可怕的派對卻丟下我不管、對她的無意識攻擊？我張望四周，根本看不見她的人影。我心想，幹，所以就把大麻湊到嘴邊，大吸了一口。

所以，就這樣，我又回到了起點——彷彿從來不曾有過任何空白期一樣。我的癮頭一直耐心等待我，宛若忠心耿耿的小狗。我沒有告訴凱西自己幹下的好事，也沒掛在心上，其實，我是在等待機會——六個禮拜之後，果然它自己來報到了。凱西去紐約一個禮拜探望妮可，少了凱西的感化力，我覺得孤單又無聊，於是向誘惑低了頭。現在我已經沒有藥頭，所以只好跟學生時代一樣——前往卡姆登市集。

當我從車站走出來的時候，已經可以聞到空氣中瀰漫的大麻、混雜了小攤子販賣的炸洋蔥圈。我走到了卡姆登水閘橋，姿態彆扭地站在那裡，被來回川流不息的觀光客與青少年不斷推擠。

我環顧四周的人群，完全看不到以往排排站在橋邊、當你經過時對你大聲呼喊的那些毒販。我發現有兩名警察正在人群裡巡邏，身著鮮黃色背心相當醒目。他們離開了橋面、前往車站，就在這時候，我聽到一旁有人壓低聲音對我講話，「老弟，要不要哈草？」

我低頭一看，是個身材非常矮小的男人。起初我以為他是小孩，實在太瘦弱了。但他的臉龐宛若崎嶇表面的地圖，充滿縱橫交錯的溝紋，像是提早老化的小男孩。他缺了兩顆大門牙，所以講話的時候略帶哨響。他又重複了一次，「哈草？」

我點點頭。

他撇了一下頭、示意請我跟他走。他穿過人群，轉彎，走入小巷的某間老舊酒吧，我尾隨過去。裡面沒有客人，破舊髒亂，而且充滿了嘔吐物與陳年菸味的臭氣。

他在吧檯前晃來晃去，對我開口說道，「請我喝啤酒吧。」他太矮了，幾乎看不到吧檯的另一頭，我很小氣，只買了半品脫給他。他帶著酒走到角落的某張桌子，我坐在他對面。他偷偷觀察四周之後，才把裝在透明玻璃袋的那一小包東西、從桌下塞給我，我也給了現金。

回家之後，我拆了那包貨——本來擔心會是詐騙——但一股熟悉的刺鼻氣味立刻衝上來。我看到了那夾雜金絲的小綠芽，心跳瞬間飆升，宛若遇到了失散多年的朋友，我想的確可以稱得上是我的老友。

從那時候開始，我只要發現可以一個人待在公寓裡好幾個小時之久，而且凱西並不會馬上回來，就會開始呼麻。

那天晚上，我回到家裡，十分疲倦挫敗，發現凱西在外頭忙著排演，立刻為自己捲了一管大麻。我打開浴室窗戶，對著外頭吞雲吐霧。不過，我抽得太兇又太快——整個人好昏沉，就像是雙目之間被打了一拳。我暈茫茫，就連行走都有困難，宛若陷在糖漿裡跋涉前進。我開始進行例常的消毒儀式——開空氣清淨機、刷牙、淋浴——好不容易才進入客廳，立刻癱在沙發上。

我到處找電視遙控器，但就是找不到。後來看到了，咖啡桌上有凱西打開的筆電，遙控器就在它後面。我打算把它拿過來，但因為太茫而不慎蓋上筆電。我再次打開它——喚醒了螢幕，是凱西的電郵信箱，依然保持在登入狀態。也不知道為什麼，我一直盯著它不放，呆若木雞——她的收件匣宛若幽黑深洞一樣回望著我，我沒有辦法移開視線。我還沒有搞清楚自己看到了什麼，一切的字句已經在我眼前不斷奔躍：比方說電郵標題裡的「性感」與「打砲」——還有頻頻出現的寄件者「壞男孩二十二」。

要是我就此住手、起身離開，那就沒事了——但我沒有。

我點入最新的那一封郵件，打開了信件內容：

主旨：回覆：可愛幹砲小姐

來自：凱特拉瑪一號
寄給：壞男孩二十二

我在公車上。想到你就好飢渴，已經可以聞到你留在我身上的氣味，我覺得自己好賤！凱，親親。

從我的iPhone傳送

主旨：回覆：回覆：可愛幹砲小姐
來自：壞男孩二十二
寄給：凱特拉瑪一號

妳就是賤！哈哈。等一下見？排演完之後？

主旨：回覆：回覆：回覆：回覆：可愛幹砲小姐
來自：壞男孩二十二
寄給：凱特拉瑪一號

好，我看看我什麼時候可以走人，再傳簡訊給你。

從我的iPhone傳送

主旨：回覆：回覆：回覆：回覆：可愛幹砲小姐

來自：凱特拉瑪一號

寄給：壞男孩二十二

好，八點半，九點？抱一下。

從我的iPhone傳送

我拿起咖啡桌上的那台筆電、放到大腿上面，緊盯著螢幕。我不知道自己維持這姿勢有多久，十分鐘？二十分鐘？半小時？也許更久吧？時間彷彿變慢了，正在緩緩爬行。

我想要釐清自己剛才看到的內容——但我還是茫得好厲害，不確定自己剛才到底看到了什麼。是真的嗎？還是我誤解了——是因為自己太嗨而沒看懂的某種笑話？

我逼自己看下一封電郵。

一封接著一封。

最後，我把凱西寫給「壞男孩二十二」的電郵全看完了。有些情慾撩人，甚至根本是淫穢。

還有的篇幅比較長，更像是懺情，感覺她喝醉了——也許是在我上床就寢之後、兩個人在深夜互通電郵。我腦中開始浮現自己在臥室熟睡的畫面，而凱西卻在房外與這個陌生人情話綿綿，和她一起打砲的陌生人。

時間感劇烈顛簸了一下，恢復正常。突然之間，我的暈茫感消失無蹤，瞬間清醒，殘酷又苦痛。

我的胃在痛苦翻攪——我把那台筆電丟到一旁，趕緊衝入廁所。跪在馬桶前面，大吐特吐。

7

我開口說道，「今天的感覺和上次截然不同。」

沒有回應。

艾莉西亞坐在我對面的座位，她的頭微微側向窗戶，完全不動，背脊僵直，宛若大提琴手一樣。或者，應該說是士兵。

「我想到了上次心理療程結束時的場景。妳對我展開肢體攻擊，他們必須對妳使用約束帶。」

沒有回應，我陷入遲疑。

「我在想，妳是不是把它當成了某種測試？想知道我的個性？有一點很重要，妳一定要知道，想要隨便把我嚇跑，沒那麼容易，無論妳要怎麼對我拳打腳踢，我都承受得住。」

艾莉西亞遠眺窗戶鐵窗後方的灰色天空。我等了一會兒，繼續說道，「艾莉西亞，有件事我必須要告訴妳，我和妳站在同一邊，希望將來妳能夠相信我的誠意。當然，建立信任感是需要時間的，我以前的心理治療師常說，得到回應、而且不斷累積這種經驗之後，才會產生親密感——這絕非一蹴可幾。」

艾莉西亞盯著我，眼睛眨也不眨，目光莫測高深。時間一分一秒過去了，這不像是心理療程，反而像是耐力大考驗。

看來我完全沒有進展，也許真的是無望了。克里斯蒂安先前曾說過船沉鼠先跳，的確被他說中了。我幹嘛要費勁爬上這艘廢船、自撞桅杆，準備下沉？

當然，答案就在我的面前。迪奧米德斯說得沒錯，艾莉西亞是沉默的賽蓮女妖，引誘我走向毀滅。

我突然氣急敗壞，真想對她大吼，「講話啊！隨便說什麼都好！給我開口就是了！」

但我並沒有說出那樣的話。我反而打破了心理治療的傳統，不再走溫柔路線，改採直接切入關鍵核心，「我想要和妳談一談妳沉默不語的事。關於它的意義……還有它所產生的感覺。尤其，妳為什麼再也不說話的真正原因。」

艾莉西亞根本沒看我，她到底有沒有在聽我說話？

「當我和妳坐在這裡的時候，我的腦中浮現出一幅景象——有人咬住自己的拳頭、拚命壓抑吼叫的欲望。我記得我第一次為病人做心理治療的時候，哭出來是很痛苦的事，我擔心自己會被捲入那股洪流、被它淹沒。也許妳現在就是這種感覺，所以，妳現在的重點就是要慢慢來、知道自己身處於這場洪汛之中是安全的，妳並不孤單——我涉水而來，現在與妳在一起。」

一陣沉默。

「我把我自己當成了關係心理治療師，」我問她，「妳知道那是什麼意思嗎？」

一陣沉默。

「也就是說，我認為佛洛伊德有兩件事搞錯了。我認為心理治療師努力想要當純潔的白板，但這是不可能的事。我們會在無意間透露出關乎自我的諸多訊息——我襪子的顏色，或是我的坐姿與講話的方式——光是與妳一起坐在這裡，就已經透露出我的許多個人特質。就算我再怎麼努力當個隱形人，也依然會在妳面前現形。」

艾莉西亞抬頭，死盯著我，下巴微微傾斜——那種神情是在挑釁？終於，她開始注意我，我在座位裡稍稍挪移身體。

「重點是，我們能做些什麼呢？我們可以置之不理，否認，假裝這樣的心理治療都是為了妳。或者，我們可以坦然承認這就是一條雙向道。」

我伸出手，下巴朝我的婚戒點了一下。

「這枚戒指一定向妳吐露了些許細節吧，是不是？」

艾莉西亞的雙眼緩緩移動，終於飄向戒指。

「它告訴妳，我是已婚男子，我有太太，我們結婚已經將近有九年了。」

沒回應，但她依然望著那枚戒指。

「妳結婚了七年左右吧，是不是？」

沒回應。

「我很愛我太太，妳愛妳先生嗎？」

艾莉西亞目光閃動，然後，又望向我的臉龐，我們四目相接。

「愛情包括了各式各樣的情緒，是不是？正面負面都有。我愛我太太——她名叫凱西——但有時候我會對她生氣，有的時候……我恨她。」

艾莉西亞依然盯著我，我覺得自己像是被車燈光束掃到的小兔子，愣在當場，無法別開目光或是移動身體。緊急求援器在桌上，伸手就可以搆到了。我下定決心，目光絕對不要飄過去。

我知道我不該繼續說下去——應該要閉嘴——但我就是無法按捺，忍不住全說了出來，「當我說出我恨她的時候，並非百分百的我都恨她，而是只有一部分產生了恨意。所以這是有關同時掌握愛與恨的議題。妳的心中有一部分是愛蓋布瑞爾的……但有一部分恨他。」

艾莉西亞搖搖頭——不是。這動作很短暫，但她的確在搖頭——有回應。我突然一陣驚喜，應該要就此停手，但我沒有。

「妳的心中有一部分是恨他的。」我又說了一次，語氣更加堅決。

她又搖頭，目光灼灼，烈焰燒透我全身，我想她是動怒了。

「艾莉西亞，明明就是這樣，不然妳也不會殺死他。」

艾莉西亞突然跳起來，我本以為她會朝我撲來，我的身體立刻為之緊繃。不過，她卻轉身，大步走向門口，伸出雙拳搥門。

我聽到鑰匙轉動聲——尤里立刻推開房門，如釋重負，艾莉西亞並沒有把我壓在地上、打算勒死我。她從他身旁擠過去，跑向走廊。

尤里對她大喊，「親愛的，穩住腳步，慢慢來！」他又轉頭瞄我，「一切都還好吧？出了什麼事？」

我沒回話，尤里對我擺出奇怪表情，離開了，現在只剩下我一個人。

白痴，我在心裡默默數落自己。你真是白痴，到底在做什麼？我逼她逼過頭了，而且力道也太猛太急促。非常不專業，更甭提手法拙劣了。現在反而是我大量自曝內心狀態，她並沒有吐露心事。

但這就是艾莉西亞在你身上所發揮的作用力。她的沉默宛若鏡子一樣——映照出你自己的模樣。

而且通常是醜惡的一面。

8

就算不是心理治療師，也會懷疑凱西不關上自己的筆記型電腦——是因為她想要讓我發現她與人在偷情——至少，她的無意識層次是如此。

好，既然我現在知道了，我得要找出真相。

自從那天晚上之後，我就再也沒和她講過話，等到她回來的時候就假裝入眠，趁她還沒醒來的時候就趕緊出門。我一直在迴避她——迴避我自己。我處於震驚狀態，我知道自己必須面對自己——不然很可能會全面淪陷。我一邊在捲大麻菸，一邊低聲告訴自己，得要想辦法控制狀況。我對著窗外吞雲吐霧，然後，趁茫得舒爽的時候，在廚房裡倒了杯白酒。

我拿起酒杯，卻不慎滑落到桌面，我想要趕緊伸手搶救——卻只是害自己的手插入碎玻璃——削掉了食指的一大塊肉。

突然間，到處都是血：從我的手指滴落而下的鮮血、沾到碎玻璃的鮮血，與滿桌的白酒混雜在一起的鮮血。我好不容易才扯下幾張廚房紙巾，立刻緊緊包住食指止血。我把手高舉過頭，望著從手臂淌流而下的數條小血流、宛若皮下靜脈的血管圖一樣。

我想到了凱西。

遇到危機時刻，我會向凱西開口求援——需要同情或安慰或是討拍親親的時候，一定會找她。我希望她照顧我，我一度考慮要打電話給她——但光是想到這個念頭，就讓我眼前浮現某道門被急急甩關、從此再也碰觸不到她的畫面——我已經失去她了。我想要哭，但卻流不出淚水——我的內心已經被堵死，塞滿了糞泥。

「幹，」我不斷對自己咒罵，「幹！」

我注意到時鐘的滴答聲，越來越刺耳，我想要專心聆聽，讓自己不斷旋繞的紛亂思緒平靜下來。答，答，答，答——但我腦袋裡的那些聲音卻越來越嘈雜，就是不肯閉嘴。我心想，當然，她遲早會出軌，這是無可避免的必然——對她來說，我永遠不夠好，一無是處、長得醜陋、是個窩囊廢——她最後一定會對我心生厭倦——我配不上她，我配不上任何人事物——可怕的思緒一個接著一個、不斷朝我重擊而來。

原來我這麼不了解她。從這些電郵看來，與我共住一個屋簷下的其實是陌生人。現在，我看清了事實，當初凱西並沒有拯救我——她沒辦法拯救任何人。她並不是值得崇愛的女中豪傑——只是個膽小又魯莽愚蠢的女騙子。我辛苦建立起有關我們的一整個神話；我們的希望與夢想、喜歡與討厭的事物、對未來的計畫，狀似如此安穩堅實的人生，如今在幾秒鐘之內就全部崩塌——宛若被狂風吹倒的紙牌屋。

我的心緒又回到了多年之前、大學時代的那個冰冷房間——不聽使喚的僵冷手指撕開了一盒盒的普拿疼。那股麻痺感又在此時此刻上身，同樣蜷身求死的欲望。我想到了我的母親，我可以打電話給她嗎？讓她看到我絕望與窘迫的時刻？我已經想到她接起電話時的場景，她聲音發抖，顫抖的程度就要看我父親的心情而定，還有她是否在喝酒。也許她會貌似心懷憐憫聆聽我說話，但心思卻飄向別的地方，不斷偷瞄我爸爸，揣測他的情緒。她要怎麼幫我？快要溺死的老鼠該怎麼救起另一隻同伴？

我必須要出門。屋內的空氣讓我受不了，充滿了噁臭的百合味。我需要新鮮空氣，好好呼吸。

我離開公寓，雙手插在口袋裡，低著頭，在大街上漫無目的疾行。心中不斷在回味我們的過往，一幕接著一幕，回憶、檢視、反覆玩味、找尋線索。我想起了吵完之後卻沒有結果的那些爭執、她不見蹤影卻提不出任何解釋，還有經常性晚歸。但我也記得她的各種溫柔小動作——在令人萬萬沒想到的地方留下愛意綿綿的字條、體貼與顯見真愛的時時刻刻。怎麼可能呢？難道她一直在演戲？她曾經愛過我嗎？

我想起了自己當初與她朋友見面的時候、一閃而過的疑念。他們都是演員：吵鬧、自戀、打扮得漂漂亮亮、總是不斷講述自己的事，提起那些我根本不認識的人——突然之間，我又回到了學生時代，在操場邊緣獨自徘徊，望著其他小孩玩遊戲。我告訴自己，凱西跟那些人不一樣——但明明就是。如果那天晚上我們在酒吧初識的時候、我遇到了那些人，他們會不會讓我對她望而卻步？我想是不會，世間沒有任何事物能夠阻攔我們在一起：打從我認識凱西的那一刻開始，我的命運就此註定。

我該怎麼辦？

當然，與她正面對決。把我看到的一切都告訴她。她一開始的反應會是否認——然後，眼見無法繼續撒謊，只好承認事實，束手無策，滿是悔恨。她會祈求我原諒她，是不是？

萬一沒有呢？如果她罵我怎麼辦？萬一她哈哈大笑轉身離去？我又該怎麼辦？

我們兩人之間要是出了問題，顯然慘的是我。凱西一定可以活得好好的——她老是喜歡說她自己擁有鋼鐵般的意志。她會振作起來、一掃陰霾、把我忘得一乾二淨。但我絕對不會忘了她的，怎麼可能呢？要是少了凱西，我又得過著以往那種空洞孤單的生活。我再也不會遇到像她那樣的人，不會感受到同等的投契，也無法體驗那種為另一個人癡迷的深度情感。她是我一生的摯愛——她曾是我的生命——我還沒有打算要放棄她。雖然她背叛了我，但我依然愛她。

也許，我就是瘋了。

有隻鳥兒在我頭頂上方發出尖叫，嚇了我一大跳。我停下腳步，四處張望，沒想到自己走了這麼遠。更驚訝的是，我發現我的雙腳居然把我帶到這裡——距離羅絲家的大門只隔了兩條街而已。

這完全是無心之舉，我在無意識的狀態下想要去找自己在低潮時期、看診多次的那位心理治療師，這證明了我現在沮喪至極，想要跑到她家門口按電鈴求援。

但我突然轉念一想，有何不可呢？對，這種行為不但有違我的專業，而且相當不妥，但我已經沒有後路，需要援助。我在不知不覺的狀態下，已經站在羅絲家的綠色大門口，望著自己伸出了手，按電鈴。

過了好久之後，她才終於應門。玄關的燈亮了，然後，她打開了門，但依然沒有鬆開門鏈。

羅絲透過門縫往外瞧。她身穿淡粉紅色睡衣，外罩灰色開襟毛衣，看來更老了，想必已有八十多歲，她現在的身體比我記憶中的還要瘦弱，而且微微駝背。

「嗨，」她語氣緊張，「是哪位啊？」

「嗨，羅絲。」我趨前湊向光源，她認出了我，一臉詫異。

「李歐？到底是怎……」

她的目光從我的臉龐飄向我隨便裹住食指的那坨臨時繃帶，還看得見鮮血滲出。

「你還好嗎？」

「其實不太好。我可以進去嗎？我——我需要找妳聊一聊。」

羅絲一臉憂心，毫不遲疑點點頭，「當然，快進來吧。」她鬆開門鏈，打開了大門。

我走了進去。

9

羅絲帶我進入客廳，開口問我，「要不要喝杯茶？」

這裡的擺設就和以前一模一樣，我一直記得很清楚——地毯、厚重的窗簾、壁爐架上滴答作響的銀色時鐘、扶手椅、褪色的藍沙發，讓我頓時之間覺得好安心。

「老實說，」我開口，「可以給我更濃烈的飲料。」

羅絲迅速瞄了我一眼，眼神犀利。但她什麼都沒說，我本以為她可能會拒絕我，但並沒有。她為我倒了杯雪利酒，交給了我，我坐在沙發上，以往養成的習慣，讓我又坐在自己以前接受心理治療的老地方，我坐在最左邊，把手擱在扶手上面。指尖下方的布料已經被磨得差不多了，許多焦慮的病患老是愛蹭著那一塊，我也不例外。

我喝了一小口酒，溫暖甜膩，讓人有點想吐，但我還是繼續喝，我知道羅絲一直盯著我。雖然可以感受到她的目光，但卻不會令我覺得沉重或是不舒服。二十年來，羅絲從來不曾讓我產生過任何不快的感覺。我喝光了雪利酒之後，才繼續開始說話。

「拿著酒杯坐在這裡的感覺好奇怪。我知道妳不會請病患喝酒。」

「你早就不是我的病人了，而是我的朋友——還有，看看你這模樣，」她語氣溫柔，「你現在需要朋友。」

「我看起來有那麼糟嗎？」

「我只能實話實說，是啊。而且想必一定狀況很嚴重，不然你也不會在晚上十點鐘不請自來。」

「妳說得對。我覺得——我覺得自己走投無路了。」

「怎麼了？李歐？出了什麼事？」

「我不知道要怎麼講，不知道該從何說起。」

「那就從頭開始吧？」

我點點頭，深呼吸，開始娓娓道來。我把發生的一切都告訴了她，自己又開始吸食大麻、如何在家偷偷呼麻——因而發現了凱西的電郵與姦情。我講得又急又快，上氣不接下氣，想要吐出胸中積累的愁緒，我覺得自己彷彿在告解一樣。

羅絲靜靜聽我說完，從頭到尾都沒有打斷我，很難判讀她的表情意涵。終於，她開口說道：「李歐，出了這種事，我很遺憾，我知道凱西對你來說有多麼重要，你愛她愛得有多麼深切。」

「對，我愛——」我突然收口，講不出她的名字，我的聲音在顫抖。羅絲聽出我不對勁，將面紙盒推到我面前。以前我們在進行心理治療的時候，只要她一做出這個動作，我就會生氣，我怪她擺明想逼我掉淚，這一招通常很管用。但今晚不可能，我的淚水已經封凍，成了一座大冰庫。

在我認識凱西之前，我接受羅絲的心理治療已經有相當長的一段時間。而且，在我們談戀愛的頭三年，我還是會固定來找羅絲。我還記得我和凱西剛在一起的時候，羅絲曾經給了我這一段忠告，「挑選戀人就像是挑心理治療師一樣，」羅絲當初是這麼說的，「我們必須要捫心自問，這個人願意誠實面對我嗎？願意聆聽批判、承認錯誤？而且不會信口答應自己做不到的事？」

當時我把這段話全告訴了凱西，她說我們要立約，發誓絕對不要在對方面前撒謊，絕對不要偽裝，要永遠信任對方。

「到底怎麼了？」我問道，「哪裡出了問題？」

羅絲沉默了一會兒才開口，她說出的話，讓我好詫異。

「我想，如果你願意誠實面對自己的話，早就有了答案。」

「我不知道，」我開始搖頭，「真的不知道。」

我開始生悶氣——但我心中卻突然浮現凱西寫下那些電郵的場景、內容有多麼熱情如火，彷彿從書寫的過程、從與那男人偷情的刺激本質之中，就能夠得到高潮。她熱愛說謊，鬼鬼祟祟，這就像是演戲一樣，只不過是在舞台之下而已。

我終於開口，「我想她一定過得很無聊。」

「為什麼會有這種結論？」

「因為她需要刺激，需要戲劇性。她一直是這樣，我想，她抱怨了好一陣子，我們之間再也沒有任何樂趣了——因為我總是壓力很大，太投入工作。我們最近常因為這件事而吵架，她喜歡使用『煙火』這個字。」

「煙火？」

「我們之間，已經沒有任何煙火了。」

「哦，我明白了，」羅絲點點頭，「我們之前討論過這話題吧，是不是？」

「有關煙火？」

「關於愛情，我們經常誤把煙火——戲劇性以及失衡，錯當成了愛情。但真正的愛其實非常平靜沉穩。要是以誇張戲劇的觀點來看，就是無聊。愛情深沉、冷靜——而且恆常不斷。我想，就愛情這個字詞的真正含義來說，你的確把愛給予了凱西。至於她是否有能力反饋給妳，那就是另一個問題了。」

我盯著桌上的面紙盒，我不想聽到羅絲接下來準備要說的話，所以我轉移話題。

「我們雙方都有錯，」我說道，「有關大麻的事，我也騙了她。」

羅絲露出苦笑，「在肉體與情感上的持續背叛是否可以與偶爾呼麻相提並論？這一點我並不確定。我認為這凸顯出對方是與你截然不同的人——可以持續撒謊，而且說謊技巧高明，背叛伴侶卻可以毫無任何悔意——」

「妳又不知道實際狀況，」我知道自己的語氣很可悲，「也許她覺得很不好受。」

我雖然嘴硬，但心裡根本不信，羅絲也一樣。

「我不覺得，」她說道，「我認為可以從她的行為看出她缺損得很嚴重——沒有同理心、誠實的態度，以及純粹的溫柔——但你的這些特質都相當鮮明。」

我搖搖頭，「我沒有。」

「李歐，真的是這樣。」她遲疑片刻，「李歐，難道你不覺得自己先前也遇過這樣的困境嗎？」

「和凱西在一起的時候？」

羅絲搖頭，「我不是這個意思，我指的是你年輕的時候，和你父母之間的糾葛，現在的你可能是在重複某種孩童時期的動機。」

「沒有，」我突然一陣惱怒，「我和凱西之間的問題，與我的童年經驗完全無關。」

「哦，是這樣嗎？」羅絲似乎不信，「想要取悅某個情緒陰晴不定的人，某個不肯釋放感情、不體貼不溫柔的人——努力要讓他們開心，贏得他們的愛——這狀況以前不就出現過了嗎？李歐？你很熟悉吧？」

我緊握拳頭，不說話。羅絲繼續講下去，但字斟句酌，「我知道你現在的感覺一定很悲傷。但我希望你可以仔細思考一下，其實你早在遇見凱西之前，就已經感受到這股傷懷，這是你多年來一直承擔的悲苦。你知道嗎，李歐，最難承認的煎熬之一，就是當我們最需要愛的時候、卻根本沒有人愛我們。不被愛的痛苦，非常可怕。」

當然，她說得沒錯。我先前一直在摸索、想要找出詞彙描述那種慘遭背叛的內心陰鬱感受，那種可怕的空虛痛苦，而羅絲說出來了——「不被愛的痛苦」——我現在才知道自己的意識已經被它全面滲透，而且它一度是我過往、當下，以及未來的生活真相。這並不是只與凱西有關而已：還包括了我的父親、我在童年時期被棄絕的感受、對於我從來不曾擁有的一切而感到的傷悲，而且，在我的內心深處，我依然相信自己永遠得不到它們，羅絲說，這就是我之所以會選擇凱西的原因。這也更加證明了我父親所言不假——我是廢物、不值得任何人愛我——居然苦追某個永遠不會愛我的人？

我雙手摀臉，「所以這是必然的嗎？妳的意思是——這是我自找的？媽的我人生無望了？」

「當然不是。你早就不是任由你父親宰割的小男孩了，現在你是成年人——你可以自行選擇。你可以把這次的事件當成了再次證明自己無能透頂——或者，藉此與過往一刀兩斷，讓你就此徹底脫離它的無盡迴圈。」

「我該怎麼辦？你覺得我應該要放棄她？」

「我覺得這狀況非常棘手。」

「而你覺得我應該要放棄，對不對？」

「你一路走來，遙遠艱辛，不該回到那種充滿謊言、否認、情感虐待的生活。你的身邊應該要有個善待你的人，*更加認真善待*——」

「說吧，羅絲，直接說出來就是了，妳覺得我應該到此為止。」

羅絲望著我的眼眸，定睛不放。

「我認為你必須要放手了，」她說道，「而且，我說出這句話的身分不是你以前的心理治療師——而是你的老友。就算你打算想走回頭路，我也認為大大不可。也許一開始的時候你熬得住，但過了幾個月之後，出了其他的事，你又會回來、坐在這張沙發上面。李歐，只要你對自己誠實──凱西、目前的困境──還有那些以謊言與假象所建立起來的一切，都將會離你遠去。你要記得，少了誠實的愛，不配被稱之為愛。」

我嘆氣，頹喪，疲倦至極。

「謝謝妳，羅絲──感謝妳這麼誠實，是對我的當頭棒喝。」

我要離開的時候，羅絲抱了我一下，她以前從來沒有對我做出這種動作。我懷中的她好瘦弱，骨幹彷彿一壓就碎；我聞到了她的淡淡花香與開襟衫的羊毛氣味，逼得我又想要哭了。但我沒有，或者，我哭不出來。

我只是默默離去，再也沒有回頭顧望。

我搭巴士回家。坐在車窗前，眺望遠方，想念凱西，想念她的雪白肌膚與美麗的綠色眼眸。我的心中充滿了對她的渴慾──我想念她嘴唇的甜美，她的軟玉溫香。不過，羅絲說得沒錯，少了誠實的愛，不配被稱之為愛。

我必須回家，面對凱西。

我必須要離開她。

10

我回去的時候，凱西已經在家裡了，她窩在沙發裡傳簡訊。

「你去哪了？」她問這句話的時候，連頭也沒抬一下。

「散散步而已。排演還好嗎？」

「嗯，累死了。」

我看到她在傳簡訊，不知道她在和誰聊天。我知道我開口的時刻到了：我知道妳在外頭偷吃——我要離婚。我張開嘴，正打算要講出來的時候，卻發現自己發不出聲音。等到我恢復正常，凱西卻搶先一步，她不再傳訊，放下了手機。

「李歐，我們得好好談一談。」

「怎麼了？」

「你是不是有事瞞著我？」

她的語氣有些嚴厲，我避開她的目光，以免被她猜透心思。我覺得好羞愧，擔心自己會穿幫——彷彿偷偷犯錯的人是我一樣。

就凱西的立場看來，有罪的的確是我。她從沙發後面拿出某個東西，我的心陡然一沉，那是我貯放大麻的小罐子，我割傷了手指，就忘記把它藏回客房了。

她把罐子舉得高高的，「這是什麼？」

「大麻。」

「我知道，家裡怎麼會有這東西？」

「我買了一些，我喜歡啊。」

「喜歡什麼？暈茫的感覺？你這話——是認真的嗎？」

我聳肩，像個調皮小孩一樣，迴避她的目光。

「媽的你在搞什麼啊？天哪——」凱西搖頭，勃然大怒，「有時候我覺得我根本不了解你。」

我好想打她。我想要壓在她身上、出拳扁她。我想要砸爛客廳裡的一切，把所有的家具丟向牆壁。我想要大哭大叫，我想要埋入她的懷中。

但我什麼都沒做。

「我們上床睡覺吧。」我說完之後，默默離開了。

我們上了床，不發一語。房內一片漆黑，我躺在她身邊，睜眼未眠數個小時之久，我感受到她的體熱，趁她在熟睡的時候，一直凝望著她。

我很想說，妳為什麼不來找我？為什麼不告訴我真相？我是妳最好的朋友。就算妳只說出了一個字也沒問題，我們當然可以一起想辦法解決。為什麼不告訴我？我在這裡啊，*我明明在這裡*。

我想要伸手過去，把她拉過來，我想要緊緊抱著她，但我沒辦法。凱西已經不見了——我深愛的那個人消失無蹤，只留下住在她軀殼裡的這個陌生人。

一股悲戚湧上我的喉嚨後方，終於，眼淚從我的臉頰潸然落下。一片漆黑之中，我無聲飲泣。

第二天早上，我們起床，重複日常作息——她在浴室的時候，我負責煮咖啡，等到她進入廚房之後，我正好把咖啡交給她。

「昨天晚上，你睡著的時候發出奇怪聲響，」她說道，「你在講夢話。」

「我說了什麼？」

「我不知道。沒什麼，一堆胡言亂語。可能是因為你嗑藥嗑得超茫。」她對我露出輕蔑神情，然後瞄了一下手錶，「我得走了，不然會遲到。」

凱西喝完咖啡，將杯子放入水槽，對著我的臉頰迅速啄吻了一下，那雙唇的觸感幾乎讓我為之抽搐。

等到她離家之後，我進入浴室洗澡。我調高水溫，幾乎是足以燙傷的等級。我嚎啕大哭，任由熱水激沖我的臉龐——帶走我那如嬰兒般的狼狽淚水。之後，我擦乾身體，瞄了一下鏡中的自己。我嚇了一跳，膚色灰白，委靡不振，一夕之間就老了三十歲。

我當下就做出決定。

離開凱西，就等於砍斷我的手腳。不管羅絲怎麼說，我就是不能讓自己就這麼被截肢了。羅絲也可能會出錯，凱西不是我的父親，我並沒有在重蹈覆轍，不該因此而譴責我。我可以改變未來，凱西與我曾經有過幸福時光，我們可以重新開始。也許她之後會向我告白，說出一切，我會原諒她，我們一定能夠攜手度過難關。

我不會就這麼放手。反而是默不作聲，假裝自己從來沒看過那些電郵。我會想辦法忘了這一切，埋葬這段記憶。我別無選擇，只能繼續這樣下去，我不肯放棄，我拒絕分手，我不想讓自己崩潰。

畢竟，我必須負責的對象不是只有我自己，我照顧的那些病人呢？有些人還得仰賴我。

我不能讓他們失望。

11

「我在找愛麗芙，」我開口問道，「要在哪裡才能找到她？」

尤里面露疑色，「為什麼要找她？」

「只是想和她打聲招呼而已，我想認識所有的病人——讓她們知道我是誰，而且我已經入院服務。」

尤里似乎不是很相信我的說詞，「如果她態度抗拒，你可別放在心上，」他看了一下牆上時鐘，「現在剛過三十分，所以她正好結束了藝術治療，八成是在娛樂室。」

「謝謝。」

娛樂室是個圓形的大空間，擺了好幾張殘破的沙發與矮桌，還有一個書櫃，裡面全是沒有人想看的舊書，空氣中瀰漫著腐濁的茶氣與家具的陳年菸味。有兩個病人在角落玩雙陸棋，愛麗芙一個人站在撞球檯旁邊，我滿臉笑容走過去，「嗨，愛麗芙。」

她抬頭看著我，目光流露恐懼，「幹什麼？」

「別擔心，沒事，我只是想要找妳閒聊一下。」

「你又不是我的主治醫生，我已經有了。」

「我不是主治醫生，我是心理治療師。」

愛麗芙悶哼一聲，甚是輕蔑，「我也有心理治療師啊。」

我微笑，心中暗自慶幸她是印蒂拉的病人，不關我的事。這麼靠近愛麗芙，更是令人心生畏怯。不只是因為她個頭高大，還有在她臉上深蝕的怒火跡痕——永遠臭著一張臉加黑色怒目，眼神明顯焦躁不安。她老是菸不離手，所以指尖總是黑黑的，指甲與牙齒也已被染成深黃色。

「我只是想要請教妳幾個問題而已，」我繼續說道，「如果妳不介意的話——我想詢問有關艾莉西亞的事。」

愛麗芙臉色很難看，將撞球桿重摔在球檯上面。她開始排球，準備玩下一盤，然後，她停下來，純粹站在那裡，看來心事重重，沉默不語。

「愛麗芙？」

她沒接話。我從她的表情看出有狀況，「愛麗芙，妳是不是聽到有人在對妳說話？」

她瞄了我一眼，一臉猜疑，然後又聳聳肩。

「他們說了什麼？」

「你不可靠，告訴我要多加小心。」

「了解，一點都沒錯。妳不認識我——所以不信任我也是人之常情。只是時候未到罷了。也許過了一陣子之後，狀況就會改變。」

愛麗芙的表情似乎是不以為然。

我的下巴朝撞球檯指了一下，「想不想來一盤？」

「不要。」

「為什麼不要？」

她聳肩，「另一根撞球桿壞了，他們還是沒修好。」

「但我們可以共用同一根吧？」

那根撞球桿放在球檯上頭，我正打算要拿起來——卻被她一手搶下，「媽的這是我的球桿，你自己去想辦法！」

我趕緊退後，她的暴怒反應讓我神經緊繃。她出桿了，力道猛烈，我望著她玩了一陣子之後，又繼續嘗試。

「妳能否告訴我艾莉西亞剛進來時所發生的事？妳還記得嗎？」

愛麗芙搖頭，我繼續說道，「我看過她的檔案資料，妳曾經和她在餐廳起過爭執，妳被她攻擊是嗎？」

「哦，對，沒錯，她想要殺死我，對吧？靠！居然想要割斷我喉嚨。」

「根據護理人員的交班日誌，在攻擊事件發生之前，有名護士曾經看到妳在艾莉西亞的耳邊低聲講話，不知道妳說了什麼？」

「沒有，」愛麗芙猛搖頭，「我什麼都沒說。」

「我並沒有指責妳刺激她的意思，純粹好奇而已。」

「靠，不過就是就是問個問題而已嘛。」

「妳問了她什麼？」

「我問他是不是罪有應得。」

「誰？」

「他啊，她的男人。」愛麗芙露出微笑，不過，那並不能算是真正的微笑，而是醜惡的竊笑。

「妳的意思是——她先生嗎？」我遲疑了一會兒，不確定自己有沒有聽懂，「妳詢問艾莉西亞，她先生被殺死是不是罪有應得？」

愛麗芙點點頭，繼續出桿，「而且我還問他的死狀。她拿槍射殺他，一定是頭骨碎裂，腦漿四溢吧。」說完之後，她哈哈大笑。

我突然一陣作嘔——我想，當初愛麗芙挑釁艾莉西亞的時候，她應該也是類似的心情。愛麗芙會讓人產生嫌惡感——這是她的病狀，在她小時候，她母親讓她體驗的就是這種感覺，嫌惡、反感。所以愛麗芙會在無意識的狀態下挑釁別人、讓別人討厭她——而且通常都能達到效果。

「現在呢？」我問道，「妳和艾莉西亞和好了嗎？」

「哦，對啊，超要好，最好的麻吉。」

愛麗芙再次哈哈大笑。我正打算要開口回應，卻發現口袋裡的手機在震動。我看了一下，不認得這個來電號碼。

「我得接電話了。謝謝妳，妳幫了很大的忙。」

愛麗芙低聲嘀咕，講了些模糊不清的話，又繼續去玩撞球了。

我進入走廊，接聽電話。

「喂？」

「請問是李歐．法博？」

「我就是。請問您是哪位？」

「我是麥克斯．拜倫森，你之前打電話找我。」

「哦，是，您好，謝謝您回電，我們是不是可以聊一下艾莉西亞的事？」

「為什麼？出了什麼事？是不是有什麼意外？」

「沒有。我的意思是，沒什麼大問題——我負責治療，希望能在您方便的時間，詢問您有關她的幾個問題。」

「不能在電話裡說嗎？我很忙。」

「如果可以的話，我還是希望能親自見您一面。」

麥克斯．拜倫森嘆氣，對著電話外的某人低聲講了幾句話，然後，又對我說道，「明天傍晚，七點鐘，我的辦公室。」

我正打算要問地址——但他已經掛了電話。

12

麥克斯．拜倫森的秘書得了嚴重流感。她伸手拿面紙擤鼻涕，示意請我坐下。

「他在講電話，等一下就會出來。」

我點點頭，坐在座位區等候。這裡放了好幾張硬邦邦難坐的座椅、咖啡桌，還有一堆過期雜誌。我心想，所有的等候區長得都一模一樣，雖說等一下要見的是律師，但裡面坐的是醫生或禮儀師也都不無可能。

走廊另一頭的房門開了，麥克斯．拜倫森現身，招手請我過去。然後，他自己又鑽進辦公室，我起身，跟在他後頭。

由於他講電話時態度粗魯，所以我本來已經有了最壞的心理打算，但我萬萬沒想到他一開口就是對不起。

「我得向你道歉，那天我們講電話的時候，我態度唐突，」他繼續說道，「這個禮拜我忙壞了，情緒不太好。請坐吧？」

我坐在他辦公桌另一頭的座位。

「謝謝，」我說道，「感謝你願意見我。」

「老實說，一開始的時候我不太確定。我本來以為你是記者，想要從我這邊套問有關艾莉西亞的事。但後來我打電話到葛洛夫，確定你的確在那裡任職。」

「我明白了。這種事常發生嗎？我的意思是，那些記者常來找你？」

「最近沒有了。以前常常有，我學會了要時時提防——」

他正打算要繼續說話，卻不經意打了個噴嚏，他趕緊拿起面紙盒，「抱歉——我被家人傳染感冒。」

趁他在擤鼻子的時候，我仔細端詳他的相貌。麥克斯・拜倫森不像弟弟那麼俊帥，他看起來很強悍，禿頭，臉上到處都是青春痘坑疤。他使用的是老派古龍水，我爸爸愛噴的那一種。而他的辦公室也是類似的傳統風格，散發出真皮家具、原木、書籍的沉穩氣味。就美感來說，完全不像是蓋布瑞爾所身處的世界，他弟弟的圈子充滿了色彩與美好事物，顯然蓋布瑞爾與麥克斯是天壤之別。

辦公桌上頭擺了一個相框，是蓋布瑞爾的照片。偷拍的照片——很可能是麥克斯自己拍的？——蓋布瑞爾坐在鄉間田園的某處圍牆上面，髮絲迎風飄揚，脖子上掛著相機。他的模樣比較像是演員，而不是攝影師，或者，應該說他是假扮成攝影師的演員。

麥克斯發現我注意到那張照片，他彷彿有讀心術，對我點點頭，「我弟弟有頭髮，還長得帥，但是我有腦袋。」他哈哈大笑，「開個玩笑而已。其實，我是被領養的小孩，我們兩個人完全沒有任何的血緣關係。」

「這一點我倒是不知道。你們兩個都是被領養的小孩嗎？」

「不，只有我而已。我們的爸媽起初以為自己生不出小孩。不過，收養我之後沒多久，我母親就懷孕了。這種事很常見，顯然關鍵因素是因為減輕了壓力。」

「你和蓋布瑞爾感情好嗎？」

「我們感情超好。不過，當然他是眾人注目的焦點，我只能活在他的陰影之下。」

「怎麼會這麼說？」

「這也在所難免。蓋布瑞爾很特別，這一點從小時候就看得出來。」

麥克斯喜歡玩婚戒，講話的時候一直轉個不停，「你知道嗎，蓋布瑞爾總是帶著他的相機東跑西跑，我爸覺得他瘋了。沒想到我弟弟頗有天分。你看過他的作品嗎？」

我客套笑了一下，我現在沒興趣討論蓋布瑞爾在攝影界的豐功偉業，反而把話題拉回到艾莉西亞的身上。

「你一定和她很熟了？」

「艾莉西亞？我？」

一提到她的名字，麥克斯就變得不一樣了。他的友善瞬間蒸發，語氣變得冷酷。

「我不知道我能幫你什麼忙，」他說道，「代表艾莉西亞出庭的律師不是我，而是我的同事派翠克．杜赫提，如果你想要知道有關審案的細節，我可以幫你牽線找他。」

「我要問的不是這些東西。」

「不是？」他面露疑色，「心理治療師與自己病患的律師見面，這應該不是一般的執業內容吧？」

「不是，但我的病人沒辦法為自己開口說話，所以自是另當別論。」

這句話似乎讓麥克斯陷入沉思，「我知道了。好，我剛才也提到，我不知道自己能幫什麼忙，所以……」

「只是幾個問題而已。」

「很好，那就趕快說吧。」

「我記得當時曾經有報導提到，兇殺案的前一晚，你曾經與蓋布瑞爾、艾莉西亞見面？」

「對，我們共進晚餐。」

「當時他們兩個狀況怎麼樣？」

麥克斯的目光變得呆滯，也許他已經被同樣一個問題問了數百次之多吧，他不假思索，冒出了無意識的答案，「正常，相當正常。」

「艾莉西亞呢？」

「正常，」他聳肩，「也許比平常焦躁一點，不過……」

「不過？」

「沒事。」

我覺得他欲言又止，所以靜靜等下去，過了一會兒之後，麥克斯又開口，「我不知道你對他們兩人關係的了解到底有多少。」

「只有報章雜誌看到的資訊而已。」

「是怎麼寫的？」

「都說他們婚姻幸福。」

「幸福？」麥克斯冷笑，「嗯，的確很幸福，蓋布瑞爾竭盡一切努力，就是要討她歡心。」

「明白了。」

其實我並不明白，我不知道他到底要表達什麼。想必我露出了困惑神情，因為他聳聳肩，繼續說道，「我就不多說了。如果你想聽八卦的話，去找尚費利克斯，不要問我。」

「尚費利克斯？」

「尚費利克斯．馬丁，艾莉西亞的畫廊經紀人。他們認識很久了，兩個人的交情是如膠似漆。恕我老實說，我一直不是很喜歡他。」

「我對八卦沒有興趣，」但我還是默默記下了尚費利克斯這個名字，必須盡快找他談一談，「我對你的個人意見比較有興趣，可否請教一個直接的問題？」

「你不都一直問得很直接嗎？」

「你喜歡艾莉西亞嗎？」

麥克斯回答我的時候，面無表情，「當然。」

我不相信他的話。

「我覺得你有兩種不同的面貌。其中一個是律師，節制謹慎，這是意料中事；而另外一個則是哥哥的面貌，這正是我來此的目的。」

麥克斯停頓了一會兒，我不知道他等一下是不是就會直接對我下逐客令。他似乎本來想說些什麼，但臨時改變心意。然後，他突然離開辦公桌，走到窗前，打開了窗戶，一陣冷風突然灌進來，麥克斯深吸一口氣，彷彿室內的空氣令他窒息難耐。終於，他低聲說道，「老實說……我恨她……對她恨之入骨。」

我沒接腔，等待他繼續說下去。他依然遠眺窗外，然後緩緩說道，「蓋布瑞爾不只是我的弟弟，也是我最好的朋友。他是全世界最善良的人，善良過了頭。他的天賦、善良、對於生命的熱情——因為那個賤女人，全部被抹消殆盡。她摧毀的不只是他的生命——我的也一樣。感謝上帝，我的父母早逝，不需見到這個場面——」他哽咽了，突然之間十分激動。

麥克斯的苦痛，很難不令人感同身受，我很同情他，開口說道，「當初你負責處理艾莉西亞的辯護工作，想必十分煎熬。」

麥克斯關上窗戶，回到辦公桌前面。他又恢復鎮定，再次流露出律師的面貌。客觀、四平八穩、不帶絲毫感情，他對我聳肩。

「如果蓋布瑞爾在世的話，一定希望這麼做。他期盼艾莉西亞能夠得到最好的待遇。他為她瘋狂，但她瘋了。」

「你覺得她瘋了嗎？」

「這應該由你判斷——你是她的心理治療師。」

「你的看法呢？」

「我看到的部分，我自己心裡有數。」

「如何？」

「心情起伏不定，易怒，暴力傾向，她會摔砸東西。蓋布瑞爾告訴過我，她好幾次揚言要殺死他。早知道我應該聽進去，做點什麼才是──在她企圖自殺之後，我應該要積極介入──必須堅持要讓她接受專業協助。但我沒有。蓋布瑞爾堅持要保護她，然後，我居然跟個白痴一樣，就任由他作主。」

他嘆氣，瞄了一下手錶──意思就是要請我結束談話，但我卻只是一臉困惑望著他。

「艾莉西亞曾經想要自殺？什麼意思？何時發生的事？你是說謀殺案之後嗎？」

麥克斯搖頭，「不，好幾年前。你居然不知道？我還以為你很清楚。」

「是什麼狀況？」

「在她爸爸過世之後，她用藥過量自殘……應該是吞藥什麼的。我不記得細節了，反正她當時算是陷入崩潰。」

我正想要繼續追問下去，櫃檯接待小姐卻在此時打開辦公室的門，邊吸鼻子邊說道，「親愛的，我們得趕快動身，不然等一下就遲到了。」

「好，」麥克斯回道，「親愛的，我馬上就好。」

辦公室的門關上之後，麥克斯起身，看了我一眼，表情歉然，「我們要去劇院看表演。」想必我的表情很驚愕，因為他的反應是哈哈大笑，「我們——譚雅和我——去年剛結婚。」

「哦，是這樣啊。」

「蓋布瑞爾之死促成了我們的姻緣。要不是有她，我一定無法熬過來。」

麥克斯手機響了，我點點頭，示意請他接聽無妨。

「謝謝，你幫了大忙。」

說完之後，我離開他的辦公室，又仔細看了一下坐在櫃檯的譚雅——金髮美女，身材相當嬌小。她忙著在擤鼻子，我看到了她手指上的巨大鑽石婚戒。

我沒想到她會突然起身，蹙著眉心，朝我的方向走過來。她壓低聲音，急忙對我說道，「如果你想要知道艾莉西亞的事，」她說道，「去找她的表弟，保羅——他比誰都清楚。」

「我打過電話給她的姑姑，莉蒂亞．洛斯，」我回道，「她不是很樂意幫忙。」

「忘了莉蒂亞，直接去劍橋找保羅吧。詢問他有關艾莉西亞的事，還有出事之後的那一晚，以及——」

辦公室的門開了，譚雅立刻住嘴，麥克斯一出現，她就趕忙靠過去，露出開心笑容。

她開口問道，「親愛的，準備走了嗎？」

譚雅雖然在微笑，但卻十分緊張。我心想，她很怕麥克斯，但我不知道背後原因到底是什麼。

13

艾莉西亞・拜倫森的日記

七月二十二日

家裡有槍，讓我不爽極了。

昨晚我們因為這件事大吵一架。至少，我以為這是我們爭執的主因——但現在我已經不敢這麼篤定。

蓋布瑞爾說，我們會起爭執，都是我的錯，可能吧。我討厭他這麼生氣，以受傷的目光盯著我看。我討厭讓他受苦——但有時候我就是想要傷害他，我也不知道為什麼。

他說，我回家的時候心情惡劣，我踱重步上樓，開始對他咆哮。也許吧，我應該是在生氣。其實我不確定到底出了什麼事，我剛從漢普斯特德荒野公園回來，散步過程我已經記得不是很清楚——我一直在失神狀態，惦記著工作的事，還有那張耶穌畫像。我記得在回家的路上曾經過了某戶住家，有兩個男孩在玩水管，他們應該不超過七、八歲吧。年紀比較大的那個對著小的猛噴水——正好在陽光的照映下露出虹彩，完美無瑕的彩虹色澤。小男孩伸出雙手，哈哈大笑。

我走過去，發覺自己的雙頰已經淚濕。

當時我不願多想，但現在回憶起來，其實也沒什麼，只是我的內心一直不想誠實面對這個真相——我的生命中缺了一大塊。我其實很想要小孩，但總是不斷否認，假裝自己沒有興趣，彷彿只在乎自己的藝術創作。但那不是事實，只是藉口——真相是我不敢生小孩，我擔心自己無法成為人母。

既然我體內流有我母親的血，我就不能生養下一代。

我回家的時候，不知道是有意識抑或是無意識，心中一直在傷懷這件事。蓋布瑞爾說得沒錯，我狀況很糟糕。

不過，還不都是因為我發現他在清槍，才會害我情緒大暴走。他擁槍，讓我勃然大怒，而且無論我求他多少次，他就是不肯把槍丟掉，更是傷透了我的心。他老是搬出同一套說詞——這是他父親農場留下來的舊槍，是他十六歲時收到的禮物，對他而言具有情感價值啦之類的鬼話。我不相信，我覺得他一直留著這把槍一定有其他理由，所以我就直接嗆他，而蓋布瑞爾的回應是，渴望安全何錯之有——他只是想要保護自己的家與妻子，萬一有人闖進來怎麼辦？

「那我們打電話報警啊，」我說道，「靠！我們不殺人！」

我提高音量，但他也越吼越大聲，我們開始對彼此大吼大叫之後，我才驚覺狀況不對。也許我有點失控了，但這只是對他個性的自然反應——蓋布瑞爾有攻擊性，偶爾會被我意外發現——只要我一注意到他顯現出這種侵略心態，就會讓我心生恐懼。在那短短的瞬間，彷彿與我共處同一屋簷下的是某個陌生人，太可怕了。

那天晚上我們再也沒說話，安靜上床睡覺。

一大早，我們做愛，重修舊好。我們似乎總是在床上解決問題。也不知道為什麼，這方式似乎容易多了——赤身裸體，半睡半醒窩在被子裡，低聲說出「對不起」的時候，情真意切；當我們躺在地上、身體交疊，身旁全是散落衣物的時刻，所有的辯解與愚蠢的藉口都會被拋向九霄雲外。

「也許我們應該要訂定規則，要爭論就得到床上。」他開始吻我，「我愛妳，我向妳保證，我一定會丟掉那把槍。」

「不需要，」我說道，「不重要，就忘了吧。沒事，真的。」

蓋布瑞爾再次吻我，把我拉到他的懷中。我的赤裸身體黏著他，我閉上雙眼，在與我緊密貼合的硬石上方、盡情伸展身軀。終於，心中有了平靜的感覺。

七月二十三日

我在「藝術家咖啡館」寫下了這段日記。最近我經常到這裡來，我需要走出家門透透氣。當我周邊有人，即便是那個百無聊賴的女服務生也好，就能讓我多少與這個世界產生連結，讓我還像個人。要不然的話，我可能會消失在這個世界之中，彷彿有可能會人間蒸發。

有時候我真希望自己可以就此失蹤——就像今天晚上。蓋布瑞爾邀請他哥哥來我們家晚餐。今天早上，他才突然告訴我這件事。

「自從喬伊的喬遷派對之後，我們已經好久沒有見到麥克斯了，」他說道，「我來弄烤肉。」

蓋布瑞爾望著我，眼神怪怪的，「妳不介意吧？」

「我幹嘛要介意？」

蓋布瑞爾哈哈大笑，「妳知道嗎？妳真的很不會說謊，妳的臉像是一本輕薄短小的書，我馬上可以猜透妳的心思。」

「我的臉上寫了什麼？」

「妳不喜歡麥克斯，從來就沒喜歡過他。」

「才不是，」我發覺自己臉色紅燙，聳聳肩，別過頭去，「我當然喜歡麥克斯，」我回道，「能見到他當然開心……你什麼時候要再當我的模特兒？我得要完成那張畫。」

蓋布瑞爾微笑，「這個週末好嗎？還有，關於那張畫——幫我一個忙，千萬不要讓麥克斯看到好嗎？我不希望他看到我假扮耶穌的模樣——這會是我的一生之恥。」

「麥克斯絕對不會看到，」我回道，「我還沒畫完。」

就算已經畫好了，我也萬萬不希望讓麥克斯進入我的畫室。我雖然心裡這麼想，但終究還是沒說出來。

我現在好怕回家。我想要躲在這間有冷氣的咖啡店裡面，等到麥克斯離開之後再現身。但女服務生已經開始發出不耐的細瑣聲響，以誇張的姿態看錶。過沒多久之後，我就會被請出去了。也就是說，除非我願意像神經病一樣在街上遊蕩一整夜，不然，我也別無選擇，只能趕緊回家，面對現實，面對麥克斯。

七月二十四日

我回到了咖啡店，有人佔據了我習慣的那個座位，女服務生看了我一眼，充滿同情——至少，她想要表達的是一種同仇敵愾，但我可能想太多了，我挑了另外一張桌子，面向室內，而不是外頭，就坐在冷氣附近。光線不足——冰涼幽暗——很適合我的心情。

昨晚真是太可怕了，我沒想到會這麼糟糕。

麥克斯到達我們家的時候，我幾乎認不出他——我應該是從來沒看過他不穿西裝的模樣。身著短褲的他看來有些滑稽。他從車站走過來，滿身大汗——禿頭又紅又亮，而且腋下還滲出了污漬。起初，他不肯望著我的眼睛，或者，應該是我不想看他？

他大力稱讚這間房子，還說現在看起來很不一樣，我們已經好久沒有請他到家裡來，他甚至開始覺得我們再也不會開口邀他。蓋布瑞爾頻頻道歉，他說我們一直很忙，我的畫展馬上就要開始了，而且他工作繁忙，我們已經好一陣子沒有和任何親友往來。蓋布瑞爾臉上掛著微笑，但我感覺得出來，麥克斯拿這一點大作文章，已經讓他很不高興。

一開始的時候，我裝得頗為勇敢。我等待合適時機到來，終於出現了。麥克斯與蓋布瑞爾進入花園弄烤肉，我假稱要準備沙拉、進了廚房。我知道麥克斯等一下鐵定會找藉口跟進來。沒錯，五分鐘之後，我聽到他沉重的腳步聲，他走路的姿態與蓋布瑞爾截然不同——他總是靜悄悄，宛若貓咪在行走一樣，他在家裡走動的時候，我完全不會聽到任何聲響。

麥克斯開口，「艾莉西亞……」

我正忙著切番茄，發現雙手在顫抖。我放下刀子，轉身看著他。

麥克斯舉起喝光光的啤酒瓶，露出微笑，他依然不肯正面看我，「我進來再拿一瓶。」

我點點頭，不發一語，他打開冰箱，拿了另一瓶啤酒，然後開始四處尋找開瓶器，我指了一下流理台。

他在準備開瓶的時候，對我露出詭異微笑，彷彿有話想要對我說，但我卻搶先一步，「我會把事情告訴蓋布瑞爾，」我說道，「我想還是要讓你先知道一下。」

麥克斯收回笑容，那對如蛇的眼珠終於看著我，「什麼？」

「在喬伊家發生的事，我會告訴蓋布瑞爾。」

「我不知道妳在說什麼。」

「是嗎？」

「不記得了，我應該是喝得爛醉。」

「鬼扯。」

「真的。」

「你不記得吻過我？不記得死抓住我不放？」

「艾莉西亞，不要這樣。」

「不要怎樣？把事情鬧大對嗎？明明是你侵犯我。」

我知道自己怒火中燒，必須努力壓抑聲量，不然我早就開始大吼大叫了。我瞄向窗外，蓋布瑞爾在花園的另一頭、站在烤肉爐的前方，熱煙與熱氣模糊了我的視線，我眼中的他已經扭曲變形。

「他一直很景仰你，」我說道，「你是他的大哥，等到我把事情真相告訴他之後，他一定會非常受傷。」

「那就不要說，沒什麼好講的。」

「他必須知道真相，知道自己的哥哥是什麼德性，你——」

我話還沒講完，麥克斯就狠狠抓住我的手臂、把我硬拉過去。我失去重心，倒在他懷裡，他舉起拳頭，我本來以為他要揍我，「我愛妳，」他說道，「我愛妳，愛妳，愛妳——」

我還來不及反應，他卻開始吻我，我想要推開他，但他卻不肯放手。他的粗糙雙唇已經貼上來，而且舌頭想要鑽入我的口內，我的本能上身，拚命咬他的舌頭。

麥克斯痛得大叫，立刻推開我。他仰頭，嘴邊流滿鮮血。「幹你媽的死臭婊！」他咬字不清，牙齒已經被染紅，像是負傷的野獸一樣、怒氣沖沖盯著我。

我不相信麥克斯是蓋布瑞爾的哥哥。他完全沒有蓋布瑞爾的斯文氣質，看不到那種得體與雅緻。麥克斯讓我作嘔——我早就這麼覺得。

「艾莉西亞，不准向蓋布瑞爾透露半個字，」他怒道，「我可是認真警告妳。」

我不發一語，我的舌頭依然還有他鮮血的氣味，所以我打開水龍頭，一直漱口，等到那股氣息消失之後，我才走進花園。

我不知道該怎麼辦。我不想對蓋布瑞爾撒謊，但我也不想隱忍下去。但我要是告訴蓋布瑞爾的話，他這輩子再也不會和麥克斯講話。要是知道自己如此信任大哥、居然是大錯特錯，他一定會崩潰。由於蓋布瑞爾一向信任麥克斯，所以自然把他當成了偶像，他不該如此。

我才不相信麥克斯愛上我，我只覺得他痛恨蓋布瑞爾，十分嫉妒他——想要奪走屬於蓋布瑞爾的一切，也包括了我。不過，現在我已經與他起了正面衝突，我想他不敢繼續騷擾我——至少我希望是如此。反正，他應該有好一陣子不會來煩我了。

所以，現在我會保持沉默。

當然，蓋布瑞爾能夠像是看書一樣、讀穿我的心思，抑或只是我演技不好而已。昨晚，當我們準備就寢的時候，他說麥克斯在我們家作客的時候，我從頭到尾都一直陰陽怪氣。

「我只是很累罷了。」

「不，不只是這樣。妳好疏遠，甚至有刻意的痕跡。我們幾乎很少與他見面，我不知道妳為什麼看他這麼不順眼。」

我只能盡量裝出信誓旦旦的模樣，「我沒有。我的狀況和麥克斯無關，我只是若有所思罷了，一心在想工作的事。畫展進度嚴重落後——我的腦袋裡只有這件事。」

蓋布瑞爾露出他才不信的表情，但還是暫時放過我了。下一次我們與麥克斯相見的時候，我還是得面對這個問題——但我知道短期之內我們是不會見面了。

能把這段過程寫下來，也讓我覺得比較舒坦。也不知道為什麼，留下文字紀錄，讓我比較安心，這就表示我留下了明證——可以呈交法庭的證據。

如果，真的必須走到那一步的話。

七月二十六日

今天是我的生日，我三十三歲了。

感覺好詭異——我的歲數已經超過了自己預定的大限，我沒想到自己會活到這一天。我這年紀已經超過了母親——比她還老，感覺不太對勁，她活到三十二歲，生命就此戛然而止。現在，我已經超過她了，而且還存活在這世界上，我會變得越來越老——但她不會。

今天早上蓋布瑞爾好體貼——以吻喚醒了我，然後又送上三十三朵紅玫瑰。他的手指不慎碰到了其中一根小刺，流出宛若淚珠的血滴，完美至極。

接下來，他帶我去荒野公園，享受露天早餐。太陽還沒有完全升起，所以熱氣還在能接受的範圍之內，而且還有由水面飄送而來的習習涼風，空氣中帶有新鮮刈草的氣味。我們在池塘邊的垂柳下方、鋪上我們從墨西哥買的藍色毯子，躺了下來。柳樹的軟枝正好成為我們的天然頂篷，陽光從枝葉間灑落而下，光影朦朧。我們喝香檳，吃甜滋滋的小番茄，搭配煙燻鮭魚與薄片麵包。我內心深處浮現一股淡淡的熟悉感，說不出在哪裡的既視感。也許是某段孩童時期聽到的童話故事，通往其他世界的神奇大樹通道。搞不好只是什麼稀鬆平常的記憶，但我卻幽幽想起了那段過往：我看到年紀輕輕的自己，坐在我們劍橋住宅花園的柳樹下，我躲在那裡已經有好幾個小時。我一直不是開心的小孩，但是當我窩在柳樹下方的時候，我心滿意足，我現在和蓋布瑞爾躺在這裡的感覺也差不多是如此。現在，過往與當下宛若在完美的同一刻、融為一體，我好希望這一刻能夠持續一輩子。蓋布瑞爾睡著了，我開始畫他的素描，想要捕捉他臉上的斑駁光線。這一次，我比較能夠掌握他的雙眼，既然是緊閉的，當然比較容易——至少，我抓到了正確的形狀。他看起來像是個小男孩，蜷身睡覺，緩緩呼吸，嘴邊還留有麵包屑。

我們結束野餐，回家，做愛。蓋布瑞爾抱住我，說出了讓我大吃一驚的話，「艾莉西亞，親愛的，請聽我說，我有件心事，一直想告訴妳。」

他講話的那種態度讓我立刻神經緊繃，我抱緊自己，擔心會聽到最壞的消息，「說吧。」

「我想要生小孩。」

我愣了一會兒之後才開口。我是真的嚇了一大跳，所以不知該怎麼回應是好。

「可是——你不想要小孩，你說——」

「忘了吧。我改變心意了，我想要和妳一起生小孩。嗯？妳說好不好？」

蓋布瑞爾滿心期待望著我，想要知道我的答案。我的雙眼盈滿淚水，「好，」我說道，「好，好，當然好……」

我們緊緊相擁，又哭又笑。

現在，他在床上睡著了。我必須躡手躡腳下床，把這一段寫下來——這輩子，我要永遠牢記這一天，它的每一分每一秒。

我好開心，人生充滿希望。

14

我一直在想麥克斯．拜倫森所提到的那件事——艾莉西亞在父親過世之後、自殺未遂。她的檔案裡隻字未提，到底是什麼原因？不禁讓我心生疑惑。

第二天，我打電話給麥克斯，「只是又有幾個問題想請教一下而已。」

「我正要出門。」

「不會耽擱你太久時間。」

麥克斯嘆氣，放下電話，對譚雅不知道說了些什麼。

「五分鐘，」他說道，「我就只能給你五分鐘而已。」

「謝謝，十分感恩。你提過艾莉西亞曾經企圖自殺，不知道是在哪一間醫院接受治療？」

「她沒有送醫。」

「沒有？」

「沒有，她在家療養，由我弟弟照顧她。」

「不過——她一定有看醫生吧？你說過她是用藥過量自殘對嗎？」

「對，蓋布瑞爾當然有找醫生。而他……那位醫生——同意要保守秘密。」

「醫生是誰？你記得他的名字嗎？」

麥克斯沉思了一會兒。

「抱歉，我沒辦法答覆你……我想不起來。」

「是不是他們的家醫？」

「不是，這一點我非常確定。我和蓋布瑞爾是同一名家醫，我記得蓋布瑞爾還特別提醒過我，絕對不能在家醫面前提起這件事。」

「確定想不起名字嗎？」

「抱歉，沒辦法。就這樣了吧？我得走了。」

「只剩下最後一個問題……我對蓋布瑞爾的遺囑很好奇。」

麥克斯微微倒抽一口氣，語氣立刻變得十分尖銳。

「他的遺囑？我真的看不出這有什麼關聯——」

「艾莉西亞是主要受益人嗎？」

「我必須說，這個問題相當莫名其妙。」

「我只是想要了解——」

「了解什麼？」麥克斯立刻打斷我，不想聽我繼續講下去，他似乎很惱怒，「我是主要受益人。艾莉西亞從她父親那裡繼承了一大筆錢，所以蓋布瑞爾覺得她不需要，決定把他的主要資產都留給我。當然，他不知道自己的作品在死後會變得價值連城。你說是不是？」

「艾莉西亞的遺囑呢？要是她死了，繼承人是誰？」

「關於這件事，」麥克斯語氣堅定，「恕難奉告。我希望這是我們的最後一次對話。」

喀啦一聲，他掛了電話。不過，他的語氣顯見另有玄機，我想這並不會是他最後一次對我喊話。

果然沒讓我等太久。

午餐過後，迪奧米德斯把我叫到他辦公室。我一走進去，他就抬頭看著我，但臉上完全沒有笑容。

「你是怎麼了？」

「我？」

「少給我裝傻。你知道今天早上誰打電話給我？麥克斯．拜倫森。他說你找了他兩次，而且問了一堆關乎隱私的事。」

「我詢問了一些有關艾莉西亞的事，他似乎覺得沒什麼不妥。」

「但他現在覺得很不妥，他稱之為騷擾。」

「少來了——」

「無論如何，千萬不能讓律師找我們麻煩。你的一切作為必須要符合這裡的規範，而且必須由我監管。了解嗎？」

我很生氣，但還是點點頭。我就像個不爽的青少年一樣，目光落在地板上，迪奧米德斯也體貼回應，宛若慈父般拍了拍我的肩膀。

「李歐，我給你一點中肯建議。你這個方向是大錯特錯。你到處問人問題，尋找線索，簡直把這當成了偵探小說。」他哈哈大笑，搖搖頭，「這樣下去，你永遠找不到它。」

「它是什麼？」

「真相。要記得比昂提示的技巧：『無憶無求。』身為心理治療師——不要設定計畫，你的唯一目標就是當你與她坐在一起的時候，全神貫注，領會自己的感覺，這是你的唯一要務，至於其他部分就隨緣了。」

「我知道，」我回道，「你說得沒錯。」

「本來就是這樣。還有，不要再讓我聽到你又去拜訪艾莉西亞的親戚了，明白嗎？」

「我答應你。」

15

那天下午我前往劍橋，探望艾莉西亞的表弟，保羅・洛斯。

火車即將進站的時候，地景變得平坦，清冷藍天也一覽無遺。我覺得能夠離開倫敦很開心——這裡的天空壓迫感沒那麼嚴重，我的呼吸也舒暢多了。

我與一堆學生與觀光客一起下車，利用手機地圖導引我前進。街道靜謐，我的腳步聲在鋪面人行道發出了回音。突然之間，路沒了，眼前只有一片濕地，通往河邊的濕泥與野草。

只有一棟房子矗立在河畔，姿態倨傲逼人，宛若深插在泥地裡的一塊巨大紅磚。那是棟醜陋的房舍，維多利亞式的巨獸，牆壁上爬滿了茂盛過頭的常春藤，而花園裡早已被植物淹沒，大部分是野草。我覺得大自然的勢力正在節節進逼，想要奪回自己曾經擁有的領地。這就是艾莉西亞出生的地方，也是她十八歲之前的居所，在這些牆面裡的空間，她培養出了自己的個性：她成人生活的本源、所有的前因與之後的選擇，都埋葬在這裡。為什麼現今問題的解答卻出現在過往？有時候實在很難讓人參透。舉個簡單的類比例子，應該可以有助理解這種狀況：某位在性侵領域的傑出心理治療師，曾經告訴過我，根據她廣泛接觸戀童病患者的三十多年經驗，她遇到的病人在小時候都曾經遭受虐待，無一例外。這並不表示所有的受虐兒會在日後成為受暴者，不過，不曾受過虐待、之後卻成為施暴者，這是絕對不可能的事。沒有人一生下來就是惡魔。正如威尼科特所言，「除非是母親先憎恨嬰兒，不然嬰兒也不會憎恨母親。」嬰兒時期的我們，就是純淨的海綿，是白紙——只有生存的最基本需求而已：吃東西、排泄、愛以及被愛。不過，有時候會出狀況，這就要看我們出生時的環境，以及我們在什麼樣的環境下長大。飽受摧折的受虐兒當然不可能在現實環境之中展開反撲報復，因為她脆弱，不堪一擊，不過，她可以——而且是一定會——在心中埋下復仇的各種幻想。憤怒，就像是恐懼一樣，都是自然反應。艾莉西亞一定曾經遭逢了可怕經歷，很可能是幼年時代的惡夢，刺激她在這麼多年之後衝動殺人。

無論那股刺激動力到底是什麼，這世界上鮮少有人會像她一樣、拿起槍就對著蓋布瑞爾的臉胡亂開槍——其實，大多數的人都不會這麼做。艾莉西亞會有這樣的舉動，也凸顯出她內心世界藏有失序的部分。所以，我必須要了解她以前住在這間房子裡的狀況，以及找出形塑她人格、讓她會成為殺人犯的重大事件，這個步驟非常重要。

我繼續漫步而行，進入那座植物蔓生的花園，穿越野草叢與搖曳的野花，一路走到了房子的側邊，後面有棵巨大的柳樹——美麗、壯觀，光禿禿的垂枝拂地。

我猜艾莉西亞小時候一定常在這棵樹附近玩耍，躲在枝葉下方的秘密神奇世界裡。

我露出微笑。

突然之間，我覺得不太對勁，似乎有人在盯著我。

我抬頭望著那間屋子，樓上窗戶出現人臉，某張醜陋的女子臉龐，緊貼玻璃——死盯著我不放。一股詭異、難以解釋的恐懼讓我全身顫抖。

等到我聽到後頭傳來腳步聲的時候，已經太遲了。砰——沉重巨響——我的後腦勺突然感受到一股劇痛。

然後，眼前一陣黑。

16

我躺在冰涼的硬地，悠悠醒來。第一個感應的是痛覺。我的頭部搏動劇烈，疼痛，彷彿頭蓋骨被敲開一樣。我把手舉高，小心翼翼觸摸後腦勺。

「沒有血，」有人對我開口，「但明天會出現可怕瘀青，當然也少不了爆裂頭痛。」

我目光上仰，第一次見到了保羅．洛斯。他站在我的上方，手中握著棒球棒。他跟我年紀差不多，但更高更壯。他臉孔略帶稚氣，一頭紅髮，色澤就和艾莉西亞的一模一樣，渾身散發出威士忌的酒氣。

我想要坐起來，但卻很難使力。

「你還是別亂動，再休息一下。」

「我可能有腦震盪。」

「嗯。」

「靠，你幹嘛對我下重手？」

「老哥你說呢？我以為你是盜匪。」

「我不是。」

「我現在知道了。我搜過你的皮夾，你是心理治療師。」

他從屁股口袋取出我的皮夾，丟還給我，落在我的胸膛，我趕緊收下。

「我看過你的證件了，」他說道，「你在那間醫院——葛洛夫上班？」

我點點頭，這動作就讓我的腦袋痛得好厲害，「對。」

「那你知道我是誰了。」

「艾莉西亞的表弟？」

「我是保羅・洛斯，」他伸出了手，「好，我扶你起來。」

他拉我起來，沒想到居然如此輕而易舉，他體格真的強健。我依然重心不穩，喃喃向他抱怨，「我差點被你殺死。」

保羅聳肩，「搞不好你有攜帶武器。你明明是私闖民宅，有什麼好說的？你到這裡來做什麼？」

「我就是要來找你的，」痛楚讓我嘴歪眼斜，「早知道當初就不過來了。」

「進來坐一會兒吧。」

我現在痛得半死，也沒有其他選擇，只能跟著他走。每一步，都讓我頭痛欲裂。我們走入後門，進了屋內。

裡面就與外觀一樣殘破。廚房貼滿了某種橘色幾何狀壁紙，看起來是四十年前流行的設計。壁紙已經大片剝落，捲曲，發黑，宛若曾經著火一樣，天花板角落的蜘蛛網掛著硬邦邦的蟲屍。地板上頭的灰塵好厚，簡直就像是泥塵地毯，隱隱飄散的貓尿臭味讓我好想吐。廚房裡至少有五隻貓，全都在椅面或地上睡覺。地面散落許多塑膠袋，到處都是發臭的貓食罐頭。

「坐吧，」他說道，「我來泡茶。」

保羅把那根球棒倚放在門邊的牆上。我一直盯著它，和他在一起，我實在很難安心。

保羅把熱茶倒入某個有裂紋的馬克杯，交給了我，「快喝吧。」

「你有沒有止痛藥？」

「我有阿斯匹靈，得要找一找，這個——」他拿起威士忌，「很有用的。」

他在馬克杯裡加了一點酒，我啜飲了一小口。又燙又甜，氣味強勁。保羅自己喝茶，還停頓片刻端詳我——不禁讓我想到了艾莉西亞的銳利眼神。

「她還好嗎？」他終於開口，但我還沒來得及接腔，他又自顧自說下去，「我沒辦法去探望她。出門不容易……媽媽身體不好——我不想留她一個人在家。」

「了解。你上次見到艾莉西亞是什麼時候的事？」

「好幾年前了。過沒多久之後，我們就失去了聯絡。我參加了他們的婚禮，之後又見面了兩三次，不過……我猜蓋布瑞爾控制慾很強，反正他們結婚之後，她再也不打電話，也不過來看我們。老實說，媽媽十分傷心。」

我沒說話，現在頭痛欲裂，幾乎無法思考，我感覺得出來，他正死盯著我不放。

他繼續問道，「所以你來找我的目的是？」

「只是要問一些問題而已……我想要請教你有關艾莉西亞的事。關於……她的童年。」

保羅點點頭，也在自己的馬克杯裡倒了一點威士忌。現在的他似乎放鬆多了，威士忌在我身上發揮了效果，減緩了疼痛感，終於能夠稍微定心思考。我告訴自己，執行既定計畫，挖掘事實，然後趕緊逃離這地方。

「你們一起長大？」

保羅點點頭，「我父親過世之後，媽媽和我就搬了進來。我當時約八、九歲吧。我覺得一開始只是暫時借住——不過，艾莉西亞的母親後來死於意外……所以媽媽就繼續待在這裡——照顧艾莉西亞與維儂舅舅。」

「維儂．洛斯——艾莉西亞的父親？」

「對。」

「維儂是不是幾年前在這裡過世？」

「對，好幾年前的事。」他皺起眉頭，「自殺。上吊，樓上的那間閣樓，是我發現了屍體。」

「想必大家都很難受。」

「的確，的確是痛苦煎熬——尤其艾莉西亞更是傷心欲絕。我想到了，那就是我最後一次見到她，維儂舅舅的葬禮，她狀況很糟糕。」保羅起身，「要不要再來一杯？」

我本想婉拒，但他一邊講話，一邊已經開始忙著倒酒，「你知道嗎，我一直不相信她殺死了蓋布瑞爾——對我來說，這根本太不合理了。」

「為什麼不合理？」

「她根本不是那種人，她沒有暴力傾向。」

我心想，但她現在轉性了，不過，我什麼都沒說。保羅啜飲威士忌，「她還是不說話？」

「對，依然不開口。」

「不合理，這一切都太扯了。你知道嗎，我覺得她——」

樓上傳來一聲砰然巨響，還有人在講話，是個女人，聲音悶悶的聽不太清楚。

保羅立刻跳起來，「等我一下。」講完之後，他立刻走出去，衝上階梯，拔高音量大吼，「媽，沒事吧？」

樓上傳出嘀咕，我不知道她在說什麼。

「什麼？哦，知道了，等——等我一下下。」保羅的語氣緊張不安，皺著眉頭，從走廊的另一邊偷瞄我，然後，他對我點點頭。

「她希望你上去。」

17

保羅踏著沉重腳步，走上佈滿灰塵的台階，我的雙腳依然虛弱，但現在穩多了，我趕緊跟上去。

莉蒂亞．洛斯站在樓梯上方等著我們，我還記得她貼在窗前的那張怒容。她的一頭白色長髮披瀉肩頭，宛若蜘蛛網一樣，顯然是過重體型——腫脹的頸脖、鬆垮垮的前臂、宛若樹幹的粗壯大腿。她的重量幾乎都靠手中的拐杖支撐，那東西看起來隨時可能會斷裂一樣。

「他是誰？他誰啊？」

她的刺耳提問是針對保羅，但她依然緊盯著我，目光自始至終死纏不放。那樣的灼烈目光，又讓我想到了艾莉西亞的神情。

保羅壓低嗓門說道，「媽，別生氣，他是艾莉西亞的心理治療師，特地從醫院過來這裡找我。」

「你？他想要找你問什麼？你幹了什麼壞事？」

「他只是想要知道一點艾莉西亞的事。」

「他媽的你是大白痴，這個人是記者！」她的聲音近乎尖叫，「把他攆出去！」

「他不是記者，我已經檢查過他的證件，好嗎？媽媽，沒事了，我扶妳上床。」

她嘴裡不停嘀咕，還是讓兒子帶她回去臥室，保羅對我點點頭，示意請我跟過去。

莉蒂亞一屁股坐下去，床墊在承重的那一瞬間還抖了好幾下。保羅為她調整枕頭，有隻老貓窩在她腳邊打盹，這是我看過最醜的貓——佈滿打架的傷疤、多處禿毛，還有隻耳朵被咬掉了，睡夢中的牠依然發出咆哮。

我瞄了一下這個房間，裡面到處都是垃圾：一疊又一疊的舊雜誌與泛黃的報紙，還有一堆堆舊衣服。牆壁旁邊放了氧氣瓶，床邊桌上頭擺了個金屬圓盤，裡面裝滿了各式各樣的藥品。

我知道莉蒂亞從頭到尾都對我充滿敵意，她的目光之中有一股狂暴之氣，這一點我十分確定。

「他到底要做什麼？」她不斷在打量我，眼神激動飄晃，「他是誰？」

「媽，我剛才告訴過妳了。他是她的心理治療師，為了要改善病況，他想要知道艾莉西亞的某些背景資料。」

莉蒂亞完全不掩飾自己對心理治療師的觀感。她轉頭，清了清喉嚨——對著我面前的地板吐口水。

保羅哀號，「媽，拜託別這樣——」

「閉嘴！」莉蒂亞怒氣沖沖瞪著我，「艾莉西亞不配待在醫院裡。」

「哦？」我反問，「那她應該要待在哪裡？」

「你說呢？當然是監獄。」莉蒂亞一臉輕蔑看著我，「你想知道艾莉西亞的過往？我告訴你好了，她就是賤，從小時候就是個賤胚子，死性不改。」

我靜靜聆聽，腦袋搏動得好厲害，莉蒂亞繼續滔滔不絕，火氣越來越大，「我可憐的哥哥維儂，一直沒有從伊娃之死的傷痛中走出來。我負責照顧他，也照料艾莉西亞，她可曾懷抱感恩之情？」

我不需要應答，看來她並沒有要等待別人接腔的意思。

「我對艾莉西亞這麼好，你知道她是怎麼回報我的嗎？你知道她對我做什麼？」

「媽，拜託別說了——」

「閉嘴！保羅！」莉蒂亞又面向我，她的聲音裡蘊藏了這麼生猛的怒火，著實讓我嚇了一跳。「那個賤女人畫我，不讓我知道，也沒得到我的允許，就把我畫進去。我去看她的展覽——它就掛在那裡。齷齪，噁心——猥褻下流的惡搞圖。」

莉蒂亞因為發怒而全身顫抖，保羅似乎十分憂心。他瞄了我一眼，表情不是很高興。

「我看你還是現在離開吧，媽媽動怒了不是好事。」

我點點頭，莉蒂亞．洛斯狀況不好，這一點毋庸置疑，能趕緊離開，我自是樂意配合。

我離開了他們家，走回車站，腦袋被打腫了，而且頭痛欲裂。媽的真是浪費時間，什麼線索都沒問到——不過，看得出來艾莉西亞當初為什麼要火速逃離那間屋子。這不禁讓我想到了自己十八歲的時候，為了逃開我爸爸而離家。艾莉西亞躲避的對象是誰，至為明顯——就是莉蒂亞．洛斯。

我想到了艾莉西亞畫中的那個莉蒂亞，她是這麼說的，猥褻下流的惡搞圖。嗯，也該造訪艾莉西亞的藝廊了，才能知道那幅畫為什麼會讓她這麼光火。

在離開劍橋的途中，我最後想到的是保羅。我覺得他很可憐，必須要與那個宛若禽獸的女人共住一個屋簷下——充當她的免費奴隸。這是種孤零零的人生——我想他沒什麼朋友，應該也沒女友。老實說，如果他還是處男的話，我覺得也沒什麼好大驚小怪的。別看他個頭高大，他似乎有某個部分發展遲緩，似乎哪裡出了問題。

見到莉蒂亞沒多久，就讓我對這個人滿是厭惡——也許是因為她讓我聯想到我的父親。要是我繼續待在家裡，應該下場就和保羅一樣，如果我依然待在薩里、與父母同住，最後只能任憑某個瘋子恣意使喚。

回到倫敦，一路上都心情低迷。悲傷，疲倦，差點害我落淚。我不知道這是因為我感受到保羅的傷悲——抑或是自己的鬱結。

18

我進入家門，凱西不在裡面。

我打開她的筆記型電腦，想要偷看她的電郵——但我運氣不好，她已經登出了。

我必須要接受事實，她可能永遠不會再犯下相同錯誤。難道我要繼續這樣下去嗎？一直反覆偷看，已經演變到令人作嘔的程度，然後，轉為偏執，逼自己發瘋？我已經意識到自己馬上就要變成大家眼中的那種刻板角色——善妒的丈夫——諷刺的是，凱西現在排演的角色是《奧賽羅》一劇中、對他不離不棄的妻子，苔絲狄蒙娜。

我應該在第一天晚上看到那些電郵的時候，就立刻轉到我自己的信箱，那麼我的手中就握有具體證據。這是我的疏失，現在我必須開始質疑自己一開始到底看到了什麼。我的回憶可信嗎？畢竟我那時候很茫——我是不是誤解了自己看到的字句？我發現我自己為了證明凱西的清白，一直在瞎編各種離譜的理論。也許那只是排演練習——為了《奧賽羅》裡角色的情境書寫。她曾經為了演出《吾子吾弟》，花了六個禮拜的時間練習美國腔。所以，這也可能是類似狀況。但那些電郵裡的署名是凱西——而不是苔絲狄蒙娜。

如果這全是出於我自己的想像——那麼我就可以忘了它，就像是忘了一場夢——醒來，慢慢淡逝不見。但我卻陷在這個充滿懷疑揣測與恐慌的無盡惡夢之中，動彈不得。只不過，表面上似乎沒有太大的變化。我們依然會在星期天出外散步，看起來就像是與其他在公園裡閒晃的夫婦一樣。也許，我們之間的沉默比以往來得長，但感覺就是很自在。然而，在沉默之下，我的心中卻出現了火爆的單方對話，有一百萬個問題正在不斷演練。她為什麼要這麼做？怎麼能這麼對我？為什麼她說愛我，嫁給了我、和我幹砲、與我共枕眠——然後卻在我面前說謊，而且謊言接連不斷，年復一年？這到底持續了多久？她愛那男人嗎？會不會因為他而離開我？

我曾經趁她在洗澡的時候多次偷看她的手機，想要找尋簡訊紀錄，但一無所獲。要是她曾經收過什麼足以充當罪證的簡訊，想必早就刪掉了。顯然她並不笨，只是有時候粗心大意而已。

也許我永遠沒辦法知道真相，找不到答案。

其實，我暗暗覺得這樣也好。

散步結束之後，我們坐在沙發上，凱西偷瞄我，「你還好嗎？」

「什麼意思？」

「我也不知道，你看起來悶悶的。」

「今天嗎？」

「不只是今天，最近都這樣。」

我閃避她的目光，「純粹因為工作的事而煩心罷了。」

凱西點點頭，捏捏我的手表示同情。她是個很好的演員，我差點誤以為她是真心在乎我。

我問她，「排演的狀況如何？」

「好多了。東尼想出一些很棒的點子，我們下禮拜會工作得比較晚，試驗一下效果。」

「嗯。」

我再也不相信她說的話。我分析她所說的每一句話，就像是在對待病人一樣。我找尋弦外之音，解讀話語之間的非口語線索——細微的變音、閃避、省略，都是謊言。

「東尼最近好嗎？」

「很好啊。」她聳聳肩，彷彿根本不在意一樣。我才不信，她明明把她的導演東尼當成偶像，而且總是東尼長東尼短的——至少以前是如此，但她最近很少提到他。他們以前常常暢談戲劇、表演、劇場——對我來說這是完全陌生的世界。我聽到許多有關東尼的事，但其實只有短暫瞄過他一眼。那一次，我在凱西排演結束之後去找她，說也奇怪，凱西居然沒有介紹我們認識。他已經結婚，妻子也是演員，我感覺得出來，凱西不是很喜歡她。也許他的妻子就和我一樣，因為他們的關係而吃醋。我曾經建議我們可以四個人一起吃晚餐，但凱西的反應不是特別熱絡，有時候，我不免懷疑她是刻意要讓我與東尼保持距離。

我盯著凱西打開她的筆電。她的螢幕斜對著我，所以當她在打字的時候，我只能聽見她敲鍵盤的聲音。她寫信給誰？東尼？

我打哈欠問道，「妳在幹嘛？」

「沒什麼，寫信給我表妹……她在雪梨。」

「是嗎？幫我向她問好。」

「好的。」

凱西又繼續打字，過了一會兒之後，她收起筆電，「我要去洗澡。」

我點點頭，「嗯。」

她對我露出促狹表情，「親愛的，開心點嘛。你真的確定自己沒問題嗎？」

我微笑，點點頭，她起身離開了。我聽到浴室門關上、傳出嘩啦啦的水聲之後，才悄悄溜到她剛才坐的地方。我拿起她的筆電，打開螢幕的時候，手指一直在顫抖——我再次打開她的瀏覽器，進入她的電郵頁面。

但她已經登出了。

我憤恨不平，把筆電推到一旁，心想這種自討苦吃的行徑也該劃下句點了，或者，其實我已經瘋了？

當凱西進入臥室、忙著刷牙的時候，我已經在床上，準備窩進棉被裡。

「我忘了告訴你，妮可下個禮拜會回來倫敦。」

「妮可？」

「你還記得她吧？我們一起去參加她的送別派對。」

「哦，是嗎？我以為她搬去紐約了。」

「沒錯，但她要回來了。」她稍作停頓，「她希望我在星期四見她……排演結束後的週四晚上。」

我不知道自己為什麼會起了疑心。是不是因為凱西望向我的方向，但卻沒有任何的眼神接觸？我覺得她在撒謊。我沒說話，她也是。她離開臥室，我聽到她在浴室裡吐牙膏泡沫、漱口。

也許真的是我庸人自擾，也許凱西真的很無辜，到了星期四的時候，她真的要去見妮可。

也許吧。

只有一個方法能夠找出真相。

19

我到達艾莉西亞的畫廊，準備要好好研究《阿爾克斯提斯》，外頭已經不見排隊人潮，畢竟，已經事隔六年之久了。現在展示窗擺設的已經是其他畫家的作品——他可能是有才氣，但卻不像艾莉西亞一樣惡名遠播，也沒有她那種吸引人潮的後續力。

我一進入畫廊就全身顫抖，因為這裡比外面還冷。除了低溫之外，這裡的氛圍也有某種令人體寒的感覺，裸露鋼梁與光凸水泥地面所營造的氣息。我心想，沒有靈魂，空洞。

藝廊經理人坐在辦公桌後面，我一進去，他就立刻站起來迎接我。

尚費利克斯．馬丁約四十出頭，黑色的眼眸與頭髮，身穿印有紅色骷髏頭的T恤，模樣俊帥。我表明身分，也說明來意。他似乎非常樂意討論艾莉西亞的事，這一點倒是出乎我意料之外。他的英語帶有外國腔，我詢問他是不是法國人。

「我的家鄉——的確是巴黎，不過我還是學生的時候就在這裡了——哦，至少二十年了吧，現在我覺得自己比較像是英國人。」他對我笑了一下，示意請我到後面的房間，「進來吧，我們一起喝杯咖啡。」

「謝謝。」

尚費利克斯帶我進入某間辦公室，但它的實際功能其實是倉庫，裡面堆滿了畫作。

「艾莉西亞還好嗎？」他開始操作某台狀甚複雜的咖啡機，「她還是不講話？」

我搖頭，「依然不開口。」

他點點頭，嘆氣，「真可憐。要不要坐一下？你想要知道什麼？我一定知無不言，言無不盡。」尚費利克斯揚了一下嘴角，看得出他有些好奇。

「不過，其實我不是很清楚你為什麼要來找我。」

「除了工作上的關係之外，你和艾莉西亞走得很近，是嗎？……」

「是誰告訴你的？」

「蓋布瑞爾的哥哥麥克斯．拜倫森，是他建議我來找你談一談。」

尚費利克斯翻白眼，「哦，所以你見過麥克斯了？是不是？這傢伙無聊透頂。」

他的語氣充滿憎惡，不禁讓我哈哈大笑，「你認識麥克斯．拜倫森？」

「很熟，我根本不想和他混得這麼熟。」他交給我一小杯咖啡，「艾莉西亞本來一直和我走得很近，我們非常要好。早在她認識蓋布瑞爾之前——我們就是熟識多年的朋友。」

「我不知道這件事。」

「我們在念藝術學校的時候就混在一起，畢業以後也一樣，還一起畫畫。」

「你的意思是你們協力創作？」

「這個嘛，其實不是，」尚費利克斯哈哈大笑，「我的意思是我們一起畫牆壁，我們那時候幫別人弄居家裝潢。」

我微笑以對，「明白了。」

「結果我發現自己的油漆功力比繪畫來得高強，所以我就放棄了，而艾莉西亞也差不多在同一時間開始聲名大噪。等到我開始經營這間藝廊，展出艾莉西亞的作品也是順理成章，整個過程就是再自然也不過了。」

「嗯，那蓋布瑞爾呢？」

「他怎樣？」

我發覺他話中有刺，看到這種充滿防衛的反應，我知道這是條值得打探的路徑，「是這樣的，我不知道他在這樣的互動過程中、投入的程度如何？也許你跟他很熟？」

「其實不怎麼熟。」

「不熟？」

「我和他不熟。」尚費利克斯遲疑了一會兒，「蓋布瑞爾沒時間好好認識我，他非常……浸淫在自己的世界當中。」

「看來你不喜歡他。」

「我並沒有特別欣賞這個人，我也不覺得他喜歡我。老實說，我知道他看我不順眼。」

「為什麼？」

「我不知道。」

「你覺得他是不是因為出於嫉妒？你和艾莉西亞之間的關係？」

尚費利克斯啜飲咖啡，點點頭，「嗯，對，有這個可能。」

「搞不好他把你當成了威脅？」

「我哪知道？看來你心裡已經有了一切答案。」

我聽懂了他的暗示，就沒有深究下去了。不過，我決定另闢途徑，「我沒記錯的話，在兇案的前幾天，你和艾莉西亞曾經見過面對吧？」

「對，我去她家探望她。」

「可不可以多透露一點細節？」

「她馬上就有展覽，所以忙著工作，看起來十分焦慮。」

「你沒看到她的任何新作？」

「沒有，我是在她家屋子裡看到她。」

「你怎麼進去的？」

聽到這個問題，尚費利克斯十分詫異，「什麼？」

我知道他正在迅速評估該如何回答，然後，他點點頭，「我知道你的意思了，」他說道，「後花園有一扇面街的門，通常沒有鎖。我就是從花園進入廚房後門，那裡也常常沒上鎖。」他露出微笑，「你知道嗎，你不像是精神病學家，反而比較像是偵探。」

「我是心理治療師。」

「有差嗎？」

「我只是想要了解艾莉西亞的心理狀況。你覺得她當時的情緒如何？」

尚費利克斯聳肩，「那時候似乎是還好，有點工作壓力。」

「就這樣？」

「我不知道你是什麼意思，但她看起來不像是幾天之後就會槍殺老公的人，她看起來——很正常。」他喝光了咖啡，突然若有所思，陷入遲疑，「要不要看一下她的畫作？」尚費利克斯沒等我回答，逕自起身走向門口，示意我跟過去。

「來吧。」

20

我跟在尚費利克斯後面，進入了某間儲藏室。他走到某個大型置物櫃前面，拉出以鉸鏈固定的某一層架，拿起以毛毯包裹的三幅畫作，將它們一一豎直。他小心翼翼拆開包裝，退後，以誇張的姿態大手一揮，讓我欣賞第一幅畫。

「噠啦，這就是嘍。」

我定睛細看。這幅畫就與艾莉西亞的其他作品一樣、都具有宛若相片般的寫實特色，這是奪走她母親那場車禍的場景，畫風逼真。有名女子的身體夾在車骸之中，整個人癱倒在方向盤上頭，全身是血，顯然已經死亡。而她的魂魄，正脫離肉身、緩緩飛升，宛若一隻擁有黃色翅膀的巨鳥，奔向天堂。

「是不是很精采？」尚費利克斯盯著它讚道，「鮮豔的黃色、紅色，還有綠色，看得我好陶醉，心情充滿歡愉。」

我不會選用歡愉這樣的字詞。也許，應該說讓人心神不寧吧，我不確定該如何表達心中的感受。

我又走到了下一幅畫作前面，耶穌釘在十字架的畫像，是耶穌嗎？

「其實是蓋布瑞爾，」尚費里克斯說道，「超像耶穌。」

的確是蓋布瑞爾——但他卻擺出耶穌的模樣，被釘在十字架，雙手高懸，鮮血從傷口滴淌而下，頭上還有荊棘王冠。他並沒有低垂目光，反而是高調直視——眼睛眨也不眨，盡顯苦痛，大刺刺流露譴責神情，那雙眼睛宛若烈火，燒透我的全身。我又湊前仔細端詳——發現蓋布瑞爾的軀幹上纏著某個格格不入的東西，是槍。

「那就是殺死他的兇器？」

尚費利克斯點點頭，「對，應該就是他的那把槍。」

「這是在謀殺案之前畫的作品？」

「大概是一個月之前。可以讓你看出艾莉西亞的思緒，是不是？」尚費利克斯走到第三張畫作前面，這幅畫的尺寸比其他的都來得大，「這個作品最精采，你必須往後站，才能好好欣賞。」

我乖乖照做，退後了好幾步。然後，我轉身，一看到那張畫作就啞然失笑。

畫作的主題是艾莉西亞的姑姑，莉蒂亞．洛斯，也難怪她會火冒三丈。莉蒂亞全裸，斜躺在某張小床上面。她的重量把床都壓彎了——極度可怕的癡肥——贅肉還溢出床外、流淌在整個房間，泛起陣陣漣漪，形成了灰色奶凍狀的波紋皺褶。

「天，」我嘆道，「好殘忍。」

「我倒是覺得很可愛，」尚費利克斯一臉興味看著我，「你認識莉蒂亞？」

「對，我去找過她。」

「嗯，」他嘴角泛笑，「想必你事先做了功課。我從來沒見過莉蒂亞，你知道艾莉西亞很恨她。」

「嗯，」我盯著那張畫，「對，我看得出來。」

尚費利克斯又小心翼翼包好那三張畫作。

「《阿爾克斯提斯》呢？」我問道，「可以看一下嗎？」

「當然，請跟我來。」

尚費利克斯帶我走過狹窄通道，到達藝廊後方。《阿爾克斯提斯》佔據了一整片牆，它和我記憶中的一樣美麗、充滿神秘感。艾莉西亞裸身，站在畫室的空白畫布前，拿著血紅畫筆作畫。我端詳艾莉西亞的神情，還是在死命頑抗觀者的解讀，我不禁皺起眉頭。

「無法解讀她的神情。」

「你說到重點了——她拒絕被人評論，這是一幅有關沉默的畫作。」

「我不太懂你的意思。」

「哦，藝術的核心是謎團。艾莉西亞的沉默就是她的秘密——她的謎團帶有宗教氛圍，所以她把它命名為《阿爾克斯提斯》。你有沒有看過歐里庇得斯的那部作品？」他面露好奇，「你看過之後就會明白了。」

我點點頭——發現畫作裡有我先前沒注意到的東西。我傾身向前，凝神細看，畫作背景的桌上有一盤水果——蘋果與梨子。而紅色蘋果表面有諸多白色小點——雪白光滑，在果肉裡面與果皮周邊蠕動，我指著那些東西問道，「它們是……？」

「你覺得是蛆？」尚費利克斯點頭，「沒錯。」

「好厲害，不知道有什麼意涵。」

「大師傑作，真的。」尚費利克斯嘆氣，目光從畫作的另外一頭朝我飄來，他壓低聲音，彷彿擔心艾莉西亞會聽見我們的對話一樣，「可惜了，你不認識那時候的她，我從來沒看過這麼有意思的人。你知道，大多數的人，不算是真正活在這世界之中——宛若行屍走肉過完一生。但艾莉西亞活得如此精采……很難令人移開目光。」尚費利克斯轉頭回去，繼續看畫，盯著艾莉西亞的裸體，「真美。」

我繼續凝望艾莉西亞的胴體。尚費利克斯看到的是美，但我卻只看到痛苦，我看到自殘的傷口，自我傷害的疤痕。

「她有沒有和你講過她自殺未遂的事？」

我在釣他，尚費利克斯果然上鉤。

「哦，你也知道？對，當然有啊。」

「她父親過世之後的事？」

「她徹底崩潰，」他點點頭，「其實，艾莉西亞的狀況一直十分糟糕。我說的不是藝術家身分，而是平凡人的那個部分，她十分脆弱。當她父親上吊身亡的時候，衝擊太強烈了，她完全無法承受。」

「她一定很愛他。」

尚費利克斯爆出詭異大笑，他看著我，那表情彷彿是覺得我瘋了。

「你在說什麼啊？」

「什麼意思？」

「艾莉西亞根本不愛她爸爸，她討厭他，對他恨之入骨。」

聽到這段話，我嚇了一大跳，「艾莉西亞告訴你的？」

「當然。打從她小時候開始，她就好恨他——自從她媽媽過世之後就這樣。」

「可是——那為什麼要在他死後企圖自殺？如果不是出於悲痛，又是為了什麼？」

尚費利克斯聳肩，「也許是罪惡感吧？誰知道呢？」

我心想，他有事瞞著我。不合理，一定有問題。

他的電話響了，「抱歉。」他立刻轉身接電話，另一頭傳來的是某女子的聲音，他們講了好一會兒，討論見面時間，「親愛的，我等一下再回電給妳。」說完之後，他掛了電話。

尚費利克斯又面向我，「抱歉。」

「沒關係。你女朋友嗎？」

他露出微笑，「只是一般朋友而已……我有一大堆朋友。」

我心想，看也知道。不知道為什麼，我的心中突然冒出一股不快的感受。在他示意帶我出去的時候，我問了最後一個問題。

「還有一件事。艾莉西亞有沒有向你提過某個醫生？」

「醫生？」

「在她自殺未遂的那段期間，顯然是有去看某名醫生，我想要找到他。」

「嗯……」尚費利克斯皺眉，「可能吧——是有這麼一個人……」

「記得他的名字嗎？」

他想了一會兒，搖頭，「抱歉，沒辦法，真的幫不上忙。」

「好，要是之後想起來的話，告訴我好嗎？」

「當然，但我恐怕是愛莫能助。」他看了我一眼，吞吞吐吐，「要不要聽我給你一點建議？」

「樂意之至。」

「如果你真的想要讓艾莉西亞講話……給她顏料畫筆就是了，讓她畫畫，這是她唯一會和你溝通的方式，透過她的藝術作品。」

「這想法很有意思……你幫了我一個大忙。馬丁先生，謝謝。」

「叫我尚費利克斯就好。等到你見到艾莉西亞的時候，請你轉告她，我愛她。」

他露出微笑，害我又想要吐了；尚費利克斯具有某種讓我很受不了的特質。我看得出來，他以前的確與艾莉西亞走得很近，他們相識多年，而且顯然他很喜歡她。是不是愛上了她？這一點我不確定。我想到了他剛才在觀賞《阿爾克斯提斯》那幅畫作的神情，對，他的眼中有愛——不過，是對那畫作的愛，未必是對那位畫家的愛意。讓尚費利克斯流口水的其實是藝術作品。不然，他一定會繼續癡心守候，早就去葛洛夫探望艾莉西亞了。

這一點我很清楚，男人絕對不會這樣放棄女人——如果，他是真心愛她的話。

21

趁上班的途中，我先去了水石書店，買了一本《阿爾克斯提斯》。根據簡介，這是歐里庇得斯未曾佚失的最早悲劇作品，鮮少被搬上舞台。

我開始在地鐵裡讀這部劇作，不是那種讓人想一口氣看完的東西。老實說，劇情詭異。劇中的英雄阿德墨托斯，被命運女神所詛咒，但所幸有阿波羅出面談判，讓他有機會可以逃過死劫——只要阿德墨托斯能夠說服某人為他犧牲生命，他就可以免於一死。他詢問了他的母親與父親，他們都悍然拒絕，在這種時候，實在很難理解阿德墨托斯的性格，無論就任何標準看來，都稱不上是英雄行徑，想必古希臘人一定對他多少有些不以為然。阿爾克斯提斯的特質就剛烈多了——她站出來，願意為自己的先生犧牲生命。也許，她以為阿德墨托斯不會接受她的提議——但他答應了，而阿爾克斯提斯慨然赴死，準備向冥王哈德斯報到。

不過，故事並沒有在這裡劃下終點，結局其實是歡喜收場，多少可以算是吧，突然有大神出手相救。赫拉克勒斯把阿爾克斯提斯從哈德斯的手中搶救回來，以勝利者的姿態、把她帶回人間。她復活了，阿德墨托斯與妻子團圓，喜極而泣。而阿爾克斯提斯的反應則比較令人費解——她保持沉默，一直不說話。

看到這個段落的時候，我整個人為之震顫，不敢置信。

我再次細讀這個劇本的最後一頁，不敢放過任何一個細節：

阿爾克斯提斯死而復生，又活了過來。而她一直保持沉默——沒辦法或是不願意提及自己的經歷。阿德墨托斯苦求赫拉克勒斯，「為什麼我的妻子站在這裡卻不說話？」

沒有解答。這齣悲劇的結局是阿德墨托斯帶著阿爾克斯提斯返家——而她依然沉默不語。

為什麼？為什麼她不說話？

22

艾莉西亞・拜倫森的日記

八月二日

今天更熱了，顯然倫敦比雅典還熱，但至少雅典有海灘。

保羅今天從劍橋打電話給我。聽到他的聲音，讓我嚇了一大跳，我們已經有幾個月沒講過話。我的第一個念頭是莉蒂亞姑姑死了吧——剎那間，我心中閃過一抹如釋重負的感覺，我覺得我自己會出現這種反應也沒什麼好羞愧的。

不過，這並不是保羅打電話的目的，老實說，我依然不確定他為什麼要打電話給我。我一直在等待他切入重點，但他就是不肯說。他一直問我好不好，蓋布瑞爾過得怎麼樣，又跟我抱怨莉蒂亞還是老樣子。

「我過去一趟吧，」我回道，「好久沒回去了，我本來就一直很想回去探望你們。」

其實，一想到回家，一想到必須與莉蒂亞、保羅共處一室，就讓我的心頭浮起許多複雜的情緒。所以我一直不想回去——但最後卻充滿了罪惡感，所以我一直是進退兩難。

「要是能見到你當然很開心，」我說道，「我一定會盡快去找你。我正得要出門，所以就先這樣嘍……」

然後，保羅低聲說了一段話，我根本聽不清楚。

「抱歉，」我問道，「可不可以再說一次？」

「我剛才說，我遇到了麻煩。艾莉西亞，我需要妳幫忙。」

「怎麼了？」

「電話裡不方便說，我需要親自見妳一面。」

「但——我不確定自己能不能馬上趕到劍橋。」

「我去找妳，今天下午好不好？」

保羅的聲音裡藏有某種心事，讓我不加思索就答應了他，他似乎絕望至極。

「好，」我說道，「真的不能現在告訴我嗎？」

「待會兒見。」保羅說完之後就掛了電話。

後來，我一整個早上都在掛念那通電話的內容。到底是什麼事情這麼嚴重？偏偏要找我幫忙？會不會和莉蒂亞有關？或者是房子的事？這不合理啊。

吃完午餐之後，我完全無法工作。我覺得都是高溫作祟，但其實是因為我有心事。我一直在廚房裡晃來晃去，不時瞄向窗外，終於在街上看到保羅，他向我揮揮手，「嗨，艾莉西亞！」

我一看到他就嚇到了，他氣色好糟糕。他變得好瘦，尤其是臉頰的部分，兩側太陽穴和下巴。整個人形銷骨立，憔悴、疲憊、恐懼。

我們坐在廚房，打開了那台可攜式電風扇。我拿啤酒給他，但他說他想喝更濃烈的飲料，我好吃驚，因為我記得他喝酒沒喝得這麼兇。我為他倒了威士忌——只有一小杯——他以為我沒在注意，一口氣乾掉了。

起初，他不發一語，我們沉默了好一會兒，然後，他開始重複自己在電話裡所說的那一句話，一模一樣的措辭。

「我遇到了麻煩。」

我問他是什麼意思？房子出狀況了嗎？

保羅一臉茫然望著我。不是，所以房子沒問題。

「那不然是什麼？」

「是我。」他遲疑了一會兒，終於講出來，「我賭博賭了好一陣子，輸了好多錢，我現在擔心得要死。」

原來他已經嗜賭多年。他說，一開始的時候，只是把它當成遠離那間屋子的方法而已——有個去處，找點事情做，開心一下——這我真的不能怪他。和莉蒂亞生活在一起，自然享受不到什麼樂趣。但他之後越輸愈多，現在已經是一發不可收拾。他一直拿存款帳戶的錢補破洞，裡面本來就沒多少錢。

「你需要多少錢？」

「兩萬英鎊。」

我無法置信，「你輸了兩萬英鎊？」

「不是一次輸光光。我向同一群人借的錢——現在他們逼我還錢。」

「什麼人？」

「我要是不還錢給他們，我就有大麻煩了。」

「你有沒有告訴你媽媽？」

其實我心裡已經有了答案。保羅的生活或許搞得亂七八糟，但他不是笨蛋。

「當然沒有。媽媽要是知道的話一定會殺了我。艾莉西亞，我需要妳的幫忙，所以我才會來這裡找妳。」

「保羅，我沒有那麼多錢。」

「我會還錢給妳的，不需要一次全給我，只要一點就好。」

我不發一語，他卻一直苦苦哀求。「他們」今晚就要拿到錢，他不敢空手回去。我能給多少算多少。我不知道該怎麼辦，我真的很想要幫他，但我覺得拿錢給他不是處理的方法。我也知道，絕對不能讓莉蒂亞姑姑知道他的債務問題，如果換作我是保羅的話，我真的不知道該怎麼辦，莉蒂亞比高利貸商人可怕多了。

我終於開口，「我開支票給你。」

保羅感激涕零的模樣好可悲，他一直低聲向我道謝，「謝謝，謝謝。」

我開給他兩千英鎊的即期支票。我知道他期待的不只是這個數字，但我從來沒遇過這種狀況，而且我不確定是不是該盡信他的話，有些部分聽起來就是可疑。

「也許我和蓋布瑞爾商量之後可以給你更多一點，」我說道，「但最好還是想出別的辦法處理這件事。你也知道蓋布瑞爾的哥哥是律師，也許他——」

保羅嚇了一大跳，面色驚恐，頻頻搖頭，「不要，不要，千萬不要告訴蓋布瑞爾。拜託，別把他牽扯進來。我會想辦法處理，一定會解決。」

「莉蒂亞呢？我覺得也許你應該要——」

保羅猛搖頭，接下支票。看到上頭的數字，他似乎大失所望，但什麼都沒說，不久之後就離開了。

我想我讓他失望了。打從我們的孩童時代開始，我總是覺得自己害保羅很失望，一直沒有辦法達到他對我的期待——我應該要扮演護衛他的母親角色。他自己應該比我還清楚，我不是那種有母性的人。

蓋布瑞爾到家之後，我把這件事告訴他。當然，他對我發脾氣，他說我不應該給保羅錢，我沒有欠他，他的問題不是我的責任。

我知道蓋布瑞爾說得沒錯，但我就是忍不住滿心的歉疚。我逃離了那個家，遠離莉蒂亞——保羅並沒有，他依然陷在那裡動彈不得。他還是當年那個八歲小男孩，我就是想幫他。

只不過，我不知該從何幫起。

八月六日

我一整天都在畫畫，嘗試畫出那幅耶穌畫像的背景。我已經以我們在墨西哥拍的照片作為素材、畫下素描——紅色龜裂的泥土、長滿尖刺的幽深灌木叢，我想要捕捉那種熱力、強烈的乾燥感——然後，我聽到尚費利克斯在呼喊我的名字。

我本來不想理他，假裝自己不在就是了。但我聽到大門傳來喀啦聲響，太遲了。我探出頭，發現他從花園另一頭走過來，對我揮手。

「嗨，親愛的，」他開口說道，「是不是打擾到妳了？妳在忙嗎？」

「對，沒錯。」

「好，很好，」他說道，「加油，距離畫展只剩下六個禮拜了，妳知道自己進度嚴重落後吧。」他發出那一貫的惱人笑聲，我的表情一定洩露出自己很不爽，因為他趕緊補上一句，「只是開玩笑而已，我來這裡不是為了要追查妳的進度。」

我不發一語，只是轉身回去畫室，而他也跟了過來。他拉了張椅子、坐在風扇前面，然後點了香菸，微風吹送的白煙不斷在他身邊迴旋。我回到畫架前面，拿起畫筆，開始工作，尚費利克斯自顧自講話，抱怨天氣太熱，他說倫敦的規劃沒辦法應付這種天氣，又搬出巴黎與其他城市、進行無情的大肆評比。我聽了一會兒之後就沒理他了。他繼續抱怨，不斷為自己強辯、自憐自艾，我覺得無聊死了。他從來不問我的事，其實對我根本不感興趣。即便過了這麼多年之後，我依然只是遂行某種目標的工具——尚費利克斯個人秀的聽眾。

也許這樣太不體貼了，他畢竟是老朋友——而且總是陪在我身邊。他只是寂寞罷了，我也是。哦，但我寧可獨處，也不想跟不對頭的人混在一起。這就是我在認識蓋布瑞爾之前，一直沒有好好談戀愛的真正原因。我一直在等待蓋布瑞爾，等待某個真切可靠的人，而其他人都是假惺惺。尚費利克斯總是很嫉妒我與蓋布瑞爾之間的關係。他一直想要隱藏這種情緒——到現在還是一樣——但我看得出來，他討厭蓋布瑞爾。總是在講他壞話，暗指蓋布瑞爾的才氣不如我，而且性喜炫耀，自我中心。我想，尚費利克斯一定以為總有一天我會站在他那一邊，而且會對他崇拜得要命。但他不知道每當他說出那些惡言醜語的時候，反而更把我逼向蓋布瑞爾的懷抱。

尚費利克斯老是喜歡把我們的多年友誼掛在嘴邊——他總是緊抓這一點大作文章——那些早年的狂暴歲月，只有「我們在對抗這個世界」。不過，我想尚費利克斯並不知道，在我和他鬼混的那段時日當中，我並不快樂。

就算我曾經對尚費利克斯有任何感情，也都是屬於那段過往的歷史了，我們就像是曾經彼此相愛過的老夫老妻。但到了現在，我才知道自己有多麼討厭他。

「我在工作，」我回他，「需要趕快完成，如果可以的話……」

尚費利克斯的臉垮下來，「妳是要下逐客令嗎？打從妳第一次拿起畫筆，我就一直在旁邊看妳作畫，要是這些年來我會讓妳分心的話，大可以早點告訴我。」
「我現在不就告訴你了嗎？」
我的臉一陣熱辣，我已經快要發飆了，無法控制。我假裝在專心作畫，但手卻一直在發抖，我知道尚費利克斯盯著我——而且我簡直可以聽到他的腦袋在運轉——滴答作響，颼颼有聲，旋轉個不停。
「我讓妳生氣了，」他終於開口，「為什麼？」
「我只是要告訴你，你不可以再這樣突然出現。必須要先傳簡訊或是打電話給我。」
「我不知道我得需要書面邀請函，才能探望自己最好的朋友。」
他停頓了一會兒，顯然是很不好受。我想，聽到那種話也不可能會舒服。我並沒有打算以這樣的方式告訴他——我本來想要採取比較溫柔的方式。但也不知道為什麼，我就是忍不住。奇怪的是，我就是想要傷害他，我想要粗暴蠻橫。
「尚費利克斯，聽我說。」
「我在聽。」
「要開口講出以下這些話，並不容易。不過，等到展覽結束之後，也該改變了。」
「改變什麼？」
「我要換畫廊。」
尚費利克斯盯著我，一臉吃驚，那模樣看起來像個小男孩，我心想，他快要哭出來了吧，但我現在只有滿心惱怒而已。

「也該重新開始了，」我說道，「對我們兩個都好。」

「我明白了，」他又點了一支菸，「我猜這是蓋布瑞爾出的主意吧？」

「蓋布瑞爾跟這件事毫無瓜葛。」

「他明明對我恨之入骨。」

「別鬧了。」

「他污染妳的心靈，唆使妳與我作對。我親眼目睹了這個過程，他已經對妳洗腦長達數年之久。」

「根本沒有這種事。」

「還有其他解釋嗎？妳對我背部捅刀還有其他理由嗎？」

「不要這麼誇張。這純粹就是藝廊的事罷了，與你我之間的友誼無關。我們還是朋友，還是可以一起鬼混。」

「前提是我要先傳簡訊或打電話對嗎？」

他哈哈大笑，開始以急快速度講話，彷彿想要把心中的話一口氣傾吐而出，以免被我打斷，「哇，」他說道，「哇，哇哇，妳知道嗎，我一直真心相信我們之間的情誼——現在妳卻說這不算什麼，講得那麼輕鬆自在。妳明明知道沒有人像我一樣這麼在乎妳，沒有人可以跟我相提並論。」

「尚費利克斯，拜託——」

「妳居然就這麼決定了，真叫我無法置信。」

「我很早之前就想跟你說了。」

顯然這句話我不該說出口才是，尚費利克斯面色驚駭。

「妳這話什麼意思？很早之前？到底有多久了？」

「我不知道，有好一陣子了吧。」

「所以妳一直在我面前演戲？是這樣嗎？天，艾莉西亞，不要用這種方式了斷我們之間的情誼，千萬別這樣拋棄我。」

「我哪有拋棄你？別這麼誇張，我們永遠是朋友。」

「我們有話慢慢說，好嗎？妳知道我為什麼要過來？我想要請妳星期五一起去看表演。」他從外套裡面取出兩張票券、拿給我看——歐里庇得斯的悲劇作品，地點在英國國家劇院。「希望妳可以和我一起去，這種道別的方式優雅多了，妳不覺得嗎？至少看在我們往日交情的份上，千萬不要拒絕我。」

我遲疑了一會兒，我根本就不想去，但我也不希望繼續激怒他。當下的我，什麼事都願意——只求他趕快離開就是了，所以我答應了他的邀約。

晚上十點半，蓋布瑞爾回家了，我把自己與尚費利克斯之間發生的事告訴了他。他說，反正他永遠搞不懂我們之間的友誼，他覺得尚費利克斯就是鬼鬼祟祟，而且蓋布瑞爾很不喜歡他看待我的那種方式。

「是怎樣？」

「彷彿他擁有妳啊之類的感覺。我覺得妳現在就應該要離開那家藝廊——必須要在開展之前就走人。」

「我不能這麼做——現在說太遲了。而且我不希望讓他對我懷恨在心，你不知道這個人萬一展開復仇有多麼可怕。」

「看來妳很怕他。」

「才沒有。只是這樣處理起來比較簡單——漸行漸遠。」

「盡早處理比較好。他一直很愛妳，妳自己心裡有數吧？」

我沒和蓋布瑞爾爭辯——但他搞錯了，尚費利克斯並沒有愛上我，他對我畫作的興趣濃厚多了，重點並不是我這個人。這也是我對尚費利克斯避而遠之的另外一個原因，他根本不關心我。不過，蓋布瑞爾倒是有件事說對了。

我很怕他。

23

我在迪奧米德斯的辦公室找到他的人。他坐在小椅子上，面前放著他的黃金琴弦豎琴。

我讚道，「好美。」

迪奧米德斯點點頭，「而且是演奏難度很高的樂器。」他優雅撥弦，在我面前示範了一下，一長串琴音在整間辦公室裡迴盪，「想不想試試看？」

我微笑——又搖搖頭，引他哈哈大笑。

「你看，我一直問你，就是希望你回心轉意。我沒別的長處，但個性就是打死不退。」

「以前的音樂老師曾經斬釘截鐵告訴我，我沒有音樂天分。」

「音樂就像是治療一樣，重點是關係，完全要看你挑的老師是誰。」

「的確如此。」

他的目光飄向窗外，對著越來越昏暗的天色點點頭，「看看那些雲，裡面有雪。」

「我倒是覺得那是雨雲。」

「不，真的是雪，」他回道，「相信我，我出身希臘牧羊人家庭，今晚一定會下雪。」

迪奧米德斯滿心期待，又望了那些雲朵最後一眼，然後才面向我，「李歐，需要我幫什麼忙？」

「這個。」

我把那部劇本作品放到桌上推過去，他立刻緊盯不放。

「那是什麼？」

「歐里庇得斯的悲劇作品。」

「我知道，給我看這個是要做什麼？」

「是這樣的，這是《阿爾克斯提斯》——在蓋布瑞爾兇案發生之後，艾莉西亞自畫像的畫作名稱。」

「哦，對，當然，」他現在比較有興趣了，「她把自己投射為悲劇女英雄。」

「有可能吧。我必須承認，我被卡住了，我想你應該會比我更清楚才是。」

「因為我是希臘人？」他哈哈大笑，「你以為我熟知每一齣希臘悲劇？」

「反正一定是比我強。」

「我不覺得。這就像是假設所有的英國人都很熟悉莎士比亞的作品一樣。」他對我露出憐憫的微笑，「你很幸運，我們國家的文化不是如此。每一個希臘人都很清楚這些屬於我們的悲劇，它們是我們的神話，我們的歷史——我們的血液。」

「所以你一定可以幫我解決問題。」

迪奧米德斯拿起那本書，開始翻閱。

「你的疑問是什麼？」

「我的疑問是她不說話。阿爾克斯提斯為丈夫而死，最後她回歸人間——但依然保持沉默。」

「啊，就和艾莉西亞一樣。」

「沒錯。」

「我還是得再問一次我的問題——你的疑問是什麼？」

「哦，顯然這兩者之間有關聯——但我並不明瞭。為什麼阿爾克斯提斯到了最後不說話？」

「你的看法呢？」

「我不知道，也許是因為太激動？」

「可能吧，那會是什麼樣的情緒？」

「歡喜？」

「歡喜？」他哈哈大笑，「李歐，你動腦筋想想看。在這個世界上，你最深愛的人因為怯懦而逼你去死，這簡直就像是背叛。」

「你的意思是她生氣？」

「你有沒有遭人背叛的經驗？」

這個問題宛若利刃，將我捅了一刀。我知道自己面色漲紅，嘴唇嚅動了好幾下，但發不出聲音。

迪奧米德斯微笑，「我看得出來，你也曾經有過這種遭遇。所以……告訴我，你覺得阿爾克斯提斯會有什麼感受？」

現在我知道答案了。

「生氣，她……很生氣。」

「沒錯，」迪奧米德斯點點頭，「不只是生氣，她飽受煎熬——因為怒火。」他咯咯笑個不停，「大家不免心想，阿爾克斯提斯與阿德墨托斯日後的關係到底會怎麼樣。要是失去了信任，就很難回復了。」

我過了好幾秒之後，才確定自己能夠正常開口說話，「而艾莉西亞呢？」

「她怎樣？」

「阿爾克斯提斯因為丈夫的懦弱而必須受死，而艾莉西亞……」

「不，艾莉西亞沒死……肉身未死，」他的最後一句話耐人尋味，「肉身未死，但另一方面……」

「你是說發生了某件事——扼殺了她的心靈……殺死了她的生存意識感？」

「有可能。」

我覺得這樣的答案滿足不了我。我拿起劇本，仔細觀看。封面是某個古典雕像——某個已經成為不朽化身的大理石美女。我盯著那張圖像，想起尚費利克斯曾經對我說過的話。「所以如果艾莉西亞死了……就像是阿爾克斯提斯一樣，那麼我們必須要讓她死而復生。」

「正是如此。」

「我想到了，如果藝術是艾莉西亞表達的方式——那麼，我們就給她發聲的工具吧？」

「要怎麼做？」

「我們讓她畫畫，你覺得怎麼樣？」

迪奧米德斯看著我，面色詫異——隨後又大手一揮，甚是不以為然，「她已經在接受藝術治療了。」

「我說的不是藝術治療，我說的是讓艾莉西亞以自己的方式作畫——獨自一人，有自己的空間創作。讓她表達自我，解放各種情緒，也許會讓我們看到奇蹟。」

迪奧米德斯陷入沉思，過了好一會兒之後才回答我，「你必須要去找她的藝術治療師講清楚。你見過她沒有？洛威娜．哈特？她不是好搞的對象。」

「我會找她談一談，但我已經得到你的許可了吧？」

迪奧米德斯聳肩，「如果你可以說服洛威娜的話，那就試試看吧。但我現在就可以告訴你答案——她不會喜歡你的提議，一定是嗤之以鼻。」

24

洛威娜說道，「這提議很棒。」

「妳喜歡？」我嚇了一跳，但還是努力佯裝鎮定，「真的嗎？」

「嗯，是啊，但只有一個問題，艾莉西亞根本不會鳥你。」

「妳為什麼這麼確定？」

洛威娜悶哼一聲，滿是嘲弄。

「因為艾莉西亞是我遇過最難引發反應、最難以溝通的大賤貨。」

「哦。」

我跟著洛威娜進入藝術教室。地板上到處都是顏料的潑灑跡痕，宛若抽象畫拼貼圖——牆上貼滿了畫作——有的不錯，但大多數的都很古怪。洛威娜一頭金髮剪得很短，深蝕的皺紋、佯裝強勢的疲憊姿態，顯然都是拜那群永遠不願合作的病患所賜，而艾莉西亞尤其令人失望透頂。

我問道，「她沒有參加藝術治療嗎？」

「沒有，」洛威娜繼續整理某個層架上頭的畫作，「當初她進來的時候，我本來對她懷抱著高度期待——我竭盡一切努力，想要讓她感受到溫暖——但她卻只是坐在那裡，望著畫紙發呆。一切都無法誘發她動筆繪畫，連拿鉛筆畫素描也不肯，對其他人來說是很糟糕的示範。」

我點點頭，充滿同情。藝術治療的目的是為了要讓病人畫畫，更重要的是，藉由討論他們的畫作、連結到他們的精神狀態。這種方式確實能將病患的無意識狀態、顯現在畫紙之上——可以讓我們仔細玩味與討論。想也知道，這還是得取決於心理治療師的個人技巧。羅絲以前常說具有技巧或直覺的心理治療師實在太少了——大部分的都是粗工。而就我個人看來，洛威娜差不多就是粗工等級，顯然她覺得自己被艾莉西亞所羞辱。我也只能盡量安慰她，柔聲說道，「也許這對她來說很痛苦。」

「痛苦？」

「嗯，對某個有才氣的畫家來說，與其他病患坐在一起畫畫，恐怕並不容易。」

「為什麼不行？因為她比別人優越？我看過她的作品，完全不覺得她有哪裡厲害。」她嘴巴深吸一口氣，彷彿嚐到了什麼噁心的氣味。

所以這就是洛威娜不爽艾莉西亞的原因——她心生嫉妒。

「隨便哪個人都能夠畫出那種東西，」她說道，「要重製擬真畫面並不難——能夠展現自己的觀點，可就沒那麼容易了。」

我不想與她因為艾莉西亞的藝術作品而爭吵，「所以，妳的意思是，要是交給我全權處理的話，妳可以鬆一口氣嘍？」

洛威娜瞪了我一眼，「你想要就接手啊，沒問題。」

「謝謝，十分感恩。」

洛威娜態度輕蔑，對我哼了一聲，「你必須要自己準備繪畫用品，我的預算買不起油畫顏料。」

25

「有件事我得向妳懺悔一下。」

艾莉西亞沒看我。我小心翼翼盯著她，繼續說下去，「我在蘇活區的時候，正好經過妳以前的畫廊，所以我就進去了。畫廊經理人非常好心，讓我看了一些妳的作品。他是妳的老友吧？記得尚費利克斯．馬丁嗎？」

我等待她回話，沒反應。

「希望妳不要覺得我侵犯了妳的隱私。也許我應該事先徵詢妳的意見才是，還請妳見諒。」

沒反應。

「我這次看到了兩張以前沒見過的畫作。妳媽媽……還有妳姑姑莉蒂亞．洛斯的畫像。」

艾莉西亞緩緩抬頭，看著我，眼中出現了我從未見過的神情，我說不上來是什麼，覺得……有趣？

「我本來就覺得很有意思——我的意思是，因為我是妳的心理治療師——除此之外，我個人也受到很大的衝擊，它們是張力相當強烈的作品。」

艾莉西亞目光低垂，她漸漸失去了興趣，我還是努力不懈，快速說下去，「有兩張畫讓我大受震撼。在妳母親車禍的那張作品中，少了一個元素……就是妳。雖然妳在車禍現場，但卻沒有把自己畫在車子裡面。」

沒反應。

「是否因為妳認定這是她的悲劇？因為她過世了？但當時那輛車裡面還有個小女孩，我猜她並沒有完全體會與經歷那種失落感。」

艾莉西亞的頭微微動了一下。她瞄了我一眼，是挑釁的神情。我得分了，繼續說下去。

「我詢問了尚費利克斯有關妳那幅自畫像的事，《阿爾克斯提斯》，有關它所代表的意涵，而他建議我應該要看一看這個。」

我拿出《阿爾克斯提斯》的劇本，從辦公桌推過去，艾莉西亞看了一眼。

「『她為什麼不說話』？」這是阿德墨托斯的叩問。艾莉西亞，我也要問妳相同的問題。妳為什麼無法言語？為什麼一直不說話？」

艾莉西亞閉上雙眼——硬是讓我消失在她的眼前，對話結束了。我看了一下她背後牆上的時鐘，這次的治療時間已經快要結束了，只剩下兩分鐘而已。

我一直沒有打出手中的王牌。現在，我把它丟出來，不免有些緊張，只能盼望自己掩飾得很好。

「尚費利克斯給了我一個建議，我覺得非常好。他說，應該要讓妳畫畫……妳覺得怎麼樣？我們可以給妳私人空間，為妳準備畫布、畫筆，以及顏料。」

艾莉西亞眨眨眼，睜開了眼睛。宛若眼內的電源開關被打開了一樣。那是孩童的雙眸，狂野天真，完全沒有任何的輕蔑或懷疑。她的臉龐似乎又出現血色，突然之間，她恢復了盎然生氣。

「我已經和迪奧米德斯教授討論過了——他也同意。而洛威娜也是……所以就看妳自己決定了。說真的，艾莉西亞，妳覺得怎麼樣？」

我靜靜等待，而她則盯著我。

然後，我終於得到了自己的想望——確然的反應——這是我找到正確治療方式的一大證據。

艾莉西亞露出了淺笑。

26

餐廳是葛洛夫療養院最溫暖的地方。四面牆壁都有熱烘烘的暖氣管，靠近它們的長椅總是第一個客滿。午餐時段最是繁忙，醫護人員與病人必須坐在一起用餐。每個用餐者都拔高聲量，讓餐廳十分嘈雜，所有的病人都窩在同一個地方，也營造出一種令人不安的躁動感。

兩名開心的加勒比海廚娘笑得開懷，一邊聊天一邊為大家供餐，香腸薯泥、炸魚薯條、雞肉咖哩，所有菜餚都香氣逼人，但入口的滋味卻沒那麼美妙。我挑了炸魚薯條，在三擇一的選項之中比較沒那麼可怕的主菜。我準備找地方坐下來，正好經過愛麗芙身邊，她的周邊圍滿了她的黨羽，最難搞的一群病患，臉色都臭得要命。我經過她餐桌旁邊的時候，聽到她在抱怨，「我才不吃這種垃圾。」說完之後，她把餐盤推到一旁。

坐在她右邊的那個病人，立刻準備要把那餐盤拉到自己面前——但是卻被愛麗芙狠狠巴頭。

「貪吃的大母豬！」愛麗芙大吼，「給我還來！」

這個反應立刻引來同桌人哈哈大笑。愛麗芙拿回自己的餐盤，現在似乎又有了食慾，吃得津津有味。

我發現艾莉西亞一個人坐在餐廳後面。她像個得了厭食症的小鳥一樣，慢慢啄食幾乎沒什麼肉的炸魚。她把食物在盤中推來推去，但就是不肯送入口中。我有點想要坐在她旁邊，最後還是決定算了。如果她抬頭、與我四目相接，搞不好我就走過去了。不過她一直低垂目光，彷彿想要阻絕周邊的環境與人群，要是我與她坐在一起的話，簡直就像是侵犯隱私一樣。所以我坐在另一張餐桌，與其他病人相隔了幾個座位，開始專心吃我的炸魚薯條。我吃了一口濕答答的炸魚，完全沒有味道，雖然有重新加熱，但中央部位依然是冷的。剛才愛麗芙說出的評語，我完全認同。我正打算要把它丟進垃圾桶的時候，卻有人一屁股坐在我對面。

我嚇了一跳，居然是克里斯蒂安。

他對我點點頭，「都還好吧？」

「嗯，你呢？」

克里斯蒂安沒回我，他正忙著猛扒硬如石的咖哩米飯，他邊吃邊問，「聽說你打算讓艾莉西亞畫畫。」

「看來消息傳得很快。」

「這地方的確是如此。你提出的主意？」

我遲疑了一會兒，「對，沒錯，我想這應該會對她有幫助。」

克里斯蒂安面露疑色，「老弟，要小心。」

「感謝提醒，但這真的是多此一舉。」

「我只是想要告訴你，邊緣型人格病患喜歡引誘別人，我想你還沒有搞清楚狀況。」

「克里斯蒂安，她不會對我做這種事。」

他哈哈大笑，「我想她已經引誘成功了，你滿足了她的想望。」

「我只是滿足了她的需要，這兩者不一樣。」

「你怎麼知道她需要什麼？你在她身上投射了過多的自我，大家都看得出來。你要搞清楚，她才是病患——不是你。」

我盯著手錶，想要掩飾憤怒，「我得走了。」

我起身，拿起餐盤，正準備要離開的時候，克里斯蒂安卻在後頭喊著我。

「李歐，她會害你慾火焚身，」他說道，「我們就等著看吧，別說我沒警告你。」

我氣得要命，而且那股火氣足足跟了我一整天。

下班之後，我離開葛洛夫，走到街尾的小商店買菸。我抽出一根，叼在嘴裡，點燃之後深吸一大口，幾乎是在無意識的狀態下、做出這一連串的動作。一輛輛車在我面前疾駛而過，我反覆思索克里斯蒂安對我所說的話，彷彿聽到他又在警告我，「邊緣型人格的病患喜歡引誘別人。」

這是真的嗎？難道這正是我如此惱怒的原因？艾莉西亞在情感上引誘我？顯然克里斯蒂安已經認定這是事實，我猜迪奧米德斯也一定心生懷疑。是不是被他們說中了？

我很有信心，答案是否定的。沒錯，我想要幫助艾莉西亞——但我也依然能夠保持絕對客觀的立場，小心翼翼履行每一步計畫，絕對會嚴守分際。

當然，我錯了。為時已晚，但我絕對不會承認這一點，就算是面對自己，我也不願坦白說出真話。

我打電話到藝廊找尚費利克斯，詢問艾莉西亞的美術用品——顏料、畫筆以及畫布，「是不是放在倉庫裡？」

他愣了一會兒之後才回答我，「嗯，其實不在倉庫……她的東西都由我保管。」

「在你那裡？」

「對，等到案子審理結束之後，我整理了她的畫室——把所有值得保留的東西都留下來——包括她的素描初稿、筆記本、畫架、油畫顏料——全部都為她收得好好的。」

「你人真好。」

「所以你接受了我的建議？讓艾莉西亞開始畫畫？」

「對，」我回道，「還不知道能不能看到成果就是了。」

「哦，一定沒問題，我們拭目以待吧。我只請你幫忙一件事，等到她完成作品之後，讓我好好看一下。」

他的語氣中流露出一股詭異的渴望。我的腦中突然浮現那些宛若像是新生兒一樣被毛毯緊緊包裹、被放在那間儲藏室裡的艾莉西亞畫作。他妥善收藏的目的真的是為了她？或者只是因為他不願就此割捨？

「可不可以麻煩你把那些美術用品送來葛洛夫？」我問道，「方便嗎？」

「哦，我——」

他陷入猶疑，我感受到他的焦慮不安，我準備伸手救援。

「或者我自己過去拿？這樣比較省事一點？」

「好，好，也許這樣比較方便。」

尚費利克斯不敢過來，害怕見到艾莉西亞。為什麼？他們之間是不是有什麼狀況？讓他不想面對的秘密？

27

我開口問道，「妳什麼時候要和妳那個朋友見面？」

「七點鐘，等到排演結束之後。」凱西把她的咖啡杯遞給我，「李歐，如果你忘記她的名字，我提醒你一下，她叫妮可。」

我打了個大哈欠，「嗯。」

凱西狠狠瞪了我一眼，「你知道嗎，你不記得她的名字，有點太傷人了——因為她是我最要好的朋友之一，他媽的你還去過她的送別派對。」

「我當然記得妮可，只不過忘了名字而已。」

凱西翻白眼，「大麻王，隨便你怎麼說吧，我要去洗澡了。」說完之後，她立刻離開廚房。

我自顧自微笑。

七點鐘。

六點四十五分，我沿著河岸前行，到達凱西位在南岸的排演地點。

我坐在排演室對面的長椅，但整個人背對門口，所以凱西要是提早離開的話，也無法立刻看到我。我偶爾會轉頭瞄一下動靜，但依然是大門緊閉。

然後，七點五分，門開了。演員們陸續走出來，傳出活力十足的笑語聲。他們三三兩兩離開，但我沒看到凱西。

我等了五分鐘，十分鐘，再也沒看到人流，人都走光了。想必她一定是在我抵達之前就離開了，所以沒逮到她的人。當然，還有另一個可能，她根本沒有過來這裡？

這次的排演，是不是她在扯謊？

我起身，走向門口。我必須要確定才行。要是她在裡面，而且又看到了我，那我該怎麼辦？我該編什麼理由解釋自己出現在此？為了要給她驚喜？沒錯——我會說我到這裡來是為了要帶她與「妮可」一起去吃晚餐。然後，凱西一定會扭扭捏捏，編出某些超唬爛的理由脫身——「妮可生病了，妮可取消了會面。」——然後凱西與我就只能兩人共度氣氛尷尬的夜晚，又是充滿漫長沉默的一夜。

我站在門口，遲疑了一會兒，最後還是抓住生鏽的綠色門把，推開了大門，走了進去。裡面的空間全是一片光禿的水泥，濕氣好重。凱西的排演場地在五樓——她曾經因為每天都得要爬樓梯而哀哀叫——我開始從中央主梯拾級而上，到了二樓，正準備要爬向三摟的時候——聽到樓梯上方有人在講話，是凱西，她正在講電話，「我知道，抱歉，馬上就過去，不會耽擱太久的。好，嗯，掰嘍。」

我愣住不動——再差個幾秒，我們就會撞個正著——我趕緊下樓梯、躲到邊角。凱西走了過去，根本沒看到我，她奔向出口，砰一聲關上大門。

我匆匆跟在她後頭，走了出去。凱西腳步飛快，朝橋面而去。我尾隨著她，躲在一堆通勤族與觀光客之間迂迴前進，希望與她保持一定距離，但不至於把人跟丟。

她過了橋之後，走下樓梯、進入堤岸地鐵站，我跟過去，不知道她要搭哪一條線。

但她並沒有搭地鐵，反而穿過車站、到了另外一頭。她繼續走向查令十字路，我跟在後面，當她在等紅綠燈的時候，我就在她後面幾步的地方而已。我跟著她進入窄街，她右轉，左轉，又一次右轉。然後，突然停下腳步，站在萊克星頓街的角落等人。

原來這就是幽會的地點。很適合——繁忙的市中心，可以避人耳目。我遲疑了一會兒，鑽進邊角的某間酒吧。我坐在吧檯，可以透過窗戶、清楚看到站在對面的凱西。滿臉雜亂鬍鬚的酒保，狀似百無聊賴，「喝什麼？」

「健力士。」

他打哈欠，走到酒吧的另外一頭，準備倒啤酒。我繼續盯著凱西，完全不擔心會被發現，就算她朝我這個方向張望，也無法看到待在窗戶裡面的我。凱西還真的朝這個方向看了一下——而且是正對我而來。我的心也瞬間停止跳動了一秒——我想她一定是發現我了——但並沒有，她的目光不斷四處飄忽。

時間一分一秒過去了，凱西依然在等待，我也是。我慢慢啜飲啤酒，死盯不放。

不知道那男人是誰，反正他打算慢慢來就是了。凱西不喜歡這樣，她討厭等人——雖然她自己總是愛遲到。我看得出來她開始不爽，皺眉，頻頻看錶。

然後，有個男人穿越馬路、朝她的方向走來。就在那短短幾秒鐘之內，我已經開始仔細打量他，這傢伙體格魁梧，留有一頭及肩金髮——我嚇了一跳，凱西總說她喜歡深色頭髮與眼眸的男人，就和我一樣——當然，如果這也是謊言的話，自是另當別論。

不過那男人直接從她身邊走過去，她根本連瞄都沒瞄他一眼，過沒多久之後，他就消失無蹤，所以不是他。我在想，搞不好凱西和我想的是同一件事——她是不是被放鴿子了？

然後，她突然睜大眼睛，微笑，向馬路另一頭的方向招招手——我還看不見來者究竟是誰。我心想，終於出現了，是他，我伸長脖子，打算瞧個究竟——

我萬萬沒想到，居然是個騷浪的金髮女子，大約三十歲，身穿短到不行的迷你裙、高得超誇張的高跟鞋，搖搖晃晃朝凱西走來。我立刻就認出她了，是妮可。她們擁抱親吻打招呼，邊走邊聊天大笑，而且還手挽著手。所以凱西沒騙我，她真的是要與妮可見面。

我發現自己好震驚——我明明應該要如釋重負才是，因為凱西一直很誠實。我理應要心存感激，但我沒有。

我失望透頂。

28

「好，艾莉西亞，妳覺得怎麼樣？採光很明亮吧？喜歡嗎？」

尤里驕傲地展示這間全新的畫室。強制徵用護理站旁的這個廢置房間，是他出的主意，我也同意了——洛威娜對艾莉西亞顯然是充滿敵意，要是向她借用藝術治療教室的空間，想必會惹來不少麻煩，所以這當然是比較妥當的提案。現在艾莉西亞可以擁有自己的房間，什麼時候要作畫都沒有問題，也不會受到任何干擾。

艾莉西亞四處張望。她的畫架已經準備好了，就放在窗戶旁邊，也就是光源最充足的地方。我們也打開了她的油畫顏料盒、放在桌上，當艾莉西亞走向桌前的時候，尤里對我眨眨眼。他當初聽到這個繪畫療程的時候，十分興奮，能有他的支持，我也很感恩——尤里是幫大忙的隊友，因為他是病患們最喜歡的醫護人員。他對我點點頭，開口說道，「祝你好運，接下來就看你自己的了。」講完之後，他砰一聲關上門離開了，但艾莉西亞似乎是根本沒聽到。

她沉浸在自己的世界裡，在桌前傾身，露出淺笑，檢視自己的顏料。她拿起貂毛筆，輕輕撫摸，簡直把它們當成了嬌弱的花朵一樣。然後，她打開了三管油畫顏料——普魯士藍、印度黃、鎘紅——將它們一字排開，隨後走向夾有空白畫布的畫架前方，若有所思，站在那裡許久不動。她似乎進入了某種恍神狂喜的狀態——心思悠遊它方，也不知怎麼搞的，逃出了這間囚室——終於，她回神了，又面向桌前。她在調色板上擠了一點白色顏料，然後又加了些許紅色，以畫筆調和，她沒有刮刀，因為這東西一到葛洛夫的時候就被史蒂芬妮沒收了，至於理由，大家都心知肚明。

艾莉西亞舉起畫筆——畫下第一道印記。大片白色區域的正中央，出現了一道紅墨。

她想了好一會兒，然後，又接連畫了兩筆。過沒多久之後，她的作畫速度已經是一氣呵成，如行雲流水。艾莉西亞與畫布之間的互動儼然像是某種舞蹈。我站在那裡，靜觀她所畫出的輪廓。

我依然沉默不語，幾乎是不敢呼吸。我覺得自己彷彿正好闖入了別人的私密時刻，目睹某隻野生動物誕生。雖然艾莉西亞知道我也在現場，但她似乎毫不在意。她偶爾會在畫畫的時候抬頭，瞄一下我。

似乎是在端詳我。

在接下來的那幾天當中，畫作開始慢慢有了雛形，一開始只是信手塗畫的草圖，但越來越明晰——最後，畫布上出現了它，帶有宛若相片般一樣擬真的清新亮彩。

艾莉西亞畫了一棟紅磚建築——醫院——絕對就是葛洛夫。它失火了，整棟都被吞噬。看得出逃生梯上面有兩個人，一男一女，正在逃離火災現場，那女子無疑就是艾莉西亞，她的紅髮就和火焰的顏色一模一樣。我認出那男人就是我自己，我以雙手抱住了她、將她舉高，而烈火正在舔舐我的腳踝。

我看不出來自己這個動作到底是在營救艾莉西亞——抑或是準備要把她拋入熊熊烈火之中。

29

「這太荒唐了，」她說道，「這幾年我一直過來探望她，從來沒有人告訴我必須要事先打電話。我沒辦法在這裡等待一整天，我可是大忙人耶。」

有個美國女人站在接待櫃檯前面，向史蒂芬妮．克拉克大聲抱怨。我看過那起兇案的報紙與電視節目的報導，所以就立刻認出了她是誰，芭比．赫爾曼，艾莉西亞在漢普斯特德住所的鄰居，蓋布瑞爾慘遭謀殺的那天晚上，她聽到了槍響，打電話報警。

芭比是加州金髮女子，年約六十多歲，真實年齡可能更老一點。全身噴滿了香奈兒五號香水，而且到處都看得到整形手術留下的傑作。她真是人如其名——看起來就像是個嚇死人的芭比娃娃。看來她就是那種不論想要什麼，就一定要弄到手的女人——她到了接待櫃檯，發現得事先預約才能探望病人之後，大聲抗議的那種反應，自然不難猜出她的個性。

「我要找主任講話，」她擺出誇張手勢，彷彿把這裡當成了餐廳，而不是精神療養院，「這太荒唐了，他人在哪裡？」

「赫爾曼女士，我就是主任，」史蒂芬妮說道，「我們以前見過面。」

這是我第一次覺得史蒂芬妮有點可憐。她必須直接面對芭比的猛烈砲火，很難不對她產生同情。芭比講了一大堆話，而且又急又快，根本沒有任何停頓，讓她的對手找不出空檔可以反駁。

「好，妳以前從來沒提過需要預約，」芭比哈哈大笑，「拜託，在常春藤餐廳要到桌位反而容易多了。」

我走到她們身邊，對史蒂芬妮露出微笑，佯裝自己剛才什麼都沒聽到。

「有需要我幫忙的地方嗎？」

史蒂芬妮滿臉惱怒，瞪了我一眼，「謝謝，不用麻煩了，我自己應付得來。」

芭比對我仔細打量，似乎是有些興趣，「你哪位？」

「我是李歐．法博，艾莉西亞的心理治療師。」

「哦，這樣啊？」芭比回道，「有趣。」顯然她覺得心理治療師跟療養院主任並非同類，她和我比較有話聊。自此之後，她只願意理我而已，把史蒂芬妮當成了櫃檯小姐一樣，我知道自己心腸很壞，但我必須要說這讓我爽得不得了。

「我們之前沒見過面，想必你是新來的吧？」我正打算要開口回答，卻被她搶先一步，「我通常大約每隔兩個月來一次——這一次拖得比較久，因為我回美國探望家人——不過，當我一回來，我就想到應該要來探望艾莉西亞——我好想念她。你知道嗎，艾莉西亞是我最好的朋友。」

「這我不知道。」

「哦，他們剛搬到我家隔壁的時候，是我帶著艾莉西亞和蓋布瑞爾熟悉周邊環境。艾莉西亞和我後來感情超好，會把所有的秘密告訴對方。」

「嗯。」

尤里出現在櫃檯，我向他招招手，請他過來。

我說道，「赫爾曼太太要來探望艾莉西亞。」

「親愛的，叫我芭比就好。尤里和我是老朋友了，」她對尤里眨眨眼，「好久以前就認識了。他沒有問題，有狀況的是這位小姐——」

她一臉不屑，伸手指向史蒂芬妮，這位主任終於逮到機會開口，「赫爾曼女士，抱歉，」史蒂芬妮說道，「既然妳來了，好吧，但院方政策自去年開始就有了變動，我們加強安全措施，從現在開始，妳必須要提前打電話——」

「吼，天哪，我們又要再來一次啊？要是再讓我聽到一次，我一定會尖叫，我們的日子還不夠煩就是了？」

史蒂芬妮終於放棄，尤里放芭比進去，我也跟在後頭。

我們進入訪客室，等待艾莉西亞到來。這個房間裡幾乎沒什麼東西——一張桌子，兩張椅子，沒有窗戶，加上一盞微黃色的燈管。我站在後面，望著艾莉西亞出現在另一道門，身旁有兩名護士陪伴。艾莉西亞看到芭比，並沒有流露出什麼明顯反應。她走到桌前坐下來，根本連頭也沒抬，而芭比倒是激動多了。

「親愛的艾莉西亞，我好想妳。妳變得好瘦，身上根本沒肉。我好嫉妒啊。妳好嗎？那個可怕的女人差點不讓我見妳，真是太可怕了——」

芭比就這麼滔滔不絕，講了一堆廢話，詳述她去聖地牙哥探望自己母親與弟弟的旅程。艾莉西亞只是坐在那兒，沉默不語，她戴著面具，完全沒有顯露任何表情，什麼都沒有。感謝老天，大約過了二十分鐘之後，那段獨白總算停了。尤里把艾莉西亞帶走，表情一如她剛進來的時候一樣淡漠。

芭比正要離開葛洛夫的時候，我趕緊走過去，「可不可以聊一下？」

她點點頭，彷彿老早就等著我開口，「是不是要跟我聊艾莉西亞的事？也該有人好好問我了，警察什麼都不想聽——這真是莫名其妙，因為艾莉西亞總是會把她的秘密告訴我。你知道嗎？所有的一切，她講的那些事情，你一定無法置信。」

芭比刻意強調最後一句話，對我露出欲言又止的微笑，她知道她已經激發了我的好奇心。

我問道，「比方說呢？」

芭比露出詭譎笑容，穿上她的皮草外套，「哦，我已經在這裡拖太久了，現在沒辦法多說什麼。你傍晚的時候過來吧——六點鐘怎麼樣？」

我實在不想去芭比家找她——只能盼望迪奧米德斯不要發現才好——但我別無選擇，我想要搞清楚她到底知道什麼秘密。我勉強擠出笑容，「那地址是？」

30

漢普斯特德荒野公園對面有好幾間住戶能夠俯瞰池塘區，芭比家就是其中之一。她家本來就很大，再加上地理位置優越，應該是驚人天價。

早在艾莉西亞與蓋布瑞爾成為芭比的隔壁鄰居之前，她已在漢普斯特德住了好幾年之久。她的前夫是投資銀行家，在他們離婚之前，他一直在倫敦與紐約兩地來回奔忙工作。後來，他又找到了長得跟妻子同一型的女子，只不過新對象更年輕，金黃髮色更顯眼，而芭比則拿到了這棟房子。「所以皆大歡喜，」她大笑說道，「尤其是我。」

芭比家的房子是淡藍色，與同條街的其他白屋相比，相當突出。她前院有小樹與盆栽裝點花園。

芭比已經在大門口等我了。

「嗨，親愛的。你很準時，真是太好了，不錯嘛。好，這邊請。」

我跟在她後面，穿越玄關、進入了客廳。屋內散發出溫室的氣味，裡面到處都是植物與鮮花：舉目所及都是玫瑰、百合，以及蘭花。牆壁上掛滿了畫作、鏡子，以及相框，而桌面與五斗櫃的空間也幾乎是一吋不剩，全都是小型雕像、花瓶，以及其他裝飾品。全都是價格不菲的東西，但全部塞在一起反而像是垃圾。這也反映出芭比的心靈狀況，至少，可以說是某種雜亂無章的內在世界。這不禁讓我聯想到混亂、貪婪——永遠無法滿足的飢渴，不知道她到底過著什麼樣的童年。

我挪開兩個流蘇抱枕，騰出空間，坐在令人渾身不舒服的大沙發上頭。芭比打開酒櫃，拿出了兩個酒杯。

「好，你想要喝什麼？我覺得你應該是愛喝威士忌吧？我前夫一天可以喝掉一加侖的威士忌，他說只有靠酒醉才能忍受和我一起過生活。」她哈哈大笑，「其實，我自己是品酒專家。還去過法國的波爾多地區上課，我鼻子超靈敏。」

她開始聞酒香，我趕緊趁機講話，「我不喜歡威士忌。我很少喝酒……偶爾喝點啤酒而已，真的。」

「哦，」芭比似乎很不高興，「我家沒啤酒。」

「沒關係，我不需要喝酒——」

「親愛的，我想喝，今天我諸事不順。」

芭比為自己斟了一大杯紅酒，然後，舒舒服服坐在扶手椅裡面，似乎準備要聊個過癮。

「我現在就是你的人了，」她露出曖昧笑容，「你想知道什麼？」

「有幾個問題想請教一下。」

「好，放馬過來吧。」

「艾莉西亞有沒有提過看醫生的事？」

「醫生？」她似乎嚇了一大跳，「你是說精神科醫生？」

「不，我是說一般醫生。」

「哦，這個嗎，我不……」芭比聲音越來越小，態度猶豫不決，「其實，既然你現在提起了這件事，她的確是有去找某個……」

「妳知道名字嗎？」

「不，不知道——但我記得我向她推薦過我自己的醫生，蒙克斯醫生，他真是了不起。只要一看到我，就立刻知道我哪裡不對勁，告訴我到底該吃什麼東西，超厲害——」接下來芭比開始解釋冗長又複雜的醫囑飲食要求，而且堅持我一定得盡快去看這位醫生。我開始逐漸失去耐心，花了一番氣力才把她拉回正題。

「兇案發生的那一天，妳有沒有看到艾莉西亞？」

「有啊，就在幾小時之前而已。」她又喝了一大口紅酒，「我去她家找她。我沒事就會去找她喝咖啡——哦，其實喝咖啡的是她，我通常會自己帶瓶酒啊什麼的。你知道嗎，我們一次閒聊就是好幾個小時，感情真的很好。」

我心想，妳已經強調過很多遍了。不過，我已經幾乎可以確定芭比是自戀狂。除非是與她自己有關的事，否則她應該是絕口不會提到別人吧。我猜當她們會面的時候，艾莉西亞應該是不多話。

「那天下午的時候，妳覺得她精神狀態如何？」

芭比聳肩，「看起來還好，頭痛得很厲害而已。」

「完全沒有崩潰的跡象？」

「為什麼這麼問？」

「嗯，根據種種跡象……」

芭比面色詫異，「難道你覺得她真的是殺人犯？不會吧？」她哈哈大笑，「哦哦，親愛的——我還以為你比別人聰明呢。」

「我並沒有——」

「艾莉西亞絕對不可能會施暴殺人。她不是兇手。你要相信我的話，她是清白的，這一點我百分百確定。」

「我很好奇妳怎麼會這麼肯定，依照現場證據——」

「我才不鳥那種東西，我有我自己的證據。」

「是嗎？」

「當然。不過首先呢……我必須要確定你這個人值得信任。」芭比的飢渴目光掃視我全身，我也慢慢與她四目相接，然後，她說出了這句話，「好，其實有個男人。」

「男人？」

「對，在監視她。」

我嚇了一跳，立刻神經緊繃。

「什麼意思？監視？」

「我剛說了啊，就是監視。我早就告訴警察了，但是他們似乎不感興趣，當他們一看到艾莉西亞、蓋布瑞爾的屍體，以及那把槍的時候，心中已經早有定見。他們不想要聽到其他的版本。」

「究竟是——什麼樣的版本？」

「我會仔細告訴你。你馬上就會明白我為什麼要你今晚過來，我向你保證，絕對是不虛此行。」

我心想，那就趕快講啊。但我什麼都沒說，笑了一下，鼓勵她繼續說下去。

她為自己斟滿了酒，「事情發生於謀殺案的前兩個禮拜，我去找艾莉西亞，兩人一起喝酒，我發現她比平常安靜——所以我問道，『妳沒事吧？』她開始大哭，我從來沒看過她這樣嚎啕大哭。你知道嗎，她平常都很壓抑……但那天她情緒潰堤，親愛的，她超慘，真的徹底崩潰。」

「她怎麼說？」

「她問我有沒有注意到附近有人徘徊。她說她看到有個男人站在街上盯著她，」芭比遲疑了一會兒，「她有傳照片給我，我給你看吧。」

她伸出精緻美甲雙手，找尋手機，然後開始搜尋，最後，把手機直接推到我眼前。

我定睛細看，凝望了一秒之後才搞清楚那是什麼，某棵樹木的模糊照。

「這是什麼？」

「你說呢？」

「一棵樹？」

「你看看樹後面嘛。」

樹後頭有一坨灰色東西——很難判斷那到底是什麼，可能是電線桿，也可能是大型狗。

「那是個男人哪，」她說道，「你看得出來吧，輪廓超明顯。」

我覺得根本看不出來，但我也沒跟她爭下去，因為我不希望芭比岔開話題，「然後呢？」

「就這樣了。」

「但到底出了什麼事？」

芭比聳肩，「其實沒有。我告訴艾莉西亞要報警——我那時候才發現她根本沒有向老公提起這件事。」

「她沒有告訴蓋布瑞爾？為什麼不說？」

「我不知道，反正——我覺得這傢伙不是很有同情心。我很堅持，叮嚀她一定要報警，我的意思是，那我呢？我的安全呢？外頭有人鬼鬼祟祟——而你也知道我是獨居女子，我希望自己夜晚上床睡覺的時候可以安心無虞。」

「艾莉西亞有接受妳的建議嗎？」

芭比搖頭，「沒有。過了幾天之後，她告訴我她已經和她先生討論過了，他堅持一切都是出於她自己的幻想。她告訴我，就忘了這件事吧——而且還提醒我，要是我見到蓋布瑞爾的時候，千萬不要提起這件事。我不知道，這整起事件讓我渾身不舒服。她還請我刪除那張照片，我沒有——警察逮捕她的時候，我還拿給他們看，但警方沒興趣，他們已經認定是她了，但我確定還有其他內幕。我該告訴你嗎……？」她刻意壓低聲音，「艾莉西亞很害怕。」

芭比故弄玄虛賣關子，喝光了酒，又拿起酒瓶，「你真的不喝點酒嗎？」

我再次拒絕，謝謝她，編了個理由離開。現在不需要繼續待在這裡了，她已經擠不出其他的內容。現在得知了這些線索，已經足以讓我仔細玩味。

我離開芭比家的時候，天色已經昏暗。我走到她隔壁那棟屋子——也就是艾莉西亞舊家的外頭——駐足了好一會兒。在審案結束之後，這棟房子就立刻賣出，現在是一對日本夫婦住在裡面。根據芭比的說法——他們非常不友善。她好幾次想要登門拜訪，卻被他們堅拒在外。如果我是芭比隔壁的鄰居，而她三不五時就衝過來按電鈴，我不知道自己會出現什麼反應。我不禁覺得很好奇，艾莉西亞對芭比這個人作何感想？

我點了菸，回想剛才聽到的那些話。所以艾莉西亞曾經把自己受人監視的事告訴芭比。警察認定芭比只是想要引發別人關注、瞎編出這個故事，所以他們根本不予理會。我覺得這也沒什麼好意外的，很難會有人把芭比的話當真。

換言之，艾莉西亞一定是相當恐懼，才會向芭比求援——之後又找了蓋布瑞爾。然後呢？艾莉西亞還有告訴別人嗎？我必須要知道答案。

我的腦中突然浮現自己小時候的畫面。某個小男孩突然極其焦慮，壓抑滿腔的恐懼與痛苦；

不斷來回踱步，焦躁不安、恐懼，再加上自己的瘋狂父親，更讓我時時害怕不已。我沒辦法告訴任何人，沒有人會聽我說話。想必艾莉西亞一定也感受到類似的絕望，不然她也不會向芭比傾訴一切。

我全身顫抖——覺得有人正盯著我的後腦勺。

我立刻轉身——但沒有人，只有我自己而已。大街空荒、幽暗，而且一片寂靜。

31

第二天早上，我到達葛洛夫，打算要找艾莉西亞聊一聊芭比所告訴我的事。不過，當我一進入櫃檯，立刻就聽到有女人在尖叫，走廊裡不斷迴盪痛苦哀號的回音。

「怎麼了？出了什麼事？」

警衛對我的問題置之不理，他從我旁邊跑入病房區，我跟了過去，尖叫聲也越來越淒厲。我盼望艾莉西亞平安無事，與這起事件沒有任何關聯——但也不知道為什麼，我已經有了不好的預感。

我轉過去，看到一大群護士、病人，還有維安人員全都聚在護理站外頭。迪奧米德斯在講電話，急召救護人員。他的襯衫濺滿鮮血——但不是他的血。兩名護士跪在地上，正在幫助某個尖叫的女子，不是艾莉西亞。

是愛麗芙。

愛麗芙全身抽搐，痛苦哀號，雙手抓住血流滿面的臉龐。她的某隻眼睛正在冒血，有東西戳進她的眼窩，卡在眼球裡面。看起來像是根長棍，但其實不是，我立刻就認出來了，是畫筆。

艾莉西亞站在牆邊，被尤里與另外一名護士架住，但並沒有綑綁約束帶。她十分冷靜，動也不動，宛若雕像一樣。她的表情讓我立刻聯想到那幅畫——阿爾克斯提斯。茫然，面無表情，空洞，死盯著我不放。

這，是我有史以來第一次，憂懼襲身。

32

「愛麗芙怎麼樣?」我在護理站守候,看到尤里從急診病房出來,立刻詢問他狀況。

「狀況穩定,」他嘆了一口長氣,「這已經是最好的結果了。」

「我要去看她。」

「愛麗芙?還是艾莉西亞?」

「先去探視愛麗芙。」

尤里點點頭,「他們希望她今晚能好好休息,不過明天一早我會帶你去找她。」

「出了什麼事?你在現場嗎?我猜艾莉西亞應該是被挑釁吧?」

尤里再次嘆氣,聳肩,「我不知道。愛麗芙一直在艾莉西亞的畫室外頭閒晃,想必一定是發生了某種衝突,我不知道她們到底在吵什麼。」

「你有鑰匙嗎?我們去查看一下現場,也許會發現線索。」

我們離開護理站,走向艾莉西亞的畫室。尤里開鎖,推開了房門,打開電燈開關。

果然,畫架上出現了我們正在尋索的答案。

艾莉西亞的作品——那幅著火的葛洛夫——已經遭到破壞,有人拿紅色顏料塗寫了可怕大字,「賤貨」。

我點點頭。

「好，難怪會出事。」

「你覺得是愛麗芙幹的？」

「不然會是誰？」

我到急診病房探望愛麗芙。她斜靠在病床上吊點滴。頭上纏滿了紗布繃帶，保護她的受傷獨眼。她氣急敗壞、憤怒，而且痛苦不堪。

她一看到我就大聲怒吼，「滾！」

我把椅子拉到病床旁邊，坐了下來。我態度莊重，聲音輕柔，「愛麗芙，很遺憾，真的十分遺憾，出了這種事真是太糟糕了，可怕的悲劇。」

「媽的一點都沒錯，現在給我滾，讓我清靜一下。」

「告訴我事發經過。」

「那個賤女人要把我眼珠挖出來，就是這樣。」

「她為什麼要做出這種舉動？妳們是不是吵架？」

「你是要怪我？我什麼都沒做！」

「和那幅畫沒有任何關係嗎？我已經知道妳做了什麼事，妳毀了那張畫，對不對？」

愛麗芙瞇著那隻單眼，然後又緊緊閉上。

「愛麗芙，這種事很惡劣。這當然不能成為幫她開罪的理由，但依然——」

「這並不是她傷人的理由。」

愛麗芙睜開那隻單眼，盯著我，目光十分輕蔑，我遲疑了一會兒，才開口問道：

「不是？那她為什麼要攻擊妳？」

愛麗芙的嘴唇嚅動了兩下，露出了某種類似笑容的表情，不說話。我們就這麼默默坐著，拖了好長一段時間。我正打算要放棄的時候，她開口了。

「我把事實告訴了她。」

「什麼事實？」

「你煞到她了。」

我嚇得不知該如何是好，在我根本還不知道該如何反應的時候，愛麗芙繼續說下去，一臉冷傲輕蔑，「老弟，你愛上她了，這就是我告訴她的話，『他愛妳，』我還說，『他愛妳——李歐與艾莉西亞坐在樹下，李歐與艾莉西亞玩親親——』」愛麗芙開始哈哈大笑，恐怖的淒厲笑聲。我的腦中已經開始出現後續情節——艾莉西亞被徹底激怒，憤恨旋身，高舉畫筆……刺入愛麗芙的眼中。

「靠，她就是個神經病。」愛麗芙的語氣泫然欲泣，憤怒，疲憊，「她是個大變態。」

我望著她被繃帶纏綁的傷口，忍不住心想，也許真的被她說中了。

33

會議地點在迪奧米德斯的辦公室，不過，史蒂芬妮．克拉克在一開始就取得了控制權。現在我們已經脫離了心理學的抽象領域，進入健康與安全的具體世界，我們必須接受她的管轄，她很清楚這一點。從迪奧米德斯的沉默看來，他也很清楚自己必須屈從。

史蒂芬妮雙手交疊胸前，興奮之情外露無遺。我心想，這狀況一定讓她很嗨──掌控全局，最後由她定奪──她一定很怨恨我們，總是否決她的提議，聯合起來與她作對。現在，她可以慢慢享受復仇的過程。「昨天早上的這起意外，實在令人無法容忍，」她說道，「我已經事先提出警告，不能讓艾莉西亞畫畫，但我的意見卻被大家否決。個人特權一定會引發嫉妒與憎恨，我早就料到會有這種事發生。從現在開始，我們的第一考量必須是安全。」

「所以，就是因為基於安全考量，」我問道，「必須要隔離艾莉西亞？」

「她可能會成為自己與他人生命的潛在威脅。她攻擊愛麗芙──也可能會自戕。」

「她是被激怒的。」

迪奧米德斯搖搖頭，也開始加入討論，他語氣不耐，「我認為不管是什麼樣的挑釁，都無法成為發動那種猛烈攻擊的正當理由。」

史蒂芬妮點點頭，「正是如此。」

「這是一起獨立事件，」我回道，「隔離艾莉西亞不只是殘酷而已——也十分野蠻。」我曾經在布羅德摩看過那些被關在無窗小室的精神病患，裡面的空間只能勉強放得下床，其他家具當然是絕對塞不進去。被隔離數小時或是數天之久，已經足以讓任何一個正常人發狂，遑論本來狀況就不穩定的病人了。

史蒂芬妮聳肩，「身為這間療養院的主任，我有權施行我認為必要的處置。我已經詢問過克里斯蒂安的意見，他贊同我的決定。」

「想也知道。」

克里斯蒂安坐在另外一頭，對我露出竊笑。我也知道迪奧米德斯正在注意我的反應。我知道他們在想什麼——我已經認定大家是針對我而來，而且開始出現情緒反應，但我已經不在乎了。

「把她關起來不是解決的方法。我們必須要繼續與她對話，必須要想辦法了解狀況。」

「我十分了解，」克里斯蒂安的語氣聽得出十分敷衍，彷彿在跟遲緩兒講話一樣，「李歐，問題就是你。」

「我？」

「不然還有誰？就是你把事情搞砸的。」

「我是哪裡搞砸了？」

「不就是這樣嗎？你積極運作，就是要減輕她的用藥量……」

我哈哈大笑，「根本稱不上是積極運作，而是直接干預。你給她的那種藥量，已經讓她成了殭屍。」

「胡說八道。」

我面向迪奧米德斯，「你不會真的要怪在我頭上吧？你們是不是早就講好了？」

迪奧米德斯搖頭，不過卻迴避我的目光，「當然沒有。不過，顯然她的療程讓她陷入不穩定狀態。這樣的挑戰對她來說太激烈了，而且也太快了，我懷疑這正是這起不幸事件的肇因。」

「我無法接受。」

「也許你涉入太深，已經無法看清事實，」他雙手一攤，嘆氣，頹喪至極，「在這種關鍵時刻，我們沒辦法再犯錯了——你也知道，這個機構的未來岌岌可危，我們犯下的每一個錯誤，都會成為信託基金逼我們關閉的另一個藉口。」

看到他挫敗又無奈認命的模樣，不禁讓我十分光火，「解決之道並不是讓她服用更多的藥，把她關起來，」我繼續說道，「我們又不是獄卒。」

「我同意，」印蒂拉開口，她對我露出站在同一陣線的微笑，又繼續說下去，「真正的癥結是我們在規避風險，我們寧可給病人過高的用藥劑量，也不願意嘗試其他的機會。面對這種瘋狂行徑，我們必須要勇於面對、掌控——而不是把病人關起來。」

克里斯蒂安翻白眼，打算要提出異議——但迪奧米德斯卻搶先一步，搖頭說道，「太遲了，這都是我的錯。艾莉西亞並非合適的心理治療個案，當初我不該批准才是。」

迪奧米德斯說該怪他自己，但我知道他真正責難的是我。所有人的目光都朝我投射而來：迪奧米德斯失望蹙眉；克里斯蒂安洋洋得意、盡是訕笑；史蒂芬妮惡狠狠瞪我；而印蒂拉則是滿面憂容。

我現在只能盡量保持平靜，不要讓自己的語氣聽起來像是在懇求，「如果你覺得有必要，那就不要讓艾莉西亞繼續畫畫了，」我說道，「但她的治療千萬不能停——這是唯一能夠與她接觸的方法。」

迪奧米德斯搖搖頭，「我已經開始懷疑這一點，我認為她可能是我們永遠無法觸動的病患。」

「再給我一點時間——」

但他的聲音顯現出他心意已決，我要是繼續與他爭辯下去也只是白費唇舌。

「不行，」迪奧米德斯說道，「一切就此結束。」

34

迪奧米德斯誤以為有雪雲，但那天下午並沒有降雪，反而是下大雨，夾雜憤怒雷鳴與閃電的暴風雨。

我在診療室等候艾莉西亞，望著雨水敲打窗戶，我的心情疲憊又沮喪，整個過程就是浪費時間而已。我還來不及出手幫忙艾莉西亞，就已經失去了她，現在，我已經再也沒機會了。

我聽到敲門聲，尤里護送艾莉西亞進入診療室。她的狀況比我預期的還更糟糕。蒼白、面如槁灰，宛若幽魂一樣。她的動作遲緩，右大腿不停顫抖。我心想，靠，克里斯蒂安——這種藥量已經讓她失去了正常心智。

尤里離開之後，我們陷入一陣漫長的沉默，艾莉西亞根本不看我。最後，我開口說話，朗聲清亮，就是為了要確保她能夠聽懂我講話的內容。

「艾莉西亞，妳被關禁閉，必須承受這種待遇，我實在感到很遺憾。」

沒反應，我遲疑了一會兒。

「由於妳對愛麗芙做出那樣的行為，我們的治療恐怕得劃下句點了。這不是我的決定——我萬萬不希望如此——但我已經無能為力。我想要給妳一個機會，談一談事發經過、解釋妳為何攻擊愛麗芙，以及表達妳的懊悔，我想妳心中現在一定充滿了這樣的情緒。」

艾莉西亞沒說話。她現在被藥物搞得頭昏腦脹，我不確定她到底有沒有聽進我所說的話。

「我先說說我的感覺好了，」我繼續說道，「老實說，我動怒了，我們的計畫還沒有真正開始就必須結束，讓我火冒三丈——而且，妳不願多做努力，也讓我很生氣。」

艾莉西亞的頭動了一下，目光盯著我的雙眼。

「妳很恐懼，我知道，」我繼續說道，「我一直想要幫助妳——但妳一直不願意，現在我也無計可施。」

我無話可說，十分洩氣。

然後，艾莉西亞接下來的那個舉動，讓我永遠無法忘懷。

她對我伸出顫抖的手。她緊握著某個東西——真皮的小型筆記本。

「這是什麼？」

沒回應。她依然拿在手上、攤在我面前，我充滿好奇，死盯著不放。

「是要給我嗎？」

沒回應。我遲疑了一會兒，還是從她顫抖的手中輕輕取走那本筆記本。我打開之後，翻了好幾頁，是手寫的日記，日誌本。

艾莉西亞的日誌。

從那手寫字跡看來，她當時的心緒狀態混亂，尤其是最後那幾頁，字跡幾乎無法辨認——紙頁上散落了以不同角度書寫的各個段落、以箭頭互相串聯在一起——某些頁面有塗鴉與草圖，而且還有在藤蔓裡長出的花朵，覆蓋了原有的字跡，幾乎很難看清楚原本的字句。

我凝望艾莉西亞，好奇心讓我全身灼燙。

「妳給我這個是要做什麼？」

這問題實屬多餘，艾莉西亞的期望已經是呼之欲出。

她要我看裡面的內容。

第三部

我萬萬不可以無中生有，加油添醋。我認為這就是寫日記的危險之處：你誇飾一切，尋找素材，繼續扭曲事實。

——尚保羅．沙特

雖然我生性並不誠實，但偶爾還是會意外說出實話。

——威廉．莎士比亞，《冬天的故事》

艾莉西亞・拜倫森的日記

八月八日

今天出現了怪事。

我在廚房裡泡咖啡，眺望窗外——隨意張望——恍神發呆——然後，我發現有東西，或者，應該說有人——出現在外頭，是個男人。我之所以注意到他，是因為他站得超級挺直——宛若雕像——正對著我們家。他站在馬路的另一頭，也就是荒野公園的入口旁邊。這個人站在樹蔭下，身材高大健碩。我看不清楚他的五官，因為他戴了太陽眼鏡和帽子。

他是不是能夠透過窗戶看到我？我無法確定——但我感覺他就是一直在盯著我。

我覺得毛毛的——馬路對面公車站有人在等車，我早已習以為常，但他並不是在等公車，他只是死盯著我家。

我發現自己已經站在那裡好幾分鐘之久——所以我決定要離開窗邊。我進入畫室，想要畫畫，但卻沒辦法集中精神，心緒一直惦記著那名男子。我決定再給自己二十分鐘，之後就回去廚房、查看外頭的動靜。如果他還是在那裡的話，那又該怎麼辦？他也沒做壞事。這傢伙可能是小偷，正在觀察屋況——這是我的第一個念頭——不過，他幹嘛要以那種姿態站在那裡？這麼引人側目？也許他在考慮要搬來這裡？或許打算要買下街尾的那間待售屋？這個推測還頗合理的。

不過，等到我回到廚房，盯著窗外，他已經不見了，街道空無一人。我應該永遠不會知道他到底在那裡幹什麼，真詭異。

八月十日

昨晚我與尚費利克斯一起去看那場戲劇表演，蓋布瑞爾不希望我去，但我還是赴約了。我其實很擔心——但我覺得要是我讓尚費利克斯稱心如意、和他一起出去，也許我們之間可以就此劃下句點，至少我是這麼期盼。

我們決定要早一點見面，一起喝一杯——其實這是他的主意——我到達會面地點的時候，依然還有天光。夕陽低沉，將河面染成了血紅色。尚費利克斯在國家劇院外頭等我。他還沒看到我的時候，我已經先注意到他了。他擺著臭臉，一直在四處掃視人群。我本來覺得自己赴約應該是正確舉動，但一看到他那張氣沖沖的臉，就覺得自己根本大錯特錯。我的內心充滿驚恐——差點就要悄悄逃走。但他卻在此時轉身、看到了我，我已經沒機會閃人了。他向我招招手，我走到他面前。我假意微笑，他也是。

「妳終於來了，真好，」尚費利克斯說道，「我本來擔心妳不會出現，要不要進去喝一杯？」

我們在門廳喝酒，若說是氣氛詭異，都已經算是客氣的形容詞了。我們都沒有提到那天的事。只是拚命閒聊，或者，應該說是尚費利克斯一直在講話，而我在當聽眾。最後，我們喝了兩杯，我沒有吃東西，所以已經覺得有些微醺，我覺得這很可能是尚費利克斯的企圖，他千方百計想要引發我的興致，但我們的對話內容卻很生硬——矯揉做作、全部都經過精心設計。從他嘴巴冒出來的每句話似乎都是以「那時候好好玩」或是「妳記得我們那時候」之類的話作為開場——彷彿他刻意事先重溫了許多溫馨小回憶，希望能夠藉此軟化我斷然離開的決心，提醒我過往的兩人歷史、我們有多麼親近。他彷彿不明白我早就已經吃了秤砣鐵了心，無論他說什麼都不會動搖我的決定。

最後，我很慶幸我今天赴約，倒不是因為我見了尚費利克斯——而是因為我欣賞了這場表演。這個版本的《阿爾克斯提斯》並不是我以前聽聞的那齣悲劇——我覺得它很晦澀，因為它其實是格局比較小的家庭戲劇，這正是讓我十分喜愛的主因。這齣戲劇的背景是當代，地點是雅典郊區的某間小宅。我喜歡這樣的規格，嚴肅描繪家庭親密生活的悲劇。某個男人即將受死——而他的妻子阿爾克斯提斯想要挽救他的性命。扮演阿爾克斯提斯的女演員宛若希臘雕像，她擁有令人驚豔的臉龐——我一直在想要把她畫下來——先想辦法知道她的資料，然後聯絡她的經紀人。我差點向尚費利克斯說出了自己的構想——但還是住嘴沒說。我不希望自己的生活與他繼續牽扯下去，完全不想有任何關聯。最後，我的眼眶裡盈滿淚水——阿爾克斯提斯死了，但死而復生，她的確是從冥界歸來。有些關鍵我得要好好思考一下，但我還不清楚是什麼。當然，這齣戲劇作品也激發出尚費利克斯的各種反應，但跟我完全不合拍，所以我沒理他，也沒把他的話聽進去。

阿爾克斯提斯死亡與復生的情節一直在我腦中揮之不去——當我們過橋、走向車站的時候，我一直在仔細玩味。尚費利克斯問我想不想再喝一杯，但我說我累了。我們之間又出現一陣彆扭的沉默。我們站在地鐵入口的外頭，我向他道謝，今晚很開心。

「再喝一杯就好，」尚費利克斯說道，「再一杯吧，懷念往日時光？」

「不要，我該走了。」

我想要走人——他卻抓住我的手。

「艾莉西亞，」他說道，「聽我說，我有事要告訴妳。」

「拜託別這樣，沒什麼好說的，真的——」

「聽我說就是了，事情不是妳想的那樣。」

他說得沒錯，真的不是。我本來以為尚費利克斯是要懇求挽回我們的友誼，或者是想要讓我因為要離開藝廊而心生愧疚，但他所說的話卻讓我嚇了一大跳。

「妳必須要小心，」他說道，「妳太容易相信別人了。妳周邊的那些人……妳對他們深信不疑。不要這樣，千萬不能相信他們。」

我一臉茫然看著他，愣了好一會兒之後才開口，「你在說什麼？什麼意思？」

尚費利克斯只是搖搖頭，不發一語。他放開我的手，立刻走人。我呼喚他，但他卻不肯停下腳步。

「尚費利克斯，等一等！」

他沒有回頭，我只能眼睜睜看著他消失在街角。我站在原地不動，不知道該怎麼看待這個狀況。他這是哪一招？丟給我一個充滿懸疑性的警告就一走了之？我覺得他是想要搶得上風，讓我覺得不安，倉皇失措，他果然得逞了。

他也害我心生憤怒，讓我不再那麼游移不定，我下定決心，我要與他斷得乾乾淨淨。他口中的「我周邊的那些人」是什麼意思——應該是指蓋布瑞爾吧？但為什麼？

不，我才不會這麼做。要是這樣的話，就正好讓尚費利克斯稱心如意——讓我腦袋爆炸。這樣下去，他會成為我永遠的懸念，在我與蓋布瑞爾之間陰魂不散。

我才不會上當，我不會再想這件事了。

我回到家，蓋布瑞爾已經倒在床上熟睡，凌晨五點他得要外出拍攝。不過，我卻叫醒了他，一起歡愛。我想要竭盡可能靠近他，或者體驗他深入我體內的感受，我想要與他融為一體，我想要在他的體內攀附上爬，消失不見。

八月十一日

我又看到了那個男人。這次他的距離比較遠——坐在荒野公園裡的某張長椅。不過的確是他沒錯，我認得出來——遇到這種天氣，大多數的人都穿著短褲與T恤，而且是淺色系的衣服——

但他卻身著深色襯衫與長褲，戴著墨鏡與帽子，而且他的頭一直向我家側望，盯著不放。

我有個古怪的想法——也許他不是小偷，而是畫家。也許他跟我一樣是個畫家，正在思索該怎麼畫這條街——或是這間房子。不過，我的腦中一出現這個念頭，我就知道這是不可能的，如果他真的打算要畫這間房子——不會乾坐在那裡——一定會提筆畫素描。

我忐忑不安，立刻打電話給蓋布瑞爾。這個舉動真是大錯特錯，我聽得出他在忙——萬萬不想接到我的這通電話，我說我怕得要死，因為我覺得有人在監視我們的家。

當然，我只能說那個人在監視我們的家。

其實，他很可能是在監視我。

八月十三日

他又出現了。

就在蓋布瑞爾早晨離家不久之後的事。我洗澡，從浴室窗戶外頭看到了他，這一次，與我的距離更加接近。他站在公車站，狀似態度悠閒在等車。

我不知道他到底想要唬弄誰。

我立刻穿好衣服，進入廚房，想要看個仔細。不過，他已經不見了。

我決定等蓋布瑞爾回家的時候，要把這件事告訴他。我本來以為他只會一笑置之，但他卻態度嚴肅，似乎相當憂心忡忡。

他劈頭問道，「是不是尚費利克斯？」

「不是，當然不是。你在想什麼？怎麼可能會是他呢？」

我拚命裝出訝異憤怒的語氣，但其實我也懷疑是他。那男人與尚費利克斯身材相仿，很可能就是尚費利克斯，但就算是他吧——我也不願相信這是真的，他不會想要那樣嚇唬我吧？

「尚費利克斯的電話號碼呢？」蓋布瑞爾說道，「我現在打電話給他。」

「親愛的，拜託別這樣，我確定不是他。」

「真的嗎？」

「當然，沒事，我也不知道自己為什麼如此大驚小怪，真的沒事。」

「他在那裡待了多久？」

「不是很久——一個小時左右，然後就消失了。」

「什麼意思？消失了？」

「人就是不見了。」

「嗯，有沒有可能是出於妳的幻想？」

他說話的那種語氣激怒了我，「那不是我的幻想，你必須要相信我。」

「我當然相信妳。」

但我看得出來，他對我半信半疑，其實多少是在哄我。老實說，這一點讓我很生氣，我氣到必須在這裡擱筆，不然我可能會寫下日後讓我後悔的話。

八月十四日

我一醒來，就立刻跳下床，查看窗外，希望那男人再次出現——讓蓋布瑞爾也可以親眼看見那個人。但並沒有看到他的蹤影，所以我覺得越來越可疑。

雖然天氣酷熱，但我還是決定要在今天下午出去走走。我想要進去荒野公園，遠離那些建物馬路與其他的人——獨自釐清我的思緒。我走在國會丘，步道兩側躺滿了許多曬太陽的遊客。我找到無人的長椅，坐下來，眺望遠方隱隱閃動的倫敦市中心。

我坐在那裡的時候，一直覺得有異狀。我頻頻往後張望——卻沒看到任何人。但真的有人，從頭到尾都待在那裡，我感覺得出來，有人在監視我。

回家的路上，我經過了池塘，無意間正好抬頭——他在那裡，就是那個男人——他站在池塘的另外一頭，距離太遠了，沒辦法看清楚——但的確是他沒錯，我很確定。他直挺挺站在那裡，動也不動，盯著我不放。

我突然感到一陣恐懼冷顫，我出於本能大吼，「尚費利克斯？」我大吼，「是你嗎？夠了！

不要再跟蹤我了！」

他沒有任何動靜，我馬上從口袋裡拿出手機，拍下他的照片。這到底能有什麼用途？其實我也不知道。然後我轉身，快步走向池塘的尾端，我不敢回頭，我好怕他就跟在我正後方。

我走到了主要步道，才敢轉身——他不見了。

我希望他不是尚費利克斯，這真的是我的衷心期盼。

我回家的時候，情緒緊繃——我拉下百葉窗，關掉室內所有的燈、偷瞄窗外。他站在那裡，那男人站在街上、抬頭看著我，我愣住了——不知道該如何是好。

就在這時候，有人在呼喊我的名字，我嚇得差點魂不附體。

「艾莉西亞？艾莉西亞？妳在家嗎？」

原來是住在隔壁的那個恐怖女子，芭比．赫爾曼。我離開窗前，走到後門，為她開了門。芭比早已從邊門溜了進來，站在花園裡，手中拿著一瓶紅酒。

「嗨，親愛的，」她開口說道，「我沒看到妳在畫室，心想不知道妳跑去哪裡。」

「我出門去了，才剛回來而已。」

「有沒有時間小酌一下？」她使出平常慣用的娃娃音，我聽了真是一肚子火。

「其實我正準備要回去工作。」

「只是趕快喝一杯嘛。等一下我也得出門，晚上要去上義大利文。那我就進來嘍？」

我還沒開口回答，她就逕自進入屋內。她開始嘀咕廚房裡怎麼這麼昏暗，沒問我就直接打開了百葉窗。我正打算要阻止她——但當我望向窗外的時候，街上已經看不到人，那傢伙不見了。

我不知道我為什麼把那件事告訴了芭比。我不喜歡她，也不信任她——但我猜應該是因為我很恐懼，需要找人傾訴——而她正好出現了。我們喝了酒，這根本不像是我平常的行為，我開始大哭。芭比睜大雙眼盯著我，總算安靜了下來。

等到我哭完，她放下酒瓶，開口說道，「遇到這種狀況，就該來點更濃烈的酒。」於是，她為我們兩個人倒了威士忌。

她說得沒錯——我的確需要它。我一飲而盡，立刻感受到它的後勁。現在，輪到我傾聽芭比說話。她說，她沒有要嚇唬我的意思，但現在不太妙，「我在電視劇裡看過這種情節不下一百萬次了，他在研究妳家，知道嗎？接下來他就會採取行動了。」

「妳覺得他是竊賊？」

芭比聳肩，「或是強暴犯吧。這一點很重要嗎？無論是哪一種壞人都很糟糕吧。」

我哈哈大笑，終於如釋重負，也心存感激，總算有人願意把我的話當真——就算是芭比也好。我把手機裡的那張照片給她看，但她沒什麼反應。

「把照片傳給我，我可以戴眼鏡看個仔細。我現在只看到糊成一團的東西而已。妳告訴妳老公了嗎？」

我決定撒謊，「沒有，」我回她，「還沒說。」

芭比不敢置信，「為什麼還沒講？」

「我不知道。應該是擔心蓋布瑞爾以為我在誇大——或者是在憑空想像。」

「這是妳的幻想嗎？」

「不是。」

芭比一臉喜色，「要是蓋布瑞爾不把它當回事，我們就去警察局報案。妳和我，相信我，我可是很有說服力的人。」

「謝謝，但不需要吧。」

「的確有這個必要。親愛的，千萬不能開玩笑，答應我，等到蓋布瑞爾回家的時候，一定要告訴他好嗎？」

我點點頭。但我已經下定決心，不要再向蓋布瑞爾提起這件事，沒什麼好講的。

我沒有被那男人跟蹤或監視的證據，芭比說得沒錯，那照片根本無法證明什麼。

這全是我的幻想——蓋布瑞爾一定會這麼說。最好還是絕口不提，以免又惹他不高興，我不想讓他煩心。

我打算忘了這一切。

凌晨四點

可怕的一夜。

蓋布瑞爾在十點左右到家了，疲累至極。他今天熬得很辛苦，想要早點上床休息。我也想要睡覺，但無法成眠。

兩個小時之前，我聽到了來自花園的怪聲。我起床，走到後窗、向外眺望——看不到人，但我覺得有目光在盯著我，有人躲在暗處偷窺我的動靜。

我離開窗邊，跑進臥室，搖醒蓋布瑞爾。

「那男人在外面，」我說道，「就在屋子外頭。」

蓋布瑞爾不知道我在說什麼，等到他終於明白之後，開始發飆，「拜託！」他說道，「再過三小時我就得去工作了，靠，我不想玩這遊戲。」

「這不是遊戲，拜託你過來看一下。」

所以我們兩個都站在窗邊——當然，那男人不在那裡，根本沒有人。

我想要叫蓋布瑞爾到外頭查看一下——但他不肯。他氣沖沖回到樓上，我想要繼續勸他，但他不願和我講話，直接進入客房睡覺。

我沒上床。我一直坐在那裡等待，聆聽，注意任何風吹草動，不時望向窗外，目前並沒有發現他的蹤影。

再過兩個小時，就要見到天光了。

八月十五日

蓋布瑞爾下樓，準備要出門進行拍攝工作。他看到我坐在窗邊，這才驚覺我整晚沒睡，他頓時變得好安靜，舉止變得怪異。

「艾莉西亞，坐下來，」他說道，「我們得好好談一下。」

「對，我們得好好談一下，因為你根本不相信我。」

「要是妳認為是真的，我當然就相信妳的話。」

「這不一樣，他媽的我又不是白痴。」

「我從來沒說過妳是白痴。」

「那不然你是什麼意思？」

我覺得我們快要吵架了，所以當我聽到蓋布瑞爾說的話之後，我嚇了一大跳。他輕聲細語，我幾乎聽不到他的聲音，「拜託，我覺得妳該去找別人好好談一談。」

「這話什麼意思？要叫我去找警察？」

「不是，」蓋布瑞爾再次出現怒容，「不是警察。」

我早就明白了他的意思，但我需要聽到他親口說出來，我要他講清楚，「那到底是誰？」

「醫生。」

「我不需要看醫生，蓋布瑞爾——」

「為了我，拜託妳去看醫生，妳必須要讓步，」他再次說道，「這件事妳一定要給我讓步。」

「我不懂你的意思，讓步？要叫我走去哪？我明明在這裡啊。」

「不是，才沒有，妳的心根本不在了！」

他看起來疲倦氣惱至極，我想要保護他、安慰他，「親愛的，沒事，」我繼續說道，「你馬上就知道了，我真的沒事。」

蓋布瑞爾搖頭，彷彿不相信我的說法，「我會找威斯特醫生約診，盡快安排時間，要是今天能看診最好。」他遲疑了一會兒，看著我，「可以嗎？」

蓋布瑞爾伸手過來，握住我的手——我好想撥開他的手，亂抓一通。我想要咬他，打他，把他推到餐桌，對他大吼大叫，「你以為我瘋了？我沒有！我沒有！我沒有發瘋！」

但我並沒有做出這些動作，反而只是點點頭，握住蓋布瑞爾的手不放。

「好，親愛的，」我開口說道，「就由你安排吧。」

八月十六日

我今天去看威斯特醫生。雖然百般不願，但我還是過去了。

我討厭他，我早就知道了。我討厭他和他那狹小的家，討厭自己坐在樓上那個古怪的小房間裡面、聽他的小狗在客廳裡亂叫，我待在那裡的時候，牠從頭到尾鬼叫個不停。我真想對牠大吼，叫牠閉嘴，我覺得威斯特醫生應該會出聲制止狗兒才是，但他卻假裝自己沒聽到，也許他根本管不住狗，而他似乎對於我所說的一切也充耳不聞。我把事發經過告訴他，提到了那個在監看我家的男人，而且我還看到他在荒野公園跟蹤我。我說出了一切，但他卻沒有任何反應。他只是坐在那裡，露出他的淺笑，他端詳我的那種姿態，彷彿把我當成了小蟲子什麼的。我知道他應該是蓋布瑞爾的朋友，但我看不出他們怎麼會混在一起。蓋布瑞爾個性好溫暖，而威斯特醫生與他卻是天壤之別。對醫生下這種評語是很奇怪，但我必須要說，他完全沒有仁心。

等到我說完那男人的事情之後，他沉默許久，似乎再也不講話了。唯一傳來的聲響是樓下的狗叫，我開始專心聆聽牠的吠聲，進入了某種恍神狀態。威斯特醫生開口了，嚇了我一大跳。

「艾莉西亞，我們以前就遇過這狀況了，」他說道，「是吧？」

我一臉茫然看著他，不知道他講這句話是什麼意思，「有嗎？」

他點點頭，「沒錯。」

「我知道你認為這是我的幻想，」我回道，「我沒有在胡思亂想，這是千真萬確。」

「妳上次也是這麼說的。記得上次嗎？還記得上次出了什麼事？」

我沒有回答，我不想讓他稱心如意。我只是坐在那裡，惡狠狠瞪著他，就像個頑劣的小孩一樣。威斯特醫生沒等我回答，自己就開口了，他提醒我在父親過世之後、我出了什麼狀況，還有我所承受的崩潰煎熬，我的恐慌症發作而提出的各種責怨——我堅信有人在監視、跟蹤我，緊盯著我的一舉一動。「所以，妳看，我們之前就遇過這狀況了，妳說是不是？」

「但這次不一樣。以前只是感覺，我並沒有真的見到人，但這一次我真的看到人了。」

「妳看到了誰？」

「我已經告訴過你了，某名男子。」

「跟我說他長什麼樣子。」

我遲疑了一會兒，「沒辦法。」

「為什麼不行？」

「我沒辦法看清楚他的長相。我已經告訴過你了——他與我距離很遠。」

「我明白了。」

「而且——他還刻意偽裝。戴了帽子與太陽眼鏡。」

「現在這種天氣，很多人都會戴帽加太陽眼鏡，他們也是在偽裝嗎？」

我已經快要發脾氣了，「我知道你在暗示什麼。」

「妳說呢？」

「你是想要逼我承認自己又發瘋了——就像是我父親過世後的狀況一樣。」

威斯特醫生點點頭，但沒說話，在筆記本裡面寫下了好幾條事項。

「我得讓妳再吃藥，」他說道，「這是為了以防萬一，我們不能讓狀況失控，是吧？」

我搖搖頭，「我不吃藥。」

「我知道了。好，如果妳不肯服藥的話，必須要小心後果。」

「什麼樣的後果？你這是在威脅我？」

「這和我無關。我說的是妳丈夫。妳自己想想看，上次妳出問題的時候，蓋布瑞爾一路熬過來是什麼感覺？」

我的眼前浮現蓋布瑞爾在樓下等待、與那隻狂吠不停的狗兒共處的畫面，「我不知道，」我回道，「你怎麼不去問他？」

「妳希望他再次歷經那種過程？妳有沒有想過他的忍耐可能也是有限度的？」

「你在暗示什麼？我會失去蓋布瑞爾？你真這麼想？」

光是講出這樣的話，就讓我心頭一涼。想到我可能會失去他，我已經無法承受，我會竭盡一切努力挽留他——即便我知道自己沒發瘋、卻得被迫裝瘋，我也認了，所以我立刻讓步。我同意要向威斯特醫生「誠實」說出自己的思緒與心情，要是聽到耳邊出現任何人語，一定會告訴他。我也同意會乖乖服用他開給我的藥，兩個禮拜之後回診，讓他確認療效。

威斯特醫生似乎很滿意。他說我們現在可以下樓與蓋布瑞爾會合。他引領我下樓，我真想伸手把他推下去，真後悔我沒這麼做。

在我們回家的路上，蓋布瑞爾似乎開心多了，開車時不斷瞄我，而且面露微笑。

「很好，我真心以妳為傲。等著看吧，我們一定會度過這個難關。」

我點點頭，不發一語，因為這段話根本狗屁不通——「我們」根本不可能度過這個難關。

我得要自己一個人處理狀況。

告訴別人真是大錯特錯。明天我要提醒芭比忘了這件事——我會說我已經把它拋諸腦後，不想再多提。她一定會覺得我很奇怪，而且很不高興，因為我悍然否認——不過，只要我表現正常，過沒多久之後，她就會忘得一乾二淨。至於蓋布瑞爾，我會想辦法讓他安心，在一切回到正常軌道之前，我會一直裝病，表現出高超演技，絕對不會露出任何破綻。

我們在回程的路上順便去了藥房，蓋布瑞爾幫我拿了藥。我們回到家之後，進入廚房。

他把黃色藥丸交給我，又給了我一杯水，「快吃藥。」

「我不是小孩，」我對他說道，「不需要幫我備藥。」

「我知道妳不是小孩，我只是想確定妳會乖乖吃藥——而不是把它們扔掉。」

「我一定會吃藥。」

「那就趕快吞下去。」

蓋布瑞爾盯著我把藥丸放入嘴裡，喝了一點水。

「妳真乖。」他親吻了我的臉頰之後，離開房間。

一等到蓋布瑞爾轉身，我就立刻吐出了藥丸。我把它們吐入水槽，直接開水龍頭沖掉。我再也不吃藥了，上次威斯特醫生開給我的藥差點把我逼瘋，我絕對不會讓自己再次陷入那種危機。

我要冷靜下來。

做好萬全的準備。

八月十七日

我開始藏日記本。客房地板有片木條已經鬆脫，我就把它藏在下面，沒有人看得見。為什麼？嗯，我寫下的心事太直白了，要是隨便亂放很不安全。我一直擔心蓋布瑞爾會無意間發現這本日誌，擋不住好奇心，打開了它，從頭讀到尾。萬一他發現我沒吃藥的話，一定會覺得我背叛他，十分受傷——我沒辦法。

感謝老天，我有這本日記可以寫下自己的心聲，能夠讓我保持理智，我根本找不到可以傾訴的對象。

我沒辦法相信任何人。

八月二十一日

我已經三天沒出門了。我一直在蓋布瑞爾面前裝模作樣，讓他誤以為我會在他外出的時候，挑下午的時間散步，但其實沒有。

一想到要外出，就讓我心生畏怯。我會自曝行蹤，我知道自己待在屋內至少很安全。我可以坐在窗邊，監視來往行人，我盯著每一個路人的臉龐，想要找尋那男人——但問題是我不知道他的長相，就算他脫去了所有的偽裝、直接走到我的面前，我也渾然無覺。

一想到這個，就讓我全身緊繃不已。

八月二十二日

我依然沒有看到他的蹤影。但我不能就此鬆懈，他一定會再次現身，只是時間遲早的問題而已。

今天早上我醒來的時候，想起了蓋布瑞爾的槍。我要把它從客房拿出來、改放在樓下，隨時可以拿得到的地方。我打算把它放在廚房窗戶旁邊的櫥櫃裡面，萬一需要的時候，可以派上用場。

我知道這種想法很瘋狂，希望不會有那麼一天，我也盼望再也不要見到那男人。

但我卻有不祥的預感，一定會。

他在哪裡？為什麼他沒有出現在這個地方？是不是想要降低我的戒心？我絕對不能這樣，必須持續監控窗外。

繼續等待。

繼續觀察下去。

八月二十三日

我開始覺得這整起事件可能是我的幻想，沒錯。

蓋布瑞爾一直問我覺得怎麼樣——是否已經好轉，雖然我堅持自己沒事，但我看得出來他很擔心。他似乎已經看穿了我的演技，我必須要演得更像才是。我假裝一整天都在專心畫畫——但我根本無心工作。我已經對它無感，提不起勁完成作品。走筆至此，老實說，我不知道自己還能不能繼續畫畫，至少，在事情完全落幕之前是不可能了。

我使出千方百計，就是不要出門——但今天晚上蓋布瑞爾告訴我，我別無選擇，麥克斯邀請我們出去吃晚餐。

得要與麥克斯見面，還有什麼比這個更可怕的事嗎？我哀求蓋布瑞爾趕快取消，因為我需要工作——但他卻告訴我，出去走走對我是好事。他十分堅持，我看得出他很重視這件事，所以我別無選擇，只能屈服答應他了。

對於今晚的活動，我擔憂了一整天。因為只要當我開始思索，一切似乎全兜起來了。不知道為什麼當初沒想到，實在再明顯不過了。

現在我明白了。那個男人——在監視我的那個男人——並不是尚費利克斯。他的個性沒那麼陰鬱邪惡，不會做出那種舉動。還有誰想要折磨我？嚇唬我？懲罰我？

麥克斯。

沒錯，就是麥克斯，一定是他，他想要把我逼瘋。

我怕得要命，但還是得想辦法鼓起勇氣。今晚我得要採取行動。與他正面對決。

八月二十四日

在屋子裡待了這麼久之後，昨晚第一次出門的感覺頗詭異，而且有些令人恐懼。外頭的世界好巨大——我的周邊一片空荒，穹蒼浩瀚。我覺得自己好渺小，只能緊抓蓋布瑞爾的手臂、當作我的支柱。

雖然用餐地點是我們喜歡去的老店，奧古斯都，但我卻心神不寧，已經失去了以往的舒適或熟悉感。也不知道為什麼，這間餐廳變得不太一樣，連氣息也大不相同——似乎是焦味。我問蓋布瑞爾廚房裡是不是有東西在著火，但他說他沒有聞到任何怪味，那只是我的幻想。

「沒事，」他說道，「反正妳冷靜下來就是了。」

「我很冷靜啊，」我回他，「難道我不是嗎？」

蓋布瑞爾沒回答，只是下巴緊繃，只要他一生氣，就會露出這種表情。我們入座之後都不講話，靜候麥克斯到來。

麥克斯帶他事務所的櫃檯小姐一起來用餐，她名叫譚雅。顯然他們正在交往，麥克斯假裝對她一往情深，雙手總是無法從她身上移開，不斷撫摸她，親吻她——但他從頭到尾都一直盯著我看。他以為這樣就會讓我吃醋？這人超噁，害我好想吐。

譚雅也發現到有狀況——她好幾次抓到麥克斯盯著我。我真的應該要好好警告她，讓她知道自己交往對象的真面目。也許之後我會提醒她，但我現在什麼都不會說，此時此刻，我有其他要務在身。

麥克斯說他要去上廁所。我等了一會兒，逮到機會，也說自己得去洗手間。我離開餐桌，跟在他後頭。

我看到他轉進去，立刻狠狠抓住他的手臂。

「夠了！」我說道，「不要再這樣了！」

麥克斯一臉茫然，「不要再怎樣？」

「麥克斯，你在偷偷監視我，盯著我的一舉一動，我知道是你！」

「什麼？艾莉西亞，我根本不知道妳在講什麼。」

「少在我面前撒謊！」我發現我已經很難控制音量，我想要尖叫，「我看到你了好嗎？我拍了照！拍下了你的照片！」

麥克斯哈哈大笑，「妳在講什麼？妳這個神經病賤女人，趕快放開我。」

我甩了他一巴掌，力道猛勁。

我轉身，發現譚雅正好站在那裡。她的那個表情，宛若剛才被賞了一巴掌的人是她。

譚雅的目光從麥克斯飄到我身上，但她沒吭氣，直接走出餐廳。

麥克斯怒氣沖沖盯著我，在他衝出去追人之前，他咬牙切齒，對我怒道，「我不知道妳到底在講什麼，他媽的我沒有在監視妳。現在給我滾，不要擋我的路。」

麥克斯這種講話的態度，充滿了怒意與不屑，我知道他說的是實話。我相信他，雖然我不願意相信他說的是實話——但他真的沒騙人。

那麼，如果不是麥克斯……又會是誰？

八月二十五日

我剛剛聽到了怪聲，外頭發出的噪音。我在窗前向外張望，看到有人在幽影地帶晃動——是那個男人，他站在外頭。

我打電話給蓋布瑞爾，但他沒接。我是不是該報警？我不知道該怎麼辦。我的手顫抖得好厲害，幾乎沒辦法——

我聽到他的聲音——就在樓下——他正在推晃窗戶、大門，想要闖進來。

我得要趕緊逃離這裡。

哦天哪——我已經聽到他的聲音了——

他進來了。

已經進入屋內。

第四部

治療的目的並非是為了要矯正過往，而是要讓病人能夠正視自己的病史，克服悲傷。

——愛麗絲・米勒

1

我闔上艾莉西亞的日記，把它放在辦公桌上面。

我坐在那裡，動也不動，聆聽窗外的滂沱雨聲。我想要努力消化剛才所閱讀的內容，顯然艾莉西亞．拜倫森藏有許多我不知道的秘密，先前的她，對我來說是一本闔起來的書，現在，這本書打開了，讓我大吃一驚。

我有許多的疑問。艾莉西亞覺得自己被監視，她到底有沒有發現那名男子的身分？曾經把這件事告訴別人嗎？我必須找出答案。就我所知，她只告訴了三個人——蓋布瑞爾、芭比，還有這個神秘的威斯特醫生。她就此打住？抑或是又告訴了別人？又有另一個問題，為什麼日記會戛然而止？是不是還有其他的段落？寫在別的地方？也許還有另外一本日誌？但她並沒有交給我？還有，我也很好奇艾莉西亞把日記交給我究竟有什麼目的。當然，她想要傳達訊息——而且是令人震驚的秘密。這是為了表示充分的信任——顯現她對我十分放心？或者是更邪惡的意圖？

我還有別的疑惑，需要好好查出真相。威斯特醫生——曾經治療過艾莉西亞的那名醫生，重要的品格證人，掌握了她在兇案發生時心理狀態的關鍵資訊，不過他卻沒有在艾莉西亞案件審理時出庭作證，為什麼沒有？他從頭到尾都沒有現蹤，直到我看過她日記之後才發現有這號人物，宛若他根本不存在一樣。他到底知道多少？為什麼沒有站出來？

威斯特醫生。

不可能是同一個人，鐵定是巧合，我必須找出真相。

我把日記放入自己的辦公桌抽屜裡，鎖好。不過，我幾乎是立刻改變心意，開了抽屜的鎖，取出日記。還是隨身攜帶比較好——不能放在我看不到的地方。我把它放入外套口袋，以手臂緊護著它。

我離開辦公室，下樓，穿越走廊，到了最後那間辦公室。

我站在那裡好一會兒，凝神細看，房門有個小小的名牌，上頭鐫刻了姓名。

克里斯蒂安．威斯特醫生。

我沒敲門，直接推開走了進去。

2

克里斯蒂安坐在辦公桌前，拿著筷子吃外帶壽司。他抬頭，蹙眉盯著我。

「你不知道要敲門嗎？」

「我要找你談一談。」

「現在不行，我正在吃中餐。」

「不需要太久時間，我問個問題就好。你是不是曾經治療過艾莉西亞・拜倫森？」

克里斯蒂安吞下一大口飯，一臉茫然望著我。

「這話什麼意思？你明明知道我是，我是她的主治醫生。」

「我不是說這裡──我是說在她被送來葛洛夫之前。」

我緊盯著克里斯蒂安。他的表情已經給了我所需要的答案。他滿臉通紅，放下筷子。

「你在胡說什麼？」

我從口袋裡掏出艾莉西亞的日記，揚了一下。

「你應該會對這東西有興趣。這是艾莉西亞的日記，提到了謀殺案發生之前那幾個月的事，我已經看過了。」

「這和我有什麼關係？」

「她的日記裡提到了你。」

「我？」

「顯然在她進來之前，你已經為她私下看診了好長一段時間。」

「我——我不明白，想必其中一定有什麼誤會。」

「我想你很清楚。你為她私下看診，已經長達數年之久。雖然你的證詞十分重要，但卻沒有出庭作證。當你開始在這裡工作的時候，也沒有承認你早已認識艾莉西亞。也許她立刻就認出了你——算你運氣好，她一直不說話。」

我語氣冰冷，但其實卻十分光火。現在我終於恍然大悟，我竭盡努力想讓艾莉西亞說話，為什麼克里斯蒂安卻一直對我抱持強烈反對態度。

「克里斯蒂安，媽的你真是自私鬼，你知道嗎？」

「幹！」他壓低聲音說道，「幹，李歐，你聽我說——其實事情不是那樣。」

「不是嗎？」

「日記裡還提到了什麼？」

「你說呢？」

克里斯蒂安沒回答，反而向我伸手。

「我可不可以看一下？」

「抱歉，」我搖頭，「我覺得不太妥當。」

克里斯蒂安一邊玩弄筷子，一邊對我說道，「我不該做出這種事。但你一定要相信我，絕無事涉不法。」

「我實在很難相信這種說詞。如果沒有事涉不法，你為什麼不出庭作證？」

「因為我不是艾莉西亞的醫生——我的意思是，不是檯面上的醫生。我這麼做，純粹只是幫蓋布瑞爾而已。我們是朋友，大學時代的同窗，我還參加了他們的婚禮。後來，我們多年沒聯絡——某天他突然打電話給我，想要為他老婆找精神科醫生，自從她父親過世之後，她狀況就不是很好。」

「你自願幫她看診？」

「沒有，不是這樣，而且恰恰相反。我想要把他轉介給某位同事——但他堅持要由我看診。蓋布瑞爾說艾莉西亞非常抗拒他的提議，但我是他的朋友，所以她的配合度會比較高。當然，我是百般不願。」

「看得出來啊。」

克里斯蒂安面露受傷神情，「你講話不需要這麼酸。」

「你在哪裡進行治療？」

他遲疑了一會兒，「我女友的家。不過。我剛才也告訴你了，」他講話速度急快，「這是非正式療程——其實我不是她的醫生。我很少為她看診，偶一為之，如此而已——」

「在這種偶一為之的狀況下，你有收費嗎？」

克里斯蒂安眨眨眼，迴避我的目光，「是這樣的，蓋布瑞爾堅持要付錢，所以我別無選擇——」

「我想是付現吧？」

「李歐——」

「是不是現金？」

「對，不過——」

「你有申報嗎？」

克里斯蒂安緊咬下唇，沒接腔。所以答案就是沒有。難怪艾莉西亞的案子在審理的時候他不出面。我不知道他還以這種「非正式」的方式看過多少病人？又逃避申報了多少的收入？

「好，」他開口說道，「要是迪奧米德斯知道這件事，我——我很可能就會丟飯碗，你也很清楚吧，是不是？」他的語氣流露祈求，想要得到我的憐憫，但我對克里斯蒂安毫無同情之意，只有不屑。

「你就別管教授了，醫務委員會呢？你會連執照都不保。」

「除非你說出去，不然也不會有其他人知道。你不需要這麼做吧，這早就是過往雲煙了，是不是？我的意思是，拜託，我們現在討論的重點是我的前途啊。」

「你之前就該想到會有這種後果，不是嗎？」

「李歐，拜託……」

克里斯蒂安必須以這種卑微姿態求我，想必讓他恨得牙癢癢的。不過，看他在我面前搖尾乞憐，我完全沒有任何的得意，只有憤怒。我不想向迪奧米德斯告密——目前還沒有這打算。如果讓他一直提心吊膽下去，反而對我更有利。

「沒關係，」我說道，「現在，除了我之外，不會有其他人知道。」

「謝謝，我說真的，這次是我欠你的。」

「對，沒錯，我們繼續下去吧。」

「你要怎樣？」

「我要你說實話，把艾莉西亞的事告訴我。」

「你想要知道什麼？」

「全部講出來。」

3

克里斯蒂安玩弄手中的筷子，盯著我不放，沉思了好幾秒之後才開口。「沒什麼好說的。我不知道你到底想要知道什麼——也不知道要從哪時候開始說起。」

「就從頭開始吧，」我回他，「你為她看診已經有好幾年了？」

「沒有——我是說，對啦——但我告訴你了，頻率並沒有你想像中的那麼頻繁。在她父親過世之後，我只看過她兩三次而已。」

「最後一次看診是什麼時候？」

「大約是在命案發生的一個禮拜之前。」

「根據你的判斷，她當時的精神狀態如何？」

「哦，這個嘛，」克里斯蒂安往後一靠，現在他覺得安心多了，姿態也開始放鬆，「她極度恐慌，出現幻覺——甚至可以說是已經罹患了精神病症。不過，她以前也曾經出現過類似狀況，長期情緒不穩，總是起起伏伏——典型的邊緣型人格。」

「靠，誰要聽那些診斷？告訴我事實就好。」

克里斯蒂安露出受傷的神情，但覺得這種時候還是別和我強辯，「你想要知道什麼？」

「艾莉西亞曾經把自己被人監視的事告訴過你，對不對？」

克里斯蒂安一臉茫然，「被監視？」

「有人在偷偷觀察她的一舉一動，我想她一定有告訴你吧？」

克里斯蒂安望著我，神情詭異。然後，出乎我意料之外，他居然開始哈哈大笑。

「什麼事這麼好笑？」

「你真相信那種話啊？不會吧？趴在窗戶前的偷窺狂？」

「你認為不是真的？」

「純粹是幻想罷了，我覺得你應該早就看出來了。」

我的下巴朝那本日記指了一下，「她的內容信誓旦旦，我相信她的說法。」

「哦，她當然會把一切弄得煞有其事。要不是因為我早就認識她的話，我也會相信她的說法，但她的確有精神病症。」

「你一直強調這一點。但從她的日記看來，她完全沒有這個問題，只是純粹害怕而已。」

「早在他們搬到漢普斯特德之前，她就有病史，出現過相同的症狀——所以他們後來才被迫搬家。她當時指控對街的某位老先生一直在監看她，鬧得很大。結果，那老先生是瞎子——根本看不見她，遑論什麼監看了。她的精神狀態一直很不穩定——但真正的關鍵是她父親自殺，自此之後，她就一直走不出陰霾。」

「她有沒有向你提起過她父親的事？」

他聳肩以對，「其實沒有。她總是堅持自己很愛父親，兩人關係十分正常——她母親自殺，所以勉強算是吧。老實說，能從艾莉西亞口中問出什麼，全憑運氣而已。她非常不願意合作，她——哎，你也知道她是什麼態度。」

「顯然我跟你的認知不同。」他正準備要打斷我，我卻搶先一步開口，「她在她父親過世之後自殺未遂？」

克里斯蒂安聳肩，「你要這麼說也可以，但我不會使用這樣的措辭。」

「那不然你的定義是什麼？」

「她有自殺傾向，但我不覺得她真心想死。她超自戀，不可能會傷害自己。她用藥過量自殘，其實只是為了要給別人看而已，沒有其他意圖。她在向蓋布瑞爾『傳達』自己的悲傷——她老是想要吸引他的注意力，這傢伙超可憐。要不是因為得尊重她的隱私，我早就會開口警告他要跳船了。」

「你的道德情操這麼高尚，反而害他倒大楣。」

克里斯蒂安的臉抽搐了一下，「李歐，我知道你這個人充滿了同理心——也造就出你成為非常優秀的心理治療師——但你想要治好艾莉西亞．拜倫森，只是白費力氣而已。早在謀殺案發生之前，她就已經沒什麼自省、理解他人，或隨便你愛怎麼稱呼的那種能力。她完全沉浸在自我與她的藝術世界裡。你給予她的同理心、溫柔善意——她完全沒有回饋的能力。無論你對她付出多大的努力，終究不會有任何結果，這女人就是賤。」

克里斯蒂安的表情充滿鄙視——完全看不出對這位受創女子的同理心。剎那間，我不禁懷疑有邊緣型人格的是克里斯蒂安，而不是艾莉西亞，這種解釋反而合理多了。

我立刻起身，「我要去找艾莉西亞了，我需要答案。」

「艾莉西亞？」克里斯蒂安面色詫異，「你要怎麼從她身上找到答案？」

「直接開口問她。」我說完之後，逕自走了出去。

4

我等到迪奧米德斯進入辦公室、確定史蒂芬妮與信託基金的人已經在一起開會之後，才悄悄溜進護理室找尤里。

我開口說道，「我得去見艾莉西亞。」

「是哦？」尤里對我投以好奇目光，「不過——治療不是已經中斷了嗎？」

「沒錯。我需要與她私下談一下，如此而已。」

「好，我明白了，」尤里露出懷疑神色，「是這樣的，診療室沒位置——印蒂拉下午要看其他病人。」他想了一會兒，「美術教室沒人，在那裡可以嗎？當然，不能拖太久。」

他沒有多說，但我明白他的意思——我們必須要速戰速決，以免有人發覺異狀、向史蒂芬妮打小報告。尤里一直站在我這邊，讓我十分感恩，顯然這傢伙是個好人。當初我第一次看到他的時候錯判了他，讓我好生愧疚。

「謝謝，」我說道，「感謝你願意幫忙。」

尤里燦笑，「我十分鐘之內就把她帶過來。」

尤里果然說到做到。十分鐘之後，艾莉西亞與我待在美術教室裡對坐，中間相隔的是佈滿亂七八糟顏料的桌面。

我蹲坐在某個搖搖晃晃的小椅凳，覺得自己隨時可能會摔下來。艾莉西亞一坐定就擺出泰然自若的姿態——彷彿像是要準備當人體模特兒，或者是準備開始畫畫。

「謝謝妳給了我這個，」我拿起她的日記，放在我面前，「讓我可以詳讀裡面的內容。妳如此信任我，給了我這麼私密的資料，對我的意義非同小可。」

我對她微笑，但得到的卻是空茫的神情。艾莉西亞面色嚴峻，完全不為所動。

我不知道她是不是後悔把日記給了我？搞不好她因為將自我暴露得如此徹底而感到羞慚？我停頓了一會兒，繼續說道，「日記突然中斷，懸疑收場，」我開始翻那本日誌後頭的空白頁，「這有點像是我們的心理療程——進行到一半，戛然而止。」

艾莉西亞沒說話，只是盯著我看。我不知道自己到底在期待她有什麼反應，但絕對不是這個。我本來以為，給我日誌象徵了某種改變——代表了一種邀約，開放的心態，是給我的切入點；然而我現在又在原地踏步，面對一堵無法穿透的牆。

「妳知道嗎，我希望既然妳已經對我以間接的方式溝通——透過這些紙頁——也許妳願意再往前一步，對我直接開口說話。」

沒反應。

「我想妳之所以會把這東西交給我，是因為妳想要和我溝通，妳也的確達到目的了。這本日誌讓我得以更加了解妳——妳的寂寞、孤獨、恐懼如此強烈——我先前已經做了評估，但我沒想到妳的實際狀況居然如此複雜。比方說，妳與威斯特醫生之間的關係。」

當我提到克里斯蒂安的姓氏時，我還偷瞄了她一下。本來以為會看到某些反應，比方說瞇眼、緊咬下巴——隨便哪一種都好——但沒有，連眨眼也看不到。

「我不知道在妳被送進葛洛夫之前，已經認識了克里斯蒂安．威斯特。他已經私下為妳看診長達數年之久。當他一進來這裡工作——也就是在妳入院的幾個月之後，妳應該是馬上就認出他了。我想，他裝作不認識妳，妳一定感到很困惑，也許是相當憤怒，是嗎？」

其實我是在提問，但得不到任何反應。對她來說，克里斯蒂安似乎無法引發她的興趣。艾莉西亞轉頭，百無聊賴、失望——彷彿我錯失了大好機會，已經搞砸了。她對於我有某種期待，但我卻一直沒有說出口。

好，我還沒講完。

「還有，」我繼續說道，「這本日記也引出了某些問題——必須要找出解答。有些事情不太合理，與我從其他地方得到的資訊並不吻合。現在，既然妳允許我閱讀，我覺得自己有義務要深入調查，希望妳能夠諒解。」

我將日記還給艾莉西亞。她接過去，將手指擱在上頭，我們對望了好一會兒。

「艾莉西亞，我站在妳這邊，」我終於開口，「妳明白這一點吧？」

她沒說話。

我想，這就代表她知道了。

5

凱西越來越漫不經心，我覺得這也難免。她的婚外情維持了這麼久的時間，自然也會變得懶散。

我回家的時候，發現她正打算要出門。

「我要去散步，」她穿上了運動鞋，「一會兒就回來。」

「要不要我陪妳？我也可以趁機運動一下。」

「不需要，我得練習台詞。」

「如果妳有需要的話，我可以幫妳對台詞。」

「不用了，」凱西搖頭，「我自己一個人比較容易。只需要不斷重複就是了——你也知道，就是在第二幕的那一段，搞得我頭昏腦脹。我要在公園裡來回鑽動，大聲唸出來，你都不知道我招來多少異樣眼光。」

我就只能由她去了。凱西說出這些話的時候一臉真誠，而且一直與我四目相接，她是個厲害的演員。

我的演技也突飛猛進，對她露出溫暖暢懷的笑容。

「祝妳散步開心。」

等到她離開公寓之後，我開始跟蹤她。我小心翼翼，維持安全距離——但她根本就不曾回頭，就和我所說的一樣，她越來越漫不經心。

她走了約五分鐘之後，到達公園入口。她才剛過去，立刻有個男人從陰暗的地方跳出來。他背對我，我看不到他的臉，只知道他是深色頭髮，體格健壯，比我高大。她走到他面前，他把她擁入懷中，兩人開始親吻。凱西貪婪索吻，已經在他面前完全繳械，看到另一個男人緊緊抱住她——感覺不只是詭異而已。他的雙手開始隔著她的衣服、狎玩她的乳房。

我知道我應該要躲起來才是，不應該站在這麼明顯的位置——萬一凱西轉身的話，一定會看到我。但我動不了，我愣住了，宛若看到了美杜莎，整個人變成了石頭。

他們終於停止親吻，互挽著彼此的手臂、走入公園。我跟在後面，迷失了方向感。我跟在後頭，與他們相隔了一大段距離，那男人的模樣看起來跟我沒有太大差異——剎那間，我產生某種靈魂出竅的惶惑感，以為我望著自己與凱西一起走入公園。

凱西帶著那男人進入某處蓊鬱林地，他跟著她進去，兩人消失不見。

我的腹部湧升一股噁心的恐懼感，呼吸變得沉滯緩慢。我身體的每一個部分都在告訴我，該離開了，快走，用跑的，跑得越遠越好。但我沒有，我繼續跟他們進了樹林。

我小心翼翼，盡量悄聲而行——但是腳下的枝條卻吱嘎作響，而且還有樹枝阻絆去路，我根本看不到他們——這些樹長得好濃密，連成一片，我前方的能見範圍只有幾英尺而已。

我停下腳步，專心聆聽，發現樹林裡沙沙作響，但可能是風聲。然後，我聽到了某個低頻的喉音，我立刻就認出來了，絕對不會弄錯。

是凱西在呻吟。

我想要靠過去一點，但卻被樹枝擋住去路，害我動彈不得，宛若陷在蜘蛛網的蒼蠅一樣。我站在昏暗的光線之中，嗅聞樹皮與泥土的濕霉味，聆聽凱西被狂幹的喘息，而他的嘶吼宛若野獸。

怒意在我體內灼燒，這個男人不知道從哪裡冒出來，侵犯了我的生活。他偷走、引誘、毀敗了我在這世界上的唯一珍品。這種行徑充滿魔性——是神怪在作祟。

也許他根本不是人類，而是某種惡神的工具、企圖要處罰我。上帝在懲罰我嗎？為什麼？我何罪之有——就因為我身陷情網？因為我愛得太殷切，付出太多的愛？

這男人愛她嗎？我很懷疑。他不可能和我一樣。他只不過在利用她罷了，把她的身體當成工具。他不可能像我一樣呵護她，我會為了凱西而死。

也會為了她而殺人。

我想到了我爸爸——我知道他在這種狀況下會採取什麼行動，一定會殺死這傢伙。我已經可以聽到我父親的吼叫聲，像個男子漢！我應該要做出這種事嗎？殺死他？然後棄屍？這是解決這場困局的其中一個方法——可以打破魔咒，讓凱西與我得到解脫。等到她走出失去他的傷悲，一切就結束了，他只是一段回憶，就此忘卻，不費吹灰之力，我們又能像以往一樣過日子。我可以現在動手，這裡，就在公園裡面。我把他拉進池塘、把他的頭埋進水中，直到他的身體開始抽擋，四肢在我懷中無力軟垂。或者，我可以跟蹤他，進入地鐵站，到了月台的時候、躲在他的正後方——猛推一把——讓他撞向迎面而來的電車。再不然，鬼鬼祟祟跟蹤他，進入無人小巷，拿起磚頭狂毆他的腦袋。有何不可？

凱西的呻吟突然越來越大聲，我知道這是她高潮即將到來的前兆。然後，變得好安靜……我再熟悉不過的隱隱咯笑，劃破沉寂，又聽到他們離開樹林時、細小樹枝的斷裂聲響。

我等了一會兒，伸手猛力折斷周邊的樹枝，雙手皮開肉綻，好不容易才離開樹叢。

等到我離開林地的時候，視線早因淚水而糊成一片，我伸出流血的拳頭、抹拭乾淨。

我蹣跚而行，不知該何去何從，只能像瘋子一樣四處亂轉。

6

「尚費利克斯在嗎？」

接待櫃檯沒有人，我呼喊之後也無人出來接待。我遲疑了一會兒，決定直接走進藝廊。

我走過懸掛《阿爾克斯提斯》的那道走廊。再次盯著那幅畫，想要解讀，但又失敗了。畫中有種拒絕被解讀的訊息——或者，那也可能是我還沒有參透的意涵，但那究竟是什麼？

然後——我突然猛吸一口氣，因為我發現了先前沒注意到的細節。在艾莉西亞的背後，幽暗之處，要是瞇眼細看，深鬱陰影疊聚的地方——就像是從特定角度觀看某張全像圖的時候、平面轉為立體的那種過程——有個東西從黑暗中躍升而出……是某個男人的形體。有個男人——躲在暗處，死盯不放，監視艾莉西亞。

「你要幹什麼？」

我嚇一跳，轉身，發現尚費利克斯的表情不是很友善。

他又問了一句，「你在這裡做什麼？」

我本來想要把畫中的那個男人指給他看，並向尚費利克斯問個究竟——不過我有預感，這是自討苦吃。所以我露出微笑，開口問道，「我只是有幾個問題想請教而已，現在方便嗎？」

「不太方便，我已經把我知道的一切都告訴你了，當然沒有什麼好說的。」

「老實說，狀況有了變化。」

「怎樣？」

「首先，我不知道艾莉西亞已經打算要離開你的畫廊。」

尚費利克斯愣了一會兒之後才開口，他語氣緊繃，宛若即將斷裂的橡皮筋一樣。

「你在說什麼？」

「是真的嗎？」

「關你什麼事？」

「艾莉西亞是我的病人，我想要再次讓她開始講話——但我現在卻發現，如果她繼續保持沉默，搞不好會讓你正中下懷。」

「這話到底是什麼意思？」

「只要沒有人知道她想要離開你的藝廊，那麼你就可以永遠佔有她的藝術畫作。」

「你到底想要指控我什麼？」

「我完全沒有要指控你的意思，純粹只是陳述事實。」

尚費利克斯哈哈大笑，「我們走著瞧吧。我會聯絡我的律師——向醫院提出正式投訴。」

「我想你不會做出這種事的。」

「為什麼？」

「我還沒有講出我是怎麼知道艾莉西亞打算離開的消息。」

「我不知道是誰告訴你的，反正那傢伙在撒謊。」

「是艾莉西亞。」

「什麼？」尚費利克斯面色詫異，「你的意思是……她開口說話了？」

「算是吧，她把自己的日記拿給我看。」

「她的——日記？」他眨眼眨了好幾下，彷彿無法消化剛才聽到的消息，「我不知道艾莉西亞有寫日記。」

「哦，她的確有寫，而且還詳述了你們最後幾次碰面的細節。」

剩下的我就沒說了，不需要。尚費利克斯不發一語，陷入沉重靜默。

「我們保持聯絡吧。」我露出微笑，走了出去。

我出了藝廊大門，走入蘇活區的街道。以那樣的方式惹惱尚費利克斯，讓我的心中泛起一股小小的罪惡感。不過，這本來就是我的蓄意行為——我想要知道挑釁會產生什麼樣的效應、他會作何反應，以及他之後所採取的行動。

現在，我就等著看下去。

我走在蘇活區，趁空打電話給艾莉西亞的表弟保羅．洛斯，讓他知道我馬上就會過去。我不想在未告知的狀況下突然造訪，以免遭受到類似上次的待遇。我腦袋的瘀傷，依然沒有完全康復。

我把手機夾在耳朵與肩膀之間，同時忙著點菸。才響一聲，對方就接了電話，我差點沒時間吸第一口菸。我希望接電話的人是保羅，不是莉蒂亞，幸好我運氣不錯。

「喂？」

「保羅，我是李歐・法博。」

「哦，嗨，老哥，我必須壓低聲音講話，」他說道，「我媽媽在睡午覺，我不想吵醒她。你的頭怎麼樣了？」

「好多了，謝謝。」

「好，很好。有什麼需要我幫忙的地方嗎？」

「是這樣的，」我繼續說道，「我得知某些有關艾莉西亞的新線索……我想要找你聊一下。」

「什麼樣的線索？」

我把艾莉西亞把日記給我看的事告訴了他。

「她的日記？我不知道她有寫日記的習慣。裡面怎麼說？」

「當面聊比較容易講清楚，你今天有沒有空？」

保羅猶豫不決，「你還是不要來我家比較好，媽媽不……嗯，你上次來訪，她不是很高興。」

「嗯，我明白。」

「街尾靠近圓環的地方有間酒吧，名叫『白熊』——」

「對，我記得，」我說道，「沒問題，幾點鐘？」

「五點左右可以嗎？我應該可以溜出去一下。」

我聽到背景傳來莉蒂亞的怒吼，顯然她已經醒過來了。

「我得掛電話了，」保羅說道，「待會兒見。」說完之後，他立刻切斷電話。

幾個小時之後，我已經又在前往劍橋的路上了。搭火車的時候，我打了另一通電話——這次找的是麥克斯．拜倫森。撥出電話之前，我猶豫了好一會兒，畢竟他已經向迪奧米德斯抱怨過一次，所以要是再次接到我的來電，應該不會很開心。但到了這種時候，我知道自己也別無選擇。

接電話的是譚雅。她的感冒好多了，但她一聽到是我，語氣就變得十分緊繃。

「我覺得不——我的意思是，麥克斯很忙，一整天都在開會。」

「我等一下再打來。」

「我覺得這樣可能不太好。我——」

背景傳來麥克斯在講話，譚雅回他，「麥克斯，我不會講出那種話。」

麥克斯搶下電話，直接嗆我，「我剛才告訴譚雅，叫你滾蛋！」

「哦。」

「你居然還有膽子又打電話過來！我已經向迪奧米德斯教授投訴過了。」

「是，我知道。不過，現在又出現新的線索，而且與你有直接的關聯性——所以我別無選擇，只能打電話告知你這個消息。」

「什麼線索？」

「艾莉西亞在兇殺案發生前幾週所寫下的日記。」

電話另一頭沉默了。我遲疑了一會兒，繼續說道，「麥克斯，艾莉西亞描述了許多有關你的某些細節。她說你癡戀她，我不知道——」

喀啦，他掛了電話。目前進度不錯，麥克斯已經上鉤——現在只需要繼續等待，看看他會出現什麼反應。

我知道自己有點怕麥克斯．拜倫森，就像譚雅怕他一樣。我記得她曾經悄悄建議我去找保羅談一談，問他某段過往——是什麼來著？艾莉西亞母親意外身亡隔晚所發生的事。我還記得那時候麥克斯現身時譚雅所流露的表情，她立刻閉嘴、對他展露微笑的那個過程。我心想，不可以，絕對不能小覷麥克斯．拜倫森。

這種失誤十分危險。

7

火車即將抵達劍橋，地景變得平坦，氣溫也隨之陡降。我離開車站的時候，趕緊扣好外套的全部鈕子。冷風宛若冰寒的刀鋒，狠刮臉龐。我走向約定的那間酒吧，準備與保羅見面。

「白熊」是間搖搖欲墜的老酒吧——這些年來在主建物之外又增建了好幾處空間。有兩個學生不畏寒風，裹著圍巾，坐在戶外花園裡喝啤酒抽菸。裡面的溫度就舒服多了，幸虧有那幾個嘈雜的暖爐，讓客人能夠擺脫寒氣、感受慰藉。

我叫了一杯酒，四處尋找保羅。大吧檯附近打通了好幾個小房間，光線昏昧。我仔細盯著躲在暗處的那些人，就是沒辦法找到他。我心想，真是從事非法活動的好地方，這應該就是此間酒吧的真正功能吧。

終於，我看到他一個人窩在某間小房間裡面，他背對著門，待在火爐旁邊。一看到他的大個頭，我就立刻認出了他，巨大的背脊幾乎遮蔽了整個火爐。

「保羅？」

他嚇了一跳，轉身，窩在小房間裡的他跟巨人一樣，他必須微微彎身，不然一定會撞到天花板。

他開口問道，「沒事吧？」他的模樣彷彿像是已經做好心理準備、要聆聽醫生宣布的噩耗一樣。他挪出一些位置給我，我坐在火爐前面，臉龐與雙手感受到了暖意，好舒暢。

「這裡比倫敦冷，」我說道，「而且還有寒風助威。」

「他們說這是從西伯利亞直襲而來的冷鋒。」接著保羅直接切入正題，顯然不想話家常，「日記是怎麼一回事？我一直不知道艾莉西亞有寫日記。」

「其實她有這習慣。」

「她交給了你？」

我點點頭。

「然後呢？寫了些什麼？」

「日記裡詳述了謀殺案之前的那兩個月發生的事情，裡面有幾個矛盾之處，我必須要向你問清楚。」

「什麼樣的矛盾？」

「你們雙方的說詞兜不起來。」

「你在說什麼？」他放下自己的酒杯，盯著我不放，「這話到底是什麼意思？」

「好，首先，你說在謀殺案發生之前已經有好幾年不曾與她見過面。」

保羅遲疑了一會兒才開口，「我有這麼說嗎？」

「根據艾莉西亞的日記，在蓋布瑞爾被殺害之前的幾個禮拜，她曾經與你見面。她說你到漢普斯特德，跑到她家找她。」

我盯著他，知道他內心已經潰敗得一塌糊塗。突然之間，他變得像是小男孩一樣，住在一個過於巨大的軀殼裡。顯然保羅很害怕，他一直沒接腔，然後又鬼鬼崇崇瞄了我一眼，「可以讓我看看嗎？那本日記的內容？」

我搖頭，「我覺得這不太妥當，而且我也沒帶在身邊。」

「那我怎麼能確定真有這個東西？你搞不好在騙我。」

「我沒有說謊。而且騙人的是你——你對我撒謊。保羅，為什麼要這樣？」

「因為這不關你的事。」

「不能這麼說，因為我關心艾莉西亞的健康。」

「她的健康狀況與那起事件無關，我又沒有傷害她。」

「我又沒這麼說。」

「哦，好吧。」

「為什麼不把事情經過告訴我？」

保羅聳肩，「說來話長。」他陷入遲疑，但最後還是讓步。他講話速度飛快，一氣呵成，我覺得他終於能向某人傾吐心事，對他而言似乎是一大解脫。「我狀況不好，我惹了麻煩，你也知道——我賭博，向人借錢，而且無力償還。我需要一些現金……還清所有的借款。」

「所以你找艾莉西亞幫忙？她給了你那筆錢嗎？」

「日記裡怎麼說？」

「沒說。」

保羅遲疑了一會兒，搖頭，「沒有，她一毛都沒給我，她說她沒辦法。」

又在撒謊，為什麼？

「那最後你怎麼籌到那筆錢？」

「我——我動用自己的積蓄。我希望這件事到此為止就好——我不希望我媽媽發現有狀況。」

「我想不需要把莉蒂亞扯進來。」

「是嗎？」保羅的臉色恢復了一些神采，似乎人生又有了希望，「謝了，我十分感恩。」

「艾莉西亞覺得自己被人監視，她有沒有告訴過你這件事？」

保羅放下酒杯，一臉困惑望著我，她應該是沒說。「被監視？什麼意思？」

我把自己在日記裡看到的故事告訴了他——艾莉西亞懷疑自己被陌生人跟蹤，到了最後，擔憂自己會在家遭到攻擊。

保羅搖頭。

「她腦袋不正常。」

「你認為這是她的幻想？」

「這也很合理不是嗎？」保羅聳肩，「難道你真覺得有人在跟蹤她？嗯，是有這可能……」

「對，的確。所以她是不是從來沒有在你面前提過這件事？」

「沒有。不過，你也知道，艾莉西亞和我之間本來就沒什麼話題。她總是沉默不語。我們雖然是一家人，但都很安靜。我記得艾莉西亞曾經提過，她覺得這一點很奇怪——她去朋友家的時候，看到其他家庭充滿歡笑，閒聊各種話題——我們家裡總是一片寂靜。除了我媽媽會發號施令之外，其他人從來不開口。」

「那艾莉西亞的父親呢？維儂？他是什麼樣的人？」

「維儂其實不多話。他腦袋不正常——伊娃死掉以後就這樣，完全變成了另一人……其實，艾莉西亞也是同樣狀況。」

「這倒是提醒了我，譚雅曾經在我面前提過某件事——我得問問你。」

「譚雅．拜倫森？你和她講過話？」

「只講了幾句話而已，她建議我要找你談一談。」

「譚雅真的這麼說？」保羅臉頰緋紅，「我——我跟她不熟，但她對我一直很好。她是個很善良的大好人，還過來探望我與媽媽好幾次。」保羅露出淺笑，目光飄渺了好一會兒。我想他應該是暗戀譚雅，不知道麥克斯有沒有察覺到這一點。

他問我，「譚雅怎麼說？」

「她請我過來問你——車禍的第二天晚上所發生的事，但她沒說細節。」

「嗯，我知道她的意思了——艾莉西亞受審的時候，我曾經把那一段往事告訴她，我有叮嚀她不可以告訴別人。」

「她並沒有告訴我。要不要讓我知道，就隨便你了，你想講就講，當然，如果你不想說……」

保羅喝光啤酒，聳肩，「我想那其實沒什麼，不過——應該有助你了解艾利西亞，她……」

他遲疑了一會兒，陷入沉默。

我開口，「你就繼續說吧。」

「艾莉西亞……車禍發生之後、他們讓她留在醫院、觀察了一個晚上，她出院後的第一件事——就是爬到屋頂，我也是。艾莉西亞和我總是喜歡待在那裡，它是我們的秘密基地。」

「在屋頂上？」

保羅陷入遲疑，他端詳我許久，思量再三，終於下定決心。

「來吧，」他起身，「我帶你過去看一下。」

8

我們走到屋前，裡面一片漆黑。

「就在這裡，」保羅說道，「跟我來。」

屋子側邊架設了一道鐵梯，我們朝那裡走過去，腳下的冰冷泥地也印下了我們的腳痕，留下一坨坨硬邦邦的波紋與泥脊。保羅沒等我，自顧自往上爬。

氣溫已經變得越來越低，我不確定在這種時候爬上去好嗎？我跟在他後面，抓住第一根橫桿——冰冷又濕滑。沒想到那不是橫桿，而是某一株茂盛的攀藤植物，我猜是常春藤。

我攀爬橫桿，一階接著一階，到達梯頂的時候，手指已經僵麻，冷風刮切入骨。我攀身向上，到達屋頂。保羅已經在上頭等我，露出宛若興奮小屁孩的開懷笑容。一彎新月高懸天空，除此之外一片幽黑。

保羅突然挨向我，臉上露出詭譎神情，我一陣恐慌，當他把手伸過來的時候——我趕緊轉身，不想讓他碰到我，但還是被他抓住了。在那一瞬間，我好驚恐，擔心他要把我推下去。不過，他卻把我拉到他身旁。

「你太貼近屋頂邊緣了，」他說道，「過來待在中間，這裡比較安全。」

我點點頭，穩住呼吸。我不該上來才是，待在保羅身邊完全沒有安全感。我覺得還是下去比較好，正打算要開口的時候——他卻在這時候掏出菸盒、給了我一根。我猶豫了一下，還是收下了，我掏出自己的打火機點菸，手指一直在顫抖。

我們站在那裡抽菸，沉默了好一會兒。

「我們以前就是坐在這裡，」他開口說道，「我和艾莉西亞，每天幾乎都窩在這裡。」

「那時候你幾歲？」

「應該是七、八歲吧，艾莉西亞不超過十歲。」

「你還那麼小，不該爬梯子吧。」

「也許吧。但那時候我們覺得很正常。到了十幾歲的時候，我們就上來抽菸喝啤酒。」

我的腦中開始浮現青少女時代的艾莉西亞，為了躲避父親與兇巴巴的姑姑而在此藏身；保羅，她的可愛表弟，也跟著她爬上梯子，在表姐想要安靜沉思的時候、卻一直在煩她。

我開口說道，「這是個很好的藏身點。」

保羅點點頭，「維儂舅舅沒辦法爬這個梯子。他身材高大，就和媽媽一樣。」

「我自己也差點上不來，常春藤是可怕陷阱。」

「那不是常春藤，」保羅說道，「那是茉莉花。」他凝望纏繞在梯頂的那些綠色藤蔓，「還沒有開花——必須要等到春天。花朵大量綻放的時候，氣味就像香水一樣。」保羅似乎沉浸在回憶之中，「真奇怪。」

「怎樣？」

「沒什麼，」他聳肩，「有關回憶……我剛剛想到了茉莉花——那一天，花朵綻放，伊娃舅媽出意外的那一天。」

我張望四周，「你說你和艾莉西亞那天一起爬上了屋頂，對嗎？」

他點點頭，「媽媽和維儂舅舅在下面找我們，我們聽得見他們在呼喊，但我們都沒吭氣，只是一直躲在這裡。然後，就出事了。」

他捻熄香菸，對我露出詭譎微笑，「所以我才要帶你來這裡。讓你可以看個清楚——犯罪現場。」

「犯罪？」

保羅沒說話，只是依然盯著我不放。

「保羅，到底是什麼樣的罪？」

「維儂所犯下的罪，」他說道，「你知道嗎，維儂舅舅不是好人，根本不是。」

「你到底想說什麼？」

「就是在那時候，他做出那件事。」

「他做了什麼？」

「想要殺死艾莉西亞。」

我盯著他，不敢相信自己的耳朵，「殺艾莉西亞？你到底在說什麼？」

保羅指著底下的空地，「維儂舅舅當時與我媽媽站在那裡，他喝得爛醉，媽媽想要把他勸回屋內。但他一直站在那裡，對著艾莉西亞大吼大叫，他對她大發雷霆，氣得半死。」

「就只是因為艾莉西亞躲起來？不過——她還只是個孩子——而且她媽媽剛過世。」

「他這個人禽獸不如。他唯一在乎的人就是伊娃舅媽，我猜他就是因為這個緣故才說出那種話。」

「什麼話？」我已經失去耐心，「我不懂你在說什麼，究竟發生了什麼事？」

「維儂一直說自己有多麼愛伊娃——沒有了她，他也活不下去了。『我的寶貝，』他一直嚷嚷，『我可憐的寶貝，我的伊娃……為什麼她要死？為什麼是她？為什麼死的不是艾莉西亞？』」

我盯著他好一會兒，目瞪口呆，我不確定自己是否聽懂了那句話。

「為什麼死的不是艾莉西亞？」

「他就是這麼說的。」

「艾莉西亞有聽到嗎？」

「有。而且她對我輕聲說道——我永遠不會忘記那句話。『他殺死了我，』她說道，『爸爸剛才——殺死了我。』」

我望著保羅，無法言語。我的腦海中頓時有眾鐘齊鳴，鏗鏘樂音迴盪不止。這就是我一直在尋索的解答，我找到了，拼圖缺失的那一塊——就在劍橋某棟房子的屋頂上頭。

回去倫敦的途中，我一直在思索剛才聽到的那些話具有哪些意涵。我現在才明白為什麼《阿爾克斯提斯》會觸動艾莉西亞。阿德墨托斯將阿爾克斯提斯的肉身逼入死境，而維儂・洛斯也在心理層次逼死了自己的女兒。阿德墨托斯應該是愛阿爾克斯提斯的，多少有些愛意，但是維儂・洛斯完全無愛，只有恨，他的行為是心理層次的殺嬰——而艾莉西亞也很清楚這一點。

「他殺死了我，」她是這麼說的，「爸爸剛才殺死了我。」

現在，我終於有了可以研究的素材。這是我熟知的領域——心理創傷對小孩所產生的情緒影響，還有，在他們成人之後的外露效應。想像一下——聽到自己的父親，也就是自己賴以生存的對象，居然希望你去死，對於一個小孩來說有多麼可怕，何其殘忍——自我價值感一定徹底崩裂；而且，那種痛苦太沉重、太強烈，根本無法感受，只能硬吞下去，壓抑，埋葬。久而久之，妳告別創傷的原點，斷離了成因的根源，而且就此忘卻。不過，某一天，所有的創傷與憤怒會一口氣爆發，宛若龍腹噴出烈火——然後，妳拿起了槍。洩怒的對象不是妳的父親，他死了，被妳所遺忘，早就被拋向九霄雲外——真正的對象是妳的先生，在妳生命中取代父親地位的那個人，愛妳、與妳共枕同眠的那個人。妳對著他的腦袋連轟五槍，根本不知道自己為什麼會做出這種事。

火車在夜色中迅速奔駛回倫敦，我心想，終於——我終於知道該怎麼觸動她。

現在，我們可以開始了。

9

我與艾莉西亞共處一室，兩人都沉默不語。

現在，對於這種沉默時刻，我已經自在多了，面對煎熬、忍耐、硬撐，我更加泰然自若，與她待在這種小小的空間裡、保持靜默，簡直進入某種近乎舒暢的狀態。

艾莉西亞的雙手緊握成拳、放在大腿上面，以規律的節奏不斷收縮張弛，就像是心跳一樣。她與我面對面，但目光卻不在我身上，反而望向鐵窗外的風景。雨已經停了，雲朵暫時退散，露出淡藍天空，一朵陰灰雲朵出現，再次遮天。然後，我終於開口，「我最近才知道了一些事，妳表弟向我透露了某個秘密。」

我傾盡全力，讓語氣充滿溫柔，沒得到任何反應。所以，我繼續說下去，「保羅告訴我，妳小時候意外聽到父親說出了某些令人傷心欲絕的話。發生了那場害妳母親喪命的車禍之後……妳聽到他說，真希望死的是妳，而不是她。」

我本來很篤定她一定會出現膝蓋抽動的生理反應，算是某種確認的動作，我靜靜等待，但什麼都沒有。

「我不知道保羅告訴我這件事之後，妳會有什麼感覺——可能像是某種摧毀信任感的背叛。不過，我相信他的出發點都是為了妳好，畢竟，妳現在由我負責照護。」

沒有反應。我遲疑了一會兒，繼續說下去，「接下來我告訴妳的事，應該會對妳有些幫助。不——也許這樣說太矯情了——應該說受惠的人是我。其實，我現在了解妳的程度，已經超過了妳的想像。我不希望透露太多細節，但妳和我其實有類似的童年經歷，有相似的父親。我們都早早離開原生家庭。但我們立刻就發現在心靈世界當中，那樣的地理距離根本發揮不了什麼作用。某些問題無法輕言忘卻。我知道妳的童年受創有多深，妳必須知道它的嚴重性，妳父親所說的話，等同於心理謀殺，他殺了妳。」

這一次她有了反應。

她突然猛抬頭——盯著我不放，目光力道如烈焰穿身。要是表情能夠殺人的話，我早就必死無疑。我面不改色、直接迎向她的兇殘眼神。

「艾莉西亞，這是我們最後一次機會。我現在坐在這裡，迪奧米德斯教授並不知道，我也沒有得到他的允許。要是我又為了妳而違反規定的話，我一定會被炒魷魚。所以，這將會是妳最後一次看到我了，妳明白嗎？」

我說出這段話的時候，已經不抱任何期待，也沒有情緒，一切都已經被榨乾了。自己的腦袋不斷撞牆，已經讓我心生厭倦，我不覺得自己會得到任何回應，然後……

起初，我以為那純粹是出於我的想像，我誤以為是自己在幻聽。我盯著她，屏住呼吸，胸腔裡的心跳怦怦有聲。我開口的時候，唇乾舌燥，「妳——妳剛剛是不是說了什麼？」

又是一陣沉默。我一定是搞錯了，想必是幻覺。不過……又出現了。

艾莉西亞的嘴唇緩緩嚅動，充滿煎熬。她一開始發出的聲音有點沙啞，彷彿像是需要加潤滑油的大門。

「什麼……」她輕聲細語，沒了聲音，然後再次開口，「什麼……什麼——」

我們互盯著彼此，就這麼僵持了好一會兒。我的眼眶慢慢盈滿淚水——不可置信、興奮、感激的淚水。

「我想要什麼？」我幫她接話，「我想要妳繼續說話……講話——和我講話，艾莉西亞——」

艾莉西亞望著我，她若有所思，做出了決定，緩緩點頭，「好。」

10

「她說了什麼？」

迪奧米德斯教授緊盯著我，露出驚喜神情。我們正在外頭抽菸，我知道他十分興奮，因為他根本沒察覺自己的雪茄掉在地上。「艾莉西亞說話了？真的嗎？」

「沒錯。」

「了不起，所以你是對的。你說得沒錯，是我弄錯了。」

「完全不是這樣。錯的是我，我沒有經過你的允許就去找她。教授，很抱歉，我只是有股直覺……」

迪奧米德斯揮揮手，叫我不需道歉，而且還幫我接腔，「你只是相信你的直覺，我也會做一模一樣的事。李歐，幹得好。」

我不想表現出過於得意的姿態，「我們還不能高興得太早。這是突破，沒錯。但我們沒辦法保證一定有結果——她可能會在任何一刻反悔或退縮。」

迪奧米德斯點點頭。「的確。我們必須安排正式的評估，盡快對艾莉西亞展開評估——組成委員會——成員包括你、我，還有信託基金的人——朱利安可以，他不會扯後腿——」

「你太急了，你根本沒聽我說話，這樣太躁進，那樣的舉措一定會嚇到她，我們必須要慢慢來。」

「嗯，當務之急就是要讓信託基金知道——」

「不可以，還不行。也許這只是曇花一現，我們再等等看，先不要公布，還不行。」

迪奧米德斯點點頭，已經把我的話聽進去了。他緊抓我的肩膀，「做得好，」他再次誇獎我，「我以你為傲。」

我的心中閃過一絲小小的驕傲——兒子收到了父親的祝賀。我知道自己一直很想要討迪奧米德斯的歡心，證明他對我沒有看走眼，讓他能夠引以為傲。我現在有點激動，趕緊點菸掩飾心情，「現在呢？」

「現在，你就繼續下去，」迪奧米德斯說道，「對艾莉西亞的治療千萬不要中斷。」

「萬一史蒂芬妮發現了怎麼辦？」

「別管史蒂芬妮了——把她交給我應付就好，你專心處理艾莉西亞。」

我乖乖遵命。

在接下來的那一次療程當中，艾莉西亞與我開始有了對話，從頭到尾都不曾停歇。經過了這麼久的沉默之後，聆聽艾莉西亞說話的感覺很陌生，而且還讓人隱隱不安。她一開始說話的時候，猶豫不決——許久不曾走路的人開始練習步行的那種感覺。她很快就找回了自己的雙腳，恢復速度與活力，講出句子的時候很流暢，彷彿她從來就不曾噤聲不語——就某方面而言，她的確沒有。

等到療程結束之後，我回到自己的辦公室，坐在書桌前，趁著記憶鮮明的時候、趕緊將剛才的內容抄錄下來，力求準確無誤的逐字稿。

大家馬上就會看到，這是個精采無比的故事——無庸置疑。

至於要不要相信，就看個人了。

11

艾莉西亞待在診療間裡，坐在我對面。

「在我們開始之前，」我說道，「我有些問題想要問妳，還有幾件事想要先釐清……」

沒有回應，艾莉西亞露出她那讓人猜不透的標準表情、盯著我不放。

我繼續說下去，「我要搞清楚妳為什麼選擇沉默，我想要知道妳拒絕說話的原因。」

這問題似乎讓艾莉西亞大失所望，她轉頭，眺望窗外。

我們就這麼靜靜坐了約一分鐘之久。我努力壓抑心中的忐忑，突破只是一時的假象？我們會不會又像以前一樣陷入僵局？我不能看著這樣的事在我眼前發生。

「艾莉西亞，我知道這很困難，但我向妳保證，只要妳願意跟我說話，你就會發現其實這很容易。」

沒回應。

「拜託，試試看，妳已經大有進步了，千萬不要在這時候放棄。繼續下去，告訴我……告訴我為什麼妳不說話。」

「沒有……我無話可說。」

「我不相信，我認為妳還有太多事情想說。」

停頓，聳肩。「也許吧，」她說道，「嗯……可能被你說中了。」

「繼續說下去吧。」

她遲疑了一會兒，「起初……」她說道，「當蓋布瑞爾……當他死掉的時候——我沒辦法，我試過了……但就是沒辦法……說話。我張開嘴巴——但發不出聲音。就像是在作夢一樣……想要尖叫……卻喊不出來。」

「妳當下處於震驚狀態。不過，在接下來的那幾天當中，想必妳一定恢復了聲音吧？」

「但那時候……沒有意義，太遲了。」

「太遲了？妳是指為自己辯護？」

艾莉西亞盯著我，露出神秘微笑，她沒說話。

「告訴我，妳為什麼又開始說話。」

「你明明知道答案。」

「我？」

「都是因為你。」

「我？」我一臉詫異望著她。

「因為你來到這裡。」

「有什麼不一樣嗎？」

「不一樣——它……讓一切變得截然不同。」艾莉西亞壓低聲音，死盯著我，眼睛連眨也不眨一下，「我希望能夠讓你知道——我到底出了什麼事，我有什麼感覺。我希望你可以了解⋯⋯這一點很重要。」

「我很想了解，所以妳才會把日記給我對嗎？因為妳希望我能夠明瞭。我覺得妳身邊最重要的那些人都不相信妳說出的那個男人的故事。也許妳在想⋯⋯不知我是否相信妳的說法。」

她回道，「你相信我。」

這不是疑問，而是純粹的陳述句，我點點頭。

「對，我相信妳。所以我們何不直接開始？妳在日記的最後一段寫到那男人破門而入，後來呢？」

「沒有。」

「沒有？」

她搖搖頭，「不是他。」

「不是？那不然是誰？」

「是尚費利克斯。他想——過來找我談展覽的事。」

「根據妳的日記，妳那時候的狀態不適合接待訪客。」

艾莉西亞聳肩，算是承認了。

「他待了很久嗎？」

「沒有，我請他離開，他不想走——他動怒了，對我大吼大叫了好一會兒——但過沒多久之後就走了。」

「然後呢？」我問道，「尚費利克斯離開之後，發生了什麼事？」

艾莉西亞搖頭，「我不想講。」

「不想講？」

「還不是時候。」

艾莉西亞的目光鎖住我的雙眸，過了一會兒之後，又飄向窗外，望著鐵窗外的陰沉天空。她側頭的模樣，幾乎可以說是魅騷，而且她的嘴角開始泛笑，我心想，她很享受這樣的時刻，握有操控我的權力。

我開口問道，「妳想要聊什麼？」

「我不知道。其實沒有，我只是想講話而已。」

所以我們就開始聊天。關於莉蒂亞與保羅、她的母親，還有她媽媽過世的那個夏天。我們還聊了艾莉西亞的童年——以及我的小時候。我把我父親的事、在那間房子成長的過往都告訴了她，她似乎對於我的歷史、形塑我的元素充滿了興趣。

我還記得我當時的念頭，已經無路可退了。我們衝破了心理治療師與病人之間所有的最後邊界，過沒多久之後，已經分不清誰是誰了。

12

第二天早晨，我們再次碰面。也不知道為什麼，今天的艾莉西亞看起來不太一樣——比較矜持，防衛心比較重。我猜，這是因為她正準備要說出蓋布瑞爾死亡當天的事。

她坐在我對面，她變得反常，直盯著我看，從頭到尾都四目相接。我不需要慫恿她，她就自顧自開始說話，緩慢、思慮謹慎、字斟句酌，彷彿拿起了畫筆，一筆又一筆，在畫布上小心翼翼作畫。

「那天下午，我一個人在家，」她開始娓娓道來，「我知道自己必須要作畫，但天氣太熱了，我不知道是否能下筆，但還是決定一試。所以我拿著先前買的那台小風扇，進入花園裡的畫室，然後……」

「然後呢？」

「電話響了，是蓋布瑞爾。他說他今天拍照會晚一點回來。」

「他經常這樣嗎？打電話告訴妳會晚歸？」

艾莉西亞看了我一眼，覺得莫名其妙，彷彿她被問了什麼古怪問題似的。她搖搖頭，「沒有，幹嘛問這個？」

「我在想，他打這樣的電話也許是基於別的理由，其實是為了想要了解妳的情緒？根據妳的日記，他似乎很擔心妳的精神狀態？」

「哦……」艾莉西亞陷入沉思，很吃驚。她慢慢點頭，「明白了。對，對，是有這可能……」

「抱歉打斷了妳。請繼續，那通電話結束之後呢？」

艾莉西亞開始遲疑。

「我看到了他。」

「他？」

「那個男人。我的意思是——我看到的其實是他的映影，反射在窗戶上面的倒影。他在裡面——就在畫室裡面，站在我的後頭。」

艾莉西亞閉上雙眼，動也不動，沉默許久。

我語氣溫柔，「可以形容一下他的模樣嗎？他長什麼樣子？」

她睜開雙眼，盯著我好一會兒。

「他很高……個頭強壯。我看不到他的臉——他戴了面罩，黑色面罩。不過，我可以看到他的眼睛——宛若黑洞，裡面完全無光。」

「妳看到他之後，採取什麼行動？」

「什麼都沒有。我怕死了，只能一直盯著他……他手上有刀。我問他想要幹什麼，他一直不吭氣。我說，廚房裡有錢，我的包包裡也有，他搖頭，對我說道，『我不要錢。』說完之後，他哈哈大笑。恐怖的笑聲，就像是玻璃碎裂的聲響一樣。他拿刀架住我脖子，銳利刀鋒貼住我的喉嚨……他逼我要帶他進入屋內。」

艾莉西亞閉上眼睛，回憶過往，「他把我拉出畫室，進入草坪，朝屋子的方向走過去。我看到通往馬路的大門，距離我只有幾公尺而已——十分接近……我突然想到這——這是我唯一的逃跑機會，所以我猛踢他，掙脫他之後、開始跑向大門。」她睜開眼睛，因為這一段回憶而泛起微笑，「我自由了——就那麼幾秒鐘而已。」

她的笑容消失了。

「然後——他撲向我，從我背後突襲，我們跌坐在地……他的手摀住我的嘴，冰冷的刀鋒壓住我的喉嚨，他說，要是我敢動的話，一定會殺了我。我們躺在地上僵持了好一會兒，我的臉感受到他的氣息，好臭。然後，他把我拉起來——拖入屋內。」

「之後呢？發生什麼事？」

「他鎖住了門，」她說道，「我被困在裡面。」

就在這時候，艾莉西亞的呼吸變得沉重，臉色泛紅，我擔心她陷入痛苦情緒，我把她逼得太急了。

「需要休息一下嗎？」

她搖搖頭，「我們繼續吧。我等了好久，終於有機會說出來，我想要講完。」

「確定嗎？休息一下也好。」

她遲疑片刻，「我可不可以抽菸？」

「妳要菸？我不知道妳有抽菸。」

「我沒有。我——以前有抽，可以給我一根嗎？」

「妳怎麼知道我有抽？」

「我聞到你身上有菸味。」

「哦，」我笑了，有些不好意思，「沒問題，」我起身，「我們到外頭去吧。」

13

院子裡到處都是病人。大家和習慣的老搭檔窩在一起，三兩成群，聊八卦、吵架、抽菸；還有的只是雙手護身加上不斷跳腳，保持溫暖。

艾莉西亞把香菸放入嘴中，以纖長的手指夾住菸身，我為她點火。當火光一碰觸菸尾，香菸立刻發出細碎爆裂聲響，冒出紅色焰光。她深吸一口氣，緊盯著我，似乎是忍俊不禁。

「你不抽嗎？還是說和病人共抽一支菸是不當行為？」

我心想，她在取笑我。但她說得沒錯——的確沒有規定醫護人員不能與病人一起抽菸。不過，醫護人員抽菸的時候，習慣避人耳目，躲到建物後面的救生梯偷偷吞雲吐霧，絕對不會在病人面前大剌剌抽菸。和她一起出現在院子裡抽菸，就像是某種踰矩行為一樣。這八成是出於我自己的想像，但我真的認為大家都在盯著我們。我覺得克里斯蒂安正透過窗戶、監視我們的一舉一動，他的話又在我耳邊響起，「邊緣型人格病患喜歡引誘別人。」我望著艾莉西亞的眼眸，沒有魅惑的姿態，連友善都稱不上。那樣的目光之下，隱藏著剛烈的心，甫才甦醒的敏銳腦袋，艾莉西亞．拜倫森，是不能等閒視之的厲害角色，現在我才明白了這一點。

也許這正是克里斯蒂安覺得要給她施以鎮靜治療的原因。他是不是害怕她可能做些什麼——可能會說些什麼？我自己對她也產生了一些懼意，嚴格來說，不是恐懼——而是警覺，提防，我知道自己必須要步步為營。

「有何不可？」我說道，「我也來一根。」

我把香菸放入嘴裡，點燃。兩人靜靜抽菸了好一會兒，依然保持四目相接，而且彼此之間的距離只有幾英寸而已，後來，我覺得好彆扭，自己像是小男生一樣尷尬，趕緊移開目光。

「要不要邊走邊聊？」

艾莉西亞點點頭，「沒問題。」

我們開始繞著庭院周邊的牆壁散步，其他的病人一直盯著我們。我不知道她們到底在想些什麼，艾莉西亞似乎不在意，她根本沒注意到那些人。我們默默走了好一會兒，終於，她開口了，「你希望我繼續說下去嗎？」

「如果妳想說出來，當然……妳準備好了嗎？」

艾莉西亞點點頭，「嗯，我沒問題。」

「等到妳進入屋內之後，出了什麼事？」

「那男人說……他說，他想要喝酒。所以我給了他一瓶蓋布瑞爾的啤酒。我是不喝啤酒的，家裡也沒放別的酒類。」

「然後呢？」

「他開始講話。」

「講些什麼？」

「我不記得了。」

「想不起來？」

「嗯。」

她陷入沉默。我憋了好久，終於忍不住開口慫恿她，「我們繼續說吧，」我問道，「妳在廚房裡，有什麼感覺？」

「我不……我完全不記得自己的感受。」

我點頭，「遇到這樣的狀況，這種反應實屬正常。我們不是只有逃跑或抵抗的二擇一選擇而已，還有第三種，遇到攻擊時、出現機率也不相上下的反應——愣住不動。」

「我沒有。」

「沒有？」

「沒有，」她惡狠狠瞪了我一眼，「我正在醞釀，準備要——準備要對抗——要殺死他。」

「明白了，妳當時打算怎麼辦？」

「蓋布瑞爾的槍，我知道我得想辦法拿到那把槍。」

「在廚房裡對嗎？妳在日記裡有提到，妳把它藏在那裡。」

艾莉西亞點點頭，「對，靠近窗邊的櫥櫃。」她深吸一口氣，吐了一口裊裊長煙，「我告訴他，我得喝水，我要拿玻璃杯。我走到廚房的另一頭——不過只有幾英尺，但感覺卻像是永遠走不到一樣。我一步接著一步，終於到了櫥櫃前面。我的手在顫抖……打開了……」

「櫥櫃裡什麼都沒有，那把槍不見了。然後，我聽到他開口，『玻璃杯在妳右邊的櫥櫃。』我轉身，看到了槍——就在他手中。他將槍口對準了我，哈哈大笑。」

「然後呢？」

「然後？」

「妳當時有什麼想法？」

「這是我最後的逃命機會，就是現在——他馬上就要殺了我。」

「妳真覺得他會殺妳？」

「我知道他一定會這麼做。」

「但他為什麼拖這麼久？」我問道，「為什麼不一進屋內就殺死妳？」

艾莉西亞沒回答。我瞄了她一眼，嚇一大跳，她露出微笑。

「在我小時候，」她說道，「莉蒂亞姑姑養了隻小貓，是隻虎斑，我不是很喜歡她。她行為粗野，有時候還會伸爪子抓我，她不親人——而且殘暴成性。」

「動物的行為不都是基於本能嗎？怎麼會個性殘暴？」

艾莉西亞望著我，神情專注，「本來就有可能，她就是其中之一。她會把田野裡的東西帶回來——抓到的老鼠或小鳥，而且都是苟延殘喘的狀態，負傷，但依然還有一口氣。她就是一直這樣玩弄個不停，讓牠們求生不得求死不能。」

「我明白了。妳的意思是說妳成了那男人的獵物？他在對妳玩某種施虐遊戲？是嗎？」

艾莉西亞把菸屁股丟在地上，用力踩熄。

「再給我一根。」

我把整盒菸都給了她。她拿了一根，自己點燃香菸，抽了一會兒之後，繼續開口，「蓋布瑞爾會在八點鐘的時候到家，還有兩個小時。我一直盯著時鐘不放。『這是怎樣？』他問道，『不喜歡跟我在一起嗎？』他開始以槍撫摸我的肌膚，對著整隻手臂上下撫擦。」回想起這一段經歷，她全身顫抖，「我說，蓋布瑞爾隨時會回來，『那又怎樣？』他反問，『他會救妳嗎？』」

「妳怎麼說？」

「我什麼都沒說，只是繼續盯著時鐘……然後，我手機響了，是蓋布瑞爾。他命令我接電話，還把槍抵住我的頭。」

「然後，蓋布瑞爾怎麼說？」

「他說……他說拍攝工作進行得亂七八糟——所以我自己吃晚餐，不需要等他了，他最快也要十點鐘才能到家。我掛了電話，『我先生在回家的路上，』我說道，『過沒多久之後就會到家，你現在就給我走，不然他等一下就回來了。』那男人只是哈哈大笑，『但我聽到的是他十點鐘才會回來，』他繼續說道，『現在還有好幾個小時得打發一下，給我繩子，』他開始命令我，『或是膠帶啊什麼的，我想要把妳綁起來。』」

「我乖乖照做，我知道自己已經死路一條，等一下會以什麼方式劃下句點，我已經心底有數。」

艾莉西亞靜靜望著我，我看得出她眼神之中的灼痛情緒。我在想，自己是不是把她逼得太急了。

「也許我們該休息一會兒比較好。」

「不，我想要講完，我必須講出來。」

她滔滔不絕，速度越來越快，「我沒有繩子，所以他拿了我吊掛畫布的鐵絲，逼我進入客廳。他從餐桌前取了張椅子，叫我坐下。然後拿著鐵絲、將我的腳踝纏綁在椅子上頭。鐵絲鉗肉的感覺好痛，『拜託，』我喊道，『拜託——』但他就是不聽。他又把我的雙腕反綁在後，那時候，我覺得自己一定沒命了。我真希望……真希望他那時候動手殺了我。」

她惡狠狠吐出一字一句，聽到她的那種恨意，不禁讓我瞠目結舌。

「為什麼會那麼說？」

「因為他後來的行為更卑劣。」

在那一瞬間，我本來以為艾莉西亞會哭出來，我突然有股衝動想要抱住她、讓她依偎在我的懷裡、親吻她、向她保證她絕對安全無恙，但還是忍住了。我把自己的香菸朝紅磚牆用力一壓，捻熄了它。

「我覺得妳需要有人呵護，」我說道，「艾莉西亞，我想要好好照顧妳。」

「不需要，」她猛搖頭，「我不想跟你要這個。」

「那妳想要什麼？」

艾莉西亞不說話，轉身進去了。

14

我打開診療室的燈，關上門。等到我轉身的時候，我發覺艾莉西亞已經坐在裡頭——但不是坐在病人位，反而是坐在我的椅子上面。

這是一種宣示的姿態，要是換作平時，我一定會開始與她探索這個動作的意義，不過，我現在卻不發一語。她坐在我的座位，宛若她操控一切——嗯，的確是如此。我迫不及待想要聽到她故事的結局，我們已經快要進入尾聲。所以我只是坐下來，她半閉著雙眼，而且動也不動，終於，她開口了。

「我被綁在椅子上，只要我一扭動，腳上的鐵絲就勒得更深，而且開始流血了。能專心看著傷口，不要胡思亂想，對我來說是一大解脫，我的那些念頭太可怕了……我以為自己再也看不到蓋布瑞爾，以為自己會死掉。」

「後來呢？」

「我們就一直坐在那裡，彷彿。說來好笑，我一直以為恐懼是一種令人打寒顫的感受，但並不是——它宛若大火狂燒。屋內好熱，窗戶全部緊閉，百葉窗全放了下來，沉悶的空氣依然令人窒息。豆大的汗珠從我的額頭冒出來、滴進了眼睛，好癢。他一邊喝酒，一邊講話，我聞到他臭氣逼人的酒氣和汗味——他拚命講個不停，我聽不太進去。我聽到了有隻巨大的蒼蠅在亂飛，在百葉窗與窗戶之間嗡嗡作響——牠被困住了，不斷碰撞玻璃，砰、砰、砰。他詢問我與蓋布瑞爾之間的事——我們是怎麼認識的、在一起多久、過得是否幸福。我覺得要是我能夠讓他一直講下去，也許比較會有活命的機會。所以我逐一回答他的問題——關於我自己、蓋布瑞爾，還有我的工作。我有問必答，純粹只是為了拖時間而已。我一直盯著時鐘，聆聽滴答聲響。突然之間，十點了……然後……十點半。蓋布瑞爾還是沒到家。

「『他遲歸了，』那男人說道，『也許他不會回來了。』」

「我回他，『他已經在路上了。』」

「幸好我一直在這裡陪伴著妳。」

「然後，十一點的鐘聲響起，我聽到外頭有車聲。那男人走到窗邊，向外張望，開口說道，『這時間真完美。』」

接下來發生的事——根據艾莉西亞的說法——進行速度飛快。

那男人抓住艾莉西亞，將她的椅子反轉、背對著大門。他說，要是她敢講出任何一個字或發出聲音的話，一定會開槍轟爛蓋布瑞爾的腦袋。然後，他不見了，過了一會兒之後，燈源全滅，一片黑暗，玄關傳來大門開關的聲響。

蓋布瑞爾大喊，「艾莉西亞？」

沒回應，他又呼喊了一次，走入客廳——看到她坐在火爐旁，背對著他。

「妳幹嘛不開燈坐在那裡？」沒回應。「艾莉西亞？」

艾莉西亞只能拚命壓抑不出聲——其實她很想大叫，但她的雙眼已經適應了幽暗環境，她看得見眼前的景象，客廳的角落，那男人的槍在黑暗之中發出了閃光，而且正對著蓋布瑞爾，艾莉西亞必須為了他而噤聲。

「艾莉西亞？」他走向她，「發生什麼事了？」

正當蓋布瑞爾要伸手撫摸她的時候，那男人從陰暗角落跳出來，艾莉西亞尖叫，但已經太遲了——蓋布瑞爾被偷襲、倒臥在地，那男人立刻壓到了他的身上，而且還把槍當成錘子狠敲蓋布瑞爾的頭——一次、兩次、三次——他躺在那裡，失去了意識，血流不止。那男人把蓋布瑞爾拉到椅子上面，拿鐵絲綁住了他。當蓋布瑞爾恢復意識的時候，開始不斷扭動身軀，「靠，這是怎樣？這——」

那男人舉槍，對準蓋布瑞爾。傳出槍響，一槍接著一槍。艾莉西亞開始尖叫，那男人繼續開槍，對著蓋布瑞爾的頭部開了六槍，然後把槍丟在地上。

他不發一語離開了。

15

原來是這樣，艾莉西亞．拜倫森並沒有殺死老公。某個蒙面怪客闖入他們家，犯下無動機惡行，槍殺蓋布瑞爾之後，消失在黑夜之中，艾莉西亞其實是無辜之人。

前提是，如果你相信她的說詞。

我不信，從頭到尾都不信。

首先，她的說法顯然有矛盾，而且出入很大——比方說，蓋布瑞爾不是身中六顆子彈，而是只有五顆——其中一顆子彈是射向天花板——艾莉西亞也並非被綁在椅子上，而是站在客廳中央，雙腕有傷口。艾莉西亞沒有在我面前提到那個男人鬆開了她的手腳，也沒有解釋她一開始並沒有向警方供述這個版本的原因。不，我知道她在撒謊，而且我很生氣她在我面前做出這種事，手法拙劣，毫無任何意義。一時之間，我不禁懷疑她是否在測試我？看看我會不會接受這樣的說詞？如果是這樣的話，我下定決心，要保持不動聲色。

我坐在那裡，不發一語。艾莉西亞先開口，這太反常了。

「我好累，」她說道，「不想講了。」

我點點頭，也不能多說什麼。

她回道，「我們明天再繼續說吧。」

「還有沒說完的部分？」

「對，還有最後一件事。」

「很好，」我回道，「就等明天吧。」

尤里在走廊上等待，將艾莉西亞送回她的病房，我立刻回到自己的辦公室。

我之前也說過了，多年來，只要療程結束，我就會把過程記錄下來。精確寫下剛才那五十分鐘的內容，對心理治療師來說至為重要——要是欠缺這種能力，將會忘記大部分的細節、遺漏各種情緒的當下狀態。

我坐在辦公桌前，以最快的速度謄寫我們剛才的對話內容。等到我結束之後，立刻抓起筆記，大步穿越走廊。

我敲了一下迪奧米德斯的辦公室房門，沒有回應，所以我又敲了一次，依然沒有人應答。我推開了一點門縫——看到了迪奧米德斯，他正窩在小沙發裡酣眠。

「教授？」我又叫喊他，這次更大聲，「迪奧米德斯教授？」

他突然驚醒，立刻坐直身體，對我眨眼眨了好幾下。

「怎麼了？出了什麼事？」

「我需要找你談一談。還是我等一下再過來？」

迪奧米德斯皺眉，搖搖頭，「我剛才只是小睡一下，這是我午餐後的習慣，可以讓我撐過下午。年紀大了，不小瞇一下是不行的。」他打哈欠，站起來，「李歐，快進來坐下吧。從你的表情看來，這件事非同小可。」

「沒錯，的確很重要。」

「艾莉西亞？」

我點點頭，坐在他辦公桌前面，他也已經入座，頭髮全歪翹在同一邊，而且看起來依然睡眼惺忪。

「真的不需要我等一下再過來嗎？」

迪奧米德斯搖搖頭，拿起水瓶、為自己倒了一杯水，「我已經完全清醒了。說吧，到底是什麼事？」

「我剛才與艾莉西亞在一起，談話……我需要你的指導。」

迪奧米德斯點點頭，現在的他看起來更加清醒，而且興致盎然，「繼續說吧。」

我開始唸出自己的筆記。盡可能精確重複她在療程中所說出的字句，將她告訴我的事發經過又講了一次：那個一直在監看她的男人是怎麼闖入她家、把她當成人質，又開槍殺死了蓋布瑞爾。

等到我唸完之後，迪奧米德斯沉默了許久，表情高深莫測。他從抽屜裡取出了一盒雪茄，又拿了銀色雪茄剪，把末端塞進圓形切口、裁下一小截。

「我們先從情感反轉移開始，」他說道，「說出你自己的情緒體驗。從頭告訴我吧。當她在你面前說出自己故事的時候，你有什麼感覺？」

我思索了一會兒，「興奮吧……還有焦慮、恐懼。」
「焦慮？你的恐懼？還是她的恐懼？」
「我想兩者都有。」
「你怕的是什麼？」
「我不確定。也許是擔憂失敗。你也知道，我對此一個案充滿了期盼。」
迪奧米德斯點點頭，「還有呢？」
「也有挫敗，診療過程經常讓我覺得很受挫。」
「還有憤怒？」
「對，我想是有的。」
「你覺得自己像是一個挫敗的父親，管教頑劣的小孩？」
「對，我想要幫助她——但我不知道她是否領情。」
他點點頭，「我們來專心討論憤怒。多說一點，它是怎麼呈現出來的？」
我遲疑了一會兒，「療程結束的時候，我經常頭痛欲裂。」
迪奧米德斯點頭，「對，沒錯，它一定會外露，只是形式不一。『不焦慮的菜鳥心理治療師一定會難受到不行。』這是誰說的名言？」
「我不知道，」我聳肩以對，「我只覺得自己難受到不行，而且很焦慮。」
迪奧米德斯露出微笑，「你早就不是菜鳥了——不過，那些感覺不會全部消逝。」他拿起自己的雪茄，「我們到外面抽一下。」

我們走到救生梯，迪奧米德斯抽雪茄，陷入沉思，最後，他說出了結論。

「你知道吧，她在撒謊。」

「你是說那個殺死了蓋布瑞爾的男人？我也這麼覺得。」

「不只是這個。」

「還有呢？」

「所有的一切，通篇不合情理，我完全不信。」

我的表情一定是相當驚駭。我本來就覺得他可能不相信艾莉西亞的部分說詞，但我萬萬沒想到他居然是全盤否定。

「你不相信那男人的事？」

「對，我不信，我覺得這傢伙根本不存在。從頭到尾就只是她的幻想罷了。」

「你為什麼這麼確定？」

迪奧米德斯對我露出詭異笑容，「姑且稱之為我的直覺吧，與妄想症患者交手多年所累積的經驗。」我本來想要打斷他，但他卻大手一揮制止了我，「李歐，當然，我覺得你不會同意我的看法。你對艾莉西亞投入甚深，你自己的與她的情緒緊緊夾纏，就像是糾結成一團的羊毛。這就是我監督此一個案的目的——幫助你解開那一團亂結——看清楚什麼是自己的情緒，什麼才是她的。等到你重新抓出了距離、恢復了明晰視角，我想你對於艾莉西亞．拜倫森的感受將會變得截然不同。」

「我不清楚你這段話的意思。」

「好，我就直說，我擔心她在你面前演戲，其實是在玩弄你。而且我認為這是一場精心設計的表演，完全是為了要吸引你的俠義精神……我們這麼說吧，就是浪漫本能。我從一開始就看出來你想要拯救她，我不知道艾莉西亞是不是也發現了這一點，於是開始引誘你。」

「你的論點和克里斯蒂安一樣。她並沒有在引誘我。我擋得住病人的性意圖，教授，千萬不要低估我。」

「千萬不要低估她，她演技十分高超。」迪奧米德斯搖搖頭，仰望蒼灰雲朵，「被攻擊、孤單一人、需要別人保護的弱小女子，艾莉西亞把自己投射為受害者，而這個神秘男子則是大壞蛋。然而，艾莉西亞與那男人其實就是同一個，是她殺死了蓋布瑞爾。她有罪，依然拒絕接受那樣的犯行。所以她分隔、斷裂、幻想——艾莉西亞成了無辜的受害人，你是她的保護者。兩人共謀出了這種幻想內容之後，你就會開始縱容她，讓她能夠將責任推得一乾二淨。」

「我恕難同意。反正我相信她不是故意在說謊，至少，艾莉西亞認定自己的故事版本是真的。」

「對，她相信這樣的說法。艾莉西亞被攻擊——但這是從她自身心理狀態的角度，而不是外在世界。」

我知道這絕非事實——但現在繼續吵這個也沒用，我立刻捻熄香菸。「你覺得我接下來應該要怎麼進行？」

「你必須要強迫她面對真相。唯有如此，她才會有康復的希望。一定要直接表態，不接受她的說法，要挑戰她，逼她告訴你真相。」

「你覺得她會嗎？」

他聳肩以對，「這個嘛，」他又吸了一大口雪茄，「誰也猜不到。」

「很好。我明天會與她談話，正面對決。」

迪奧米德斯似乎有些不安，欲言又止，最後還是點點頭，捻熄雪茄，姿態決絕。

「明天。」

16

下班之後，我又跟蹤凱西，前往那座公園。想也知道，她的情人正在上次兩人幽會的老地方等她。他們就像是十幾歲的小情侶一樣，熱情親吻愛撫。

凱西朝我的方向瞄了一下，剎那之間，我以為自己被她發現了行蹤，但其實沒有。她的眼中只有他而已。這一次，我想要仔細觀看他的臉，但依然沒辦法看清楚他的五官。但他的體格倒是看起來有幾分眼熟，我覺得先前應該在哪裡看過他。

他們一起走向卡姆登，進入了某間酒吧。「玫瑰與皇冠」，看來是個龍蛇雜處的噁心地方。我坐在對面的咖啡廳等待，大約過了一個小時之後，他們出來了。凱西的雙手一直在撫弄他，嘴唇也沒閒著。他們在路邊親吻了好久，我盯著不放，胃部湧起一陣酸，因恨意而灼燙不已。

她終於與他道別。她離開了，那男人轉身，朝相反方向走去，這一次，我不跟蹤凱西。我跟蹤的是他。

他在公車站等車，我站在他後頭，望著他的背脊、肩膀。我的腦中開始浮現自己撲過去的畫面——把他推向迎面而來的公車，但我沒有。他上了公車，我也是。

我本來以為他會直接回家，但並沒有，他換了兩趟車，我一直在遠方觀察他的動靜。他到了東區，在某間倉庫裡待了半小時，然後，又搭了另一班公車、到了別的地方。他打了兩通手機，低聲講電話，不時發出咯咯笑聲。我不知道他是不是在跟凱西講話，我覺得越來越灰心沮喪，但我也依然很固執，打死不退。

終於，他準備回家了——下了公車，進入某條林蔭靜巷，他還在講手機，我保持距離、跟在他後頭。街上空無一人，要是他現在轉身的話，一定會看到我，但他並沒有這麼做。

我經過了某間住宅，這戶人家是岩地花園，裡面種有許多多肉植物。我接下來的行為完全沒有經過大腦——身體似乎不聽腦袋使喚，自顧自展開行動。我的手越過低矮的圍牆、伸入花園，拿起一塊石頭，感覺到手中的沉甸甸重量。我的雙手知道該做什麼：它們決定要殺死他，打破那個廢物人渣的腦袋。我執念而行，進入無腦的恍神狀態，躡手躡腳跟在他後頭，無聲無息，越來越靠近。過沒多久之後，距離已經不成問題，我舉高石頭，準備要使出全身氣力砸過去，我一定可以讓他癱倒在地，把他打得腦漿四溢。我跟他十分接近，要不是因為他正在講電話，一定早就聽到了我的聲響。

現在，我拿起石頭，然後——

就在我的左後方，大門開了，突然有一堆人在講話，「謝謝」與「再見」聲不絕於耳，原來客人正準備離開。我愣住了，凱西的情人就在我前面停下腳步，望向嘈雜音源的方向，也就是那間屋子。我趕緊退到一旁，躲在某棵樹後面，他沒看到我。

他繼續往前走，但我沒有跟下去。這起突如其來的事件，讓我從白日夢之中驚醒過來。石頭從我手中滑落而下，砰一聲撞地。我在樹後方盯著他，他大步走向某棟房屋的大門，打開之後，進去了。

幾秒鐘之後，廚房裡的燈亮了。他側身站立，距離窗邊有一段距離。從街上看過去，也只能看到室內的一半空間而已。他正在與某人講話，但我看不清對方的面貌。他們一邊聊天，他還順手開了瓶紅酒，然後，他們坐下來一起用餐。我瞄到了他的同伴，是個女人，是他老婆嗎？我看不清楚。他開始對她又摟又親。

所以遭到背叛的不是只有我而已。他吻了我太太之後，回家吃他老婆為他準備的晚餐，佯裝若無其事。我知道我不能離開這裡——我必須有所作為。但該怎麼辦？就算我滿腦子美好的虐殺幻想，我畢竟不是殺人犯，無法取他性命。

我必須想出更高招的策略。

17

我打算一大早就找艾莉西亞攤牌。要逼她承認她騙我，那男人殺死蓋布瑞爾的事是謊言，強迫她面對真相。

不幸的是，我永遠沒有這個機會了。

尤里在接待區等我，「李歐，我有事找你——」

「怎麼了？」

我仔細端詳他，他的臉似乎在一夜之間蒼老了不少，萎靡，蒼白，毫無血色，大事不妙。

「有狀況，」他開口說道，「艾莉西亞——她用藥過量自殘。」

「什麼？她——？」

尤里搖頭，「她還活著，不過——」

「感謝老天——」

「不過她陷入昏迷，情況不樂觀。」

「她在哪裡？」

尤里帶我穿過好幾道大門深鎖的走道，終於進入加護病房。艾莉西亞躺在單人病房，身上連接了心電圖機與呼吸器，雙眼緊閉。

克里斯蒂安與另外一名醫生在一起。他看起來臉色好蒼白——尤其與那名曬色黝黑的急診室醫生相比——顯然她是剛度假回來。不過，看不出她哪裡神清氣爽，只有滿臉疲憊。

我開口問道，「艾莉西亞狀況如何？」

她搖搖頭，「不是很好。我們必須施以人工昏迷，她的呼吸系統已經衰竭。」

「她服用的是什麼藥？」

「某種鴉片類藥物，可能是氫可酮。」

尤里點點頭，「她房間的桌子上面有個空藥瓶。」

「是誰發現她出狀況？」

「是我，」尤里回道，「她躺在床邊地板上，似乎斷了氣。一開始的時候，我以為她已經死了。」

「知道她吞了多少藥？」

尤里瞄了一眼克里斯蒂安，但他只是聳聳肩。

「我們都知道病房裡有許多私下交易。」

我回道，「愛麗芙在賣藥。」

克里斯蒂安點頭，「對，我也在想這件事。」

印蒂拉進來，她似乎快哭了。她站在艾莉西亞的身邊，凝視她好一會兒，「這將會對其他病患造成可怕效應，」她說道，「每每遇到這種事的時候，總是得花好幾個月的時間、才能讓大家恢復平靜。」她坐下來，輕輕撫摸艾莉西亞的手。我望著呼吸器面板上的曲線起起伏伏，大家沉默許久。

我開口，「都得怪在我頭上。」

印蒂拉搖頭，「李歐，不是你的錯。」

「我應該要更注意她才是。」

「你已經盡力了，對她伸出援手，你盡心盡力的程度無人能及。」

「有沒有人通知迪奧米德斯？」

克里斯蒂安搖頭，「我們一直聯絡不到他。」

「打了手機嗎？」

「當然，連家裡電話也試了好幾次。」

尤里皺眉，「可是——我稍早看過迪奧米德斯教授，他在院內。」

「是嗎？」

「對，我今天一大早看到他。出現在走廊的另外一頭，他似乎行色匆匆——至少，我覺得是他沒錯。」

「奇怪了。好，他一定是回家了才是。可以再聯絡他看看嗎？」

尤里點點頭。

克里斯蒂安的呼叫器響了，他嚇一大跳——他立刻離開病房，尤里與急診室醫生也跟在後頭出去了。

印蒂拉遲疑了一會兒，壓低聲音說道，「你想不想與艾莉西亞獨處一下？」

我點點頭，不確定自己能不能發聲講話。印蒂拉站起來，捏了一下我的肩膀之後才出去。

現在這裡只剩下我與艾莉西亞。

我坐在床邊，握住艾莉西亞的手臂。她的手臂上插有輸液管。我輕輕抬起她的手，撫摸她的手掌與手腕內側，以食指碰觸她的皮下靜脈，以及自殺未遂留下的肥厚疤痕組織。

所以，就這麼劃下終點了。艾莉西亞再次陷入沉默，而這次將會是終生不語。

不知道迪奧米德斯會怎麼說。我已經猜到克里斯蒂安會怎麼告訴他——反正他一定會想出辦法怪罪在我頭上：我在治療過程中所撩動的情緒太過沉重，讓艾莉西亞無法負擔——她想辦法弄到了氫可酮，企圖進行自我紓壓與自我治療。我已經心裡有數，知道迪奧米德斯八成會怎麼說，用藥過量可能是意外，但她本來就有自殘傾向，就這樣。

但真的不是那樣。

某些線索被忽略了，重要的線索，卻沒有任何人注意到——就連尤里也沒發現。

她的桌上的確有空藥瓶，沒錯，地板上還散落了幾顆藥丸，所以大家自然認定她是仰藥輕生。

不過，就在我的指尖下方，艾莉西亞的手腕內側，出現了瘀青與一個微小的痕印，說出了另一個截然不同的故事版本。

靜脈皮膚上有針孔——皮下注射留下的小洞——真相揭曉，艾莉西亞並非為了要假意自殺而吞下一整瓶的藥，她遭人注射了大量嗎啡，這起事件並非是用藥過量自殘。

這是殺人未遂。

18

過了半小時之後，迪奧米德斯現身。他說自己剛才與信託基金開會，然後因為信號故障而一直被卡在地鐵裡，他派尤里找我過去他那裡開會。

尤里到我辦公室找人，「迪奧米德斯教授到了，他和史蒂芬妮準備要見你。」

「謝謝，我馬上過去。」

我走向迪奧米德斯的辦公室，心中已經有了最壞打算。必須要有代罪羔羊承擔過錯，早在布羅德摩精神病院的時候，只要發生病人自殺，這種例子屢見不鮮：與受害人最親近的醫護人員，無論是心理治療師、主治醫生，或是護士，一定會成為萬夫所指的對象，史蒂芬妮當然不會饒過我。

我敲門之後走進去，史蒂芬妮與迪奧米德斯分站辦公桌兩側。就現場沉默的緊張氣氛看來，他們剛才正好在爭執，卻被我硬生生打斷。

先開口的是迪奧米德斯。他顯然是十分震怒，雙手不斷在空中亂舞，「糟糕，太糟糕了，根本就是屋漏偏逢連夜雨，這正好讓信託基金找到了關院的完美藉口。」

「我認為我們現在迫在眉睫的重點並不是信託基金，」史蒂芬妮說道，「病患安全是第一優先，我們必須知道究竟發生了什麼狀況。」

她面向我，「印蒂拉提到你懷疑愛麗芙在偷賣藥？艾莉西亞就是靠這管道弄到了氫可酮？」

我遲疑了一會兒，「這個，我沒有證據。只是曾經聽過幾個護士聊過這件事。不過，我認為還有其他事必須要讓妳知道——」

史蒂芬妮搖搖頭，立刻打斷我，「我們已經知道了事發經過，不是愛麗芙。」

「不是？」

「克里斯蒂安正好經過護理站，他看到藥櫃的門大敞。當時沒有人在護理站，尤里沒上鎖就離開了，任何人都可以過去自行拿藥。而克里斯蒂安正好看到艾莉西亞鬼鬼祟祟出現在附近，他當時覺得很奇怪，不知道她在那裡做什麼，當然，現在一切都豁然開朗。」

「克里斯蒂安運氣真好，目睹一切。」

我的語氣擺明在挖苦，史蒂芬妮卻假裝聽不懂。

「發現尤里疏失的不是只有克里斯蒂安而已，」她繼續說道，「我自己也經常感覺尤里的防範措施太過鬆懈，對病患太親切，太在乎自己是不是有好人緣。會拖到現在才出事，倒是讓我很意外。」

我回道，「我明白了。」我的確恍然大悟。現在我知道史蒂芬妮為什麼對我如此友好。看來我是可以脫身了，因為她已經選定尤里作為代罪羔羊。

「尤里總是一絲不苟，」我瞄了一下迪奧米德斯，不知道他會不會插嘴，「我真的認為不是……」

迪奧米德斯聳肩，「對於艾莉西亞，我的個人看法一直是她具有高度自殘傾向。我們都知道，當有人一心想要尋死的時候，就算你盡全力保護他們，依然很難防患於未然。」

「防患未然，」史蒂芬妮厲聲問道，「難道不是我們的職責嗎？」

「不是，」迪奧米德斯搖頭，「我們的職責是要幫助他們痊癒，但我們不是上帝，我們沒有主宰生死的權利。艾莉西亞．拜倫森一心求死，遲早會成功，或者，至少，就一定程度而言算是成功了。」

我陷入遲疑，現在不說，就再也沒機會了。

「我不確定是否真是如此，」我說道，「我認為這並非自殺未遂。」

「你覺得是意外？」

「不是，我認為不是意外。」

迪奧米德斯的神情相當好奇，「李歐，你到底想要告訴我什麼？難道還有其他的答案？」

「首先，我不相信尤里會將藥品交給艾莉西亞。」

「你的意思是克里斯蒂安弄錯了？」

「不，」我回道，「克里斯蒂安在說謊。」

迪奧米德斯與史蒂芬妮盯著我，兩人的表情都很驚駭，趁他們還無法言語的時候，我立刻滔滔不絕說下去。

當初我在艾莉西亞日記裡發現的一切，我全告訴了他們：包括克里斯蒂安曾在蓋布瑞爾遇害前為艾莉西亞進行私人診療，她是他私接的諸多病人之一，而且，他不但不願在審案時出庭作證，就連艾莉西亞進入「葛洛夫」之後也佯裝不認識她。

「難怪他對於所有想要讓她再次開口的醫療行為都反對到底，」我說道，「要是她真的開口，一定會揭發他的醜行。」

史蒂芬妮一臉茫然看著我，「但──你講這話到底什麼意思？你該不會是指──」

「對，我就是這個意思，那不是用藥過量自殘，而是企圖殺害她。」

「艾莉西亞的日記在哪裡？」迪奧米德斯問道，「是不是在你那裡？」

我搖搖頭，「沒有，已經不在了。我把它還給了艾莉西亞，一定在她房間裡。」

「那我們一定得拿回來。」

他又面向史蒂芬妮，「不過，當務之急，」他說道，「我們應該要打電話報警吧？」

19

自此之後，進展飛快。

警察蜂擁進駐葛洛夫，問案、拍照、封鎖了艾莉西亞的畫室與病房。這起案件由總探長史蒂夫・艾倫負責偵辦——他是體格魁梧的禿頭男，戴的是造成眼睛變形的大框老花眼鏡，它們似乎變得更大，眼珠鼓突的模樣充滿了興味與好奇心。

艾倫興致勃勃、仔細聆聽我敘述過程，我把自己先前告訴迪奧米德斯的事全講給他聽，又把我的輔導紀錄拿給他看。

「法博先生，由衷感謝你的大力襄助。」

「請叫我李歐就行了。」

「希望你可以配合我們做一份正式筆錄，到了適當時機，我會繼續向你請教細節。」

「好，當然沒問題。」

艾倫探長請我離開迪奧米德斯的辦公室，現在，這裡是他臨時徵用的指揮中心。某名菜鳥警員做完我的筆錄之後，我在走廊上晃來晃去，靜靜等待。過沒多久之後，克里斯蒂安在警察的陪同之下，朝房門的方向走過去。他看起來惴惴不安、恐懼——一臉就是有罪之人的模樣。想到他不久之後就會被起訴，我的心中滿是快慰。

現在也無事可做，只能等待。正當我準備要離開葛洛夫的時候，經過護理站外頭，我朝裡面瞄了一下——眼前的畫面讓我立刻停下腳步。

尤里偷偷把某些藥塞給愛麗芙，而且他收下了現金。愛麗芙出來了，用她的那隻獨眼死盯著我，充滿不屑與恨意。

我想要叫住她，「愛麗芙——」

「滾啦！」

愛麗芙大步離開，消失在走廊盡頭。然後，尤里也走出了護理站，當他一看到我的時候，下巴都快要掉下來了，他嚇得結結巴巴，「我……我沒看到你站在這裡。」

「顯然是沒有。」

「愛麗芙……忘了拿藥，剛才我只是補藥給她。」

我回他，「知道了。」

原來尤里在偷偷賣藥給愛麗芙。我不知道他還幹了哪些勾當——也許我剛才在史蒂芬妮面前如此斬釘截鐵為他辯護，未免太操之過急了一點，應該要仔細觀察這傢伙才是。

「我正打算要問你，」他趕緊把我帶離護理站，「我們該怎麼應付馬丁先生？」

「這話什麼意思？」我一臉詫異，「你說的是尚費利克斯．馬丁？」

「哦，他已經在這裡待了好幾個小時。今天一早他過來這裡，打算探望艾莉西亞。」

「什麼？你為什麼沒告訴我？你是說他一直待在這裡？」

「抱歉，出了這麼多事，我就忘了。他一直待在等候區。」

「好，我得趕快過去找他。」

我匆匆下樓，進入等候區，開始思忖剛才所聽到的話。尚費利克斯來這裡做什麼？我不知道他的意圖。

我進入等候區，四下張望。

但沒有人。

20

我離開葛洛夫，點燃香菸，聽到有人在大喊我的名字。我抬頭張望，原本以為是尚費利克斯，但不是他。

是麥克斯・拜倫森。他下了車，怒氣沖沖朝我走來。

「幹？」他大吼，「發生了什麼事？」他面紅耳赤，整張臉因怒火而扭曲，「他們剛才打電話告訴我艾莉西亞出事了，她到底怎麼了？」

我向後退一步，「拜倫森先生，請你冷靜一下。」

「冷靜？因為你的疏失，害我的弟媳他媽的陷入昏迷，躺在那裡……」

麥克斯緊握手指，揚起拳頭。我原本以為他要揍我，但譚雅卻出手阻止他。她剛才也匆匆忙忙跑過來，表情就和他一樣生氣——但她發飆的對象是麥克斯，不是我。

「住手！麥克斯！」她喊道，「拜託，這狀況還不夠亂嗎？這又不是李歐的錯！」

麥克斯沒理她，又面向我，目光狂暴。

「你負責照顧艾莉西亞，」他大吼，「你怎麼會放任這種事發生？到底是怎麼搞的？」

麥克斯的雙眼盈滿憤怒的淚水，他已經再也不打算掩飾自己的感情。他站在那裡嚎啕大哭，

我瞄了一下譚雅，顯然她也知道他對艾莉西亞的情愫。譚雅頹喪又疲憊，不發一語，轉身，默默

回到了他們的車內。

我想要盡快遠離麥克斯，開始往前走。

他繼續爆粗口，我以為他會跟過來，但並沒有——他站在原地不動，崩潰至極，他在我背後發出淒絕大吼，「這件事都得要怪你！我可憐的艾莉西亞，我的寶貝……我可憐的艾莉西亞，你一定會付出慘痛代價！你有沒有聽到我說的話？」

麥克斯依然在大吼大叫，但我沒理他。過沒多久之後，已經聽不見他的聲音，四周只剩下我一個人。

我繼續往前走。

21

我走到凱西情人的住所，足足站了一個小時，緊盯不放。

終於，大門打開，他走了出來，我目送他離開。他要去哪裡？與凱西幽會？我遲疑了一會兒，但決定不要跟蹤他，繼續監看那間房子。

我透過窗戶觀察他的妻子，我緊盯不放，心中也越來越篤定，必須要做些什麼，好好幫助她。她是我，我是她：我們是兩個無辜的受害者，慘遭欺瞞與背叛。她誤以為這男人愛她——其實不然。

她對這一段婚外情真的一無所知？——也許我錯了。搞不好她很清楚，也許他們很享受開放的性關係，她自己也同樣放蕩？但也不知道為什麼，我覺得並非如此。我曾經看過她一次，她就是一臉無辜的模樣，我有責任要點醒她。我可以向她揭發與她同住一個屋簷下、同床共枕的這個男人的真面目。我別無選擇，必須要出手救援。

過去這幾天，我一直來到這裡徘徊不去。某天，她出門去散步，我跟在她後頭，保持一定距離。我一度很擔心被她看到，但就算她注意到我，我也只不過是個陌生人罷了，至少當下是如此。

我離開那裡，買了兩樣東西。又回來，站在對街、緊盯著那間房子。我又看到了她，站在窗戶旁邊。

我沒有什麼所謂的具體計畫，只有一個必須完成任務、模糊又鬆散的概念。我比較像是一個菜鳥藝術家，明明知道自己想要得到的成果——但卻不明白要如何達陣。我等了一會兒，走向那間屋子，試了一下大門——沒鎖，它大敞而開，我走入花園，突然感到體內冒出一股腎上腺素，闖入某人住所的非法快感。

然後，我發現後門也是打開的。我找尋躲藏的地方，發現草坪的另一頭有棟夏屋。我悄悄跑過去，躲在裡頭，站了好一會兒，拚命喘氣。我的心臟怦怦跳，她有沒有看到我？我聽到腳步聲逐漸接近，現在要出去已經太遲了。我把手伸入背包，拿出剛才買到的黑色面罩，套在頭上，然後又戴上手套。

她走進來，正在講電話，「好，親愛的，」她說道，「八點鐘見了，嗯……我也愛你。」她結束電話，打開風扇，站在它的正前方，髮絲迎風飄揚。她拿起畫筆，走向掛有畫布的畫架前面，背對著我。然後，她瞄到窗玻璃有我的映影，我想她最先看到的是我的刀。她僵住不動，慢慢轉身，眼睛因恐懼而睜得好大，我們不發一語，對望彼此。

這是我第一次與艾莉西亞．拜倫森面對面。

至於剩下的部分，大家也都知道了。

第五部

我雖有義，自己的口要定我為有罪。

——《約伯記》，九章二十節

1

艾莉西亞・拜倫森的日記

二月二十三日

李歐剛走，只有我一個人，我得盡快寫下這些話。我時間不多了，必須趁還有力氣的時候趕緊寫下來。

起初，我以為自己瘋了。與其相信這是事實，還不如把自己當成瘋子，這還容易多了，但我沒有瘋，真的沒有。

我第一次在診間看到他的時候，其實並不確定——感覺很熟悉，但還是不太一樣——我認出他的眼睛，不只是因為顏色，也包括了形狀，香菸與煙燻鬍後水的氣味，以及他說話的方式與節奏——但語氣不一樣，我也說不上來到底為什麼。所以我不是很篤定——但到了第二次見面的時候，他露出馬腳，他說了相同的話——他當初在我家時使用的是一模一樣的措辭，早已烙印在我的腦海中：

「我想要幫助妳——我想要幫助妳看清一切。」

我一聽到那句話，腦袋裡就發出了喀啦聲響，缺漏的那一塊拼圖碎片終於兜起來，完整現形。

是他。

我突然湧起一股衝動，某種野生動物的本能。我想要殺死他，殺死他，或是自己被殺都沒關係——我撲向他，想要勒死他，把他的眼珠子挖出來，抓住他的頭猛撞地板、裂成碎片。但我卻突襲失敗，他們壓制我，對我施打鎮靜劑，關禁閉。然後——自此之後，我變得膽怯。我又開始自我懷疑——也許我搞錯了，這可能是我的幻想，也許不是他。

怎麼可能是李歐呢？他來到這裡，嘲弄我的目的是什麼？然後，我懂了。那些想要幫助我的鬼話——最噁心透頂的那部分，他想要從中得到快感，享受刺激——所以他才會來到這裡，想要幸災樂禍。

「我想要幫助妳——我想要幫助妳看清一切。」

好，我現在懂了，也看清了一切。我想要讓他知道我已經恍然大悟。所以，對於蓋布瑞爾的死亡經過，我撒了謊，當我在滔滔不絕的時候，我看得出來他知道我在撒謊。我們互看彼此，他知道了——我早就認出了他。然後，我發現他眼中出現了我從來沒有見過的情緒，恐懼。他怕我——不知道我會說出什麼。聽到我的聲音——他嚇壞了。

所以，他才會在幾分鐘之前進來這裡。這一次，他什麼都沒說，已經不需要任何言語了。他抓住我的手腕，將針頭刺入我的血管之中。我沒有掙扎反抗，就任由他下手，這是我應得的報應——我有罪——但他也是。所以我才會寫下這些話——讓他無法逍遙法外，得到制裁。

我必須要加快速度，我已經有感覺了——剛才他打入我體內的東西逐漸發揮作用，我好睏，我想要躺下來睡覺……但不行——還不可以，我必須要保持清醒，我要把過程寫下來，這一次，我一定句句屬實。

那一晚，李歐闖入我家，把我綁起來——等到蓋布瑞爾回家之後，李歐立刻把他敲昏。起初，我以為他已經殺死了蓋布瑞爾——但之後我發現他還在呼吸。李歐把他拉到椅子上，把他綁在上頭，然後挪動位置，讓我與蓋布瑞爾背靠背，我根本看不到他的臉。

「拜託，」我說道，「千萬不要傷害他，我求你——叫我做什麼都可以，只要你開口就是了。」

李歐哈哈大笑，我好恨他的笑聲——冷酷、空虛、無情無義。「傷害他？」他搖頭，「我要殺死他。」

他是認真的。我恐懼萬分，眼淚不爭氣掉了下來，我放聲大哭，苦苦哀求，「你要我做什麼，我都答應你——拜託、拜託一定要留他活口——應該要讓他活下去。他是全世界最仁慈的大好人——我愛他，真的好愛好愛他——」

「告訴我，艾莉西亞，讓我知道妳有多愛他吧。妳覺得他愛妳嗎？」

我回道，「他愛我。」

我聽到後方傳來時鐘的滴答聲響，他拖了好久之後才終於開口回答，「我們就等著看吧。」

他的黑色雙眸死盯著我好一會兒，我覺得自己被幽暗世界所吞噬，我面前的這個生物根本不是人類，而是邪魔。

他繞過椅子、走到蓋布瑞爾的面前。我盡可能把頭轉過去，但我就是看不見他們。我聽到可怕的沉重敲響——他不斷痛毆蓋布瑞爾的臉，讓我不禁全身抽搐。

他一拳接著一拳，終於等到蓋布瑞爾啐口水、悠悠醒來。

「嗨，蓋布瑞爾！」

「媽的你誰啊？」

「我是個已婚男子，」李歐說道，「所以我知道深愛一個人是什麼感覺，而且我也知道對人失望是什麼感覺。」

「靠，你到底在說什麼？」

「只有懦夫才會背叛深愛自己的人。蓋布瑞爾，你是不是懦夫？」

「幹！」

「我想要殺了你，但艾莉西亞請我手下留情。所以我打算給你選擇的機會。要嘛你死——不然就是艾莉西亞死，你自己決定。」

他講話的語氣如此冷靜自持，完全不帶絲毫情緒。蓋布瑞爾過了好一會兒才回答，他迸氣而出，彷彿被人狠狠揍了一拳。

「不——」

「對，不是她死就是你死。蓋布瑞爾，選擇權在你的手中。你願意為她死嗎？給你十秒做決定……十……九……」

「不要相信他的話，」我呼喊，「他會殺了我們兩個人——我愛你——」

「八……七……」

「蓋布瑞爾，我知道你愛我——」

「六……五……」

「你愛我——」

「四……三……」

「蓋布瑞爾，說你愛我——」

「二……」

然後，他開口了，起初我沒認出是他的聲音，好微弱，飄渺——像個小男孩的聲音——

「我不想死。」

然後，一切陷入沉默，靜止，我體內的每一個細胞都軟癱了，凋萎的細胞，就像是從花朵掉落而下的花瓣一樣，茉莉花屍紛紛輕飄墜地。我是不是聞到某處傳來茉莉花香？對，沒錯，甜香的茉莉花——也許是窗台……

李歐從蓋布瑞爾身邊離開，開始對我講話，我發現我很難專心聽他說話，「妳看到沒？艾莉西亞？我就知道蓋布瑞爾是個懦夫——在我背後與我老婆幹砲，毀了我唯一的幸福……」李歐傾身向前，整個人湊在我面前，「很抱歉，我必須做出這種事。不過，老實說，既然妳現在知道了真相……還是死了比較好。」

他舉起手槍，瞄準我的頭，我閉上雙眼，聽到蓋布瑞爾大叫——「不要開槍！不要開槍，不要——」

喀啦。傳來槍聲——它的轟然巨響蓋過了一切。接下來是長達好幾秒的寂靜，我以為我死了。

但我沒這麼幸運。

我睜開雙眼，李歐依然站在那裡——拿槍對著天花板。他露出微笑，將食指貼唇，示意我要保持安靜。

「艾莉西亞？」蓋布瑞爾大叫，「艾莉西亞？」

我聽到蓋布瑞爾在椅子裡扭動身軀，拚命想要轉身查看狀況。

「混帳！你到底對她做了什麼？你這個王八蛋！啊天哪……」

李歐將我的手腕鬆綁，又把槍丟在地上，然後，在我臉頰落下好溫柔的一吻。他走出去，大門砰一聲關上了。現在只剩下我與蓋布瑞爾。他在哭，幾乎無法講出完整字句，只能一直哭喊我的名字，「艾莉西亞，艾莉西亞——」

我沉默不語。

「艾莉西亞？幹，幹，啊幹——」

我沉默不語。

「艾莉西亞，快回答我，艾莉西亞——啊，天哪——」

我沉默不語。我能說什麼？蓋布瑞爾已經判了我死刑。

死人不會說話。

我解開腳踝的鐵絲，從椅子上站起來，把手伸向地板，緊緊抓住了那把槍，握在手中的感覺好燙，好重。我繞過桌子，面對蓋布瑞爾。他的淚水不斷從臉頰潸然而落，雙眼瞪得好大。

「艾莉西亞？妳還活著——感謝老天，妳——」

我真希望自己能夠說出自己為挫敗者奮戰的那種話——我是為了慘遭背叛的傷心之人挺身而出——蓋布瑞爾有一雙暴君之眼，就和我父親一樣。但我不能再繼續說謊下去了。其實，突然之間，我的眼眸出現在蓋布瑞爾的臉龐——而我有了他的雙眼。在這段過程當中的某個時刻，我們悄悄互換了眼眸。

我現在認清了事實。我永遠不得安寧，永遠不會有人愛我。我的希望都毀了——夢想全數碎裂——現在什麼都沒有了，一無所有——我父親說得沒錯——我不配活在這個世界上，我是——廢物，這就是蓋布瑞爾所對我做的一切。

這就是真相。我並沒有殺死蓋布瑞爾，而是他殺死了我。

我只是扣下扳機而已。

2

「看到某人所有的物品堆在紙箱裡，」印蒂拉說道，「還有什麼比這個更讓人感傷的呢？」

我點點頭，張望這間病房，神情哀戚。

「真的，我嚇了一大跳，」印蒂拉繼續說道，「艾莉西亞的東西居然這麼少。你想想其他病人累積了多少垃圾……她卻只有一些書、畫作，還有個人衣物。」

印蒂拉與我遵從史蒂芬妮的指示，開始清理艾莉西亞的房間。「看來她是永遠不會醒了，」史蒂芬妮當初是這麼說的，「講老實話，我們需要這張床。」我與印蒂拉檢視她的東西，決定哪些要保留，哪些要直接扔掉，在這段過程當中，我們幾乎都沒開口。我小心翼翼，逐一過濾，確保不會留下任何可疑罪證——可能會讓我露出馬腳的東西。

我不知道艾莉西亞到底把日記本藏在哪裡，而且找了這麼久都沒看到蹤影。每名病患當初進入葛洛夫的時候，都可以攜帶少許個人物品。艾莉西亞帶了一個裝有素描的檔案盒，我猜當初她就是把日記藏在裡面、偷偷夾帶進來。我把它打開，翻閱那些草圖，大部分都是還未完成的鉛筆素描，一張接著一張看下去。

其實只是隨意畫下的線條，但卻栩栩如生，讓人一眼就知道是誰，的確抓到了神韻真髓。

我拿出其中一張素描給印蒂拉看，「這是妳。」

「什麼？不可能吧。」

「真的。」

「是嗎？」

印蒂拉甚是喜悅，開始仔細端詳，「你真這麼覺得嗎？我從來沒注意到她在畫我。不知道是什麼時候的事。畫得很好，你說是不是？」

「是啊，沒錯，妳應該要留作紀念。」

印蒂拉臉色一沉，又把它還給我，「我不能這樣。」

「當然沒問題，她不會介意的，」我微笑說道，「而且根本不會有人知道。」

「我想——我想也是。」她瞄了一眼那張放在地上、斜靠牆壁的作品——我與艾莉西亞站在著火建築的逃生梯，被愛麗芙破壞的那幅畫。

「那個呢？」印蒂拉問道，「你要帶走嗎？」

我搖搖頭，「我會打電話給尚費利克斯，他會處理。」

印蒂拉點點頭，「你不打算保留那幅作品，真是太可惜了。」

我又盯著那張畫好一會兒，我就是不喜歡。這是艾莉西亞所有畫作之中、唯一讓我反感的作品。詭異，居然把我當成主角。

我必須要講清楚——我萬萬沒想到艾莉西亞居然會射殺蓋布瑞爾，這一點非常重要。我從沒有慫恿她殺人的意思，我也不覺得她會殺他。我只想要喚醒艾莉西亞，讓她面對自己婚姻的真相，如同我自己的覺醒歷程一樣。我只想讓她知道蓋布瑞爾並不愛她，她的生活是謊言，他們的婚姻是一場騙局。唯有如此，她才能夠像我一樣，找到機會從瓦礫中重生，過著以真相構築的生活，而不是謊言。

我不知道艾莉西亞有情緒不穩的病史。如果我知道的話，一定不會把她逼得那麼緊，我不知道她會出現那樣的反應。當這起案件在媒體鬧得沸沸揚揚、艾莉西亞因殺人案而出庭受審的時候，我覺得自己背負了沉重的責任，我想要贖罪，也想要證明自己不是這起事件的罪魁禍首。所以我應徵了葛洛夫的工作，我想要幫助她走出這起兇案的陰霾——幫助她了解事情經過，釐清一切——就此解脫。當然，你也可以酸言酸語，說我這招是重返犯罪現場，也就是說，藉以湮滅罪證。不是這樣的，雖然我明明知道這種行為有風險——我可能會被抓到，最後是災難收場，但我別無選擇——因為我的身分。大家要記得，我是心理治療師，艾莉西亞需要幫助——只有我知道該怎麼幫忙她。

雖然當初我戴了面具，也以假聲說話，但我還是很擔心她可能會認出我。但艾莉西亞似乎沒有發現我是誰，我可以在她的生命中扮演一個全新的角色。然後，在劍橋的那個夜晚，我終於明白我在不知不覺之間所複製的那個場景到底是什麼，也就是我不慎誤踩、早就被遺忘多時的那顆地雷。蓋布瑞爾是把艾莉西亞推向死亡深淵的二號罪犯，是他挑起了她無法承擔的原始創傷——這符合了我的推測，這起謀殺案還有更為悠遠深沉的緣由，並非只是因為我的作為。所以她拿起槍，埋藏許久的仇怨瞬間爆發，對象不是她父親——而是她的老公。

不過，當她向我說出蓋布瑞爾遇害過程的時候，明明在撒謊，顯然艾莉西亞已經認出了我，正在測試我的反應。逼我必須採取行動，讓艾莉西亞永遠開不了口。我想辦法讓克里斯蒂安成了兇手——我覺得，這是一種充滿詩意的正義。誣陷他這個人，我完全不會覺得良心不安。艾莉西亞最需要克里斯蒂安的時候，他的表現卻讓人大失所望，他本來就應該受到懲罰。

要讓艾莉西亞噤聲並不容易，把嗎啡注射到她的體內，是我這一生當中空前艱鉅的挑戰。她沒死，只是睡著了，這樣的狀態比較好——如此一來，我還是可以天天過來看她，坐在她的病床邊、握住她的手，我並沒有失去她。

「我們都弄完了吧？」印蒂拉開口問我，打斷了我的思緒。

「應該是。」

「好，我得走了，十二點有病人要看診。」

「快去吧。」

「那就午餐時間見嘍。」

「沒問題。」

印蒂拉輕捏了一下我的手臂，離開了病房。

我看了一下手錶，我想要早點離開，回家，我覺得好疲累。正打算要關燈離開的時候，突然有個念頭襲上心頭，我全身僵挺不動。

那本日記，到底在哪裡？

我的目光掃視整個房間，一切已經打包裝箱得整整齊齊，我們先前已經逐一清查過了。而且我已經逐一檢查了她的每一件私人物品。

但就是找不到。

我怎麼會這麼粗心大意？都是印蒂拉，拚命和我鬼扯閒聊。害我分心，忘了自己的關鍵任務。

究竟在哪？一定是在這裡。要是沒有那本日記，就欠缺了起訴克里斯蒂安的珍貴的小小證據，我必須要找到它。

我找遍整個房間，越來越慌張。我把紙箱倒過來，把所有東西扔在地上，東翻西找，但就是沒有。我撕爛了她的衣服，沒有。我打開那個檔案夾，把素描全部倒出來，依然沒看到日記。最後，我開始找櫥櫃，拉出所有的抽屜，確定全部都是空的，又把它們塞回去。

真的沒有。

3

信託基金的朱利安・麥克馬洪在接待區等我。他個頭高大，一頭紅色鬈髮，講話的時候喜歡夾雜「這件事千萬不要讓別人知道」、「總而言之」、「最重要的是」之類的措辭，而且通常是出現在同一個句子裡面。

「我剛從迪奧米德斯教授那裡過來，」他說道，「他辭職了。」

「哦，這樣啊。」

「他提早退休。這件事千萬不要讓別人知道，如果不是這樣的話，他就必須因為這起慘劇而接受調查……」他聳肩，「我實在很同情他——他在這一行做了這麼久，聲譽卓著，這種結局實在不光彩。不過，至少這種方式不會受到媒體追殺，也不會搞得難堪。對了，他提到了你。」

「迪奧米德斯？」

「對，他建議由你接棒，」朱利安眨眨眼，「他說你是完美人選。」

我露出微笑，「他心地真好。」

「不幸的是，總而言之呢，由於艾莉西亞發生了這種狀況，再加上克里斯蒂安被逮捕，所以葛洛夫是一定得結束了，我們打算要永久關閉這個地方。」

「老實說，我不意外。所以其實我沒工作了吧？」

「嗯，最重要的是——我們打算在過幾個月之後，開一家更符合成本效益的全新的精神療養機構。李歐，我們希望你可以擔任院長。」我難掩喜悅，開心接受了這份職務，「這件事千萬不要讓別人知道，」我借用他的口頭禪，「這是我夢寐以求的大好機會。」的確——這是真正能夠助人的機會，不只是給予他們藥物治療而已，而是以我認定他們所需要的援助方式、出手幫助他們。就像是羅絲當初幫助我一樣，我也曾經努力以這種方式幫忙艾莉西亞。

我的前途一片光明——要是我否認這一點的話，也未免太不知感恩了。看來我似乎得到了自己想望的一切，嗯，只能說幾乎。

去年，凱西與我搬離倫敦市中心，遷移到了薩里——回到我自小生長的地方。自從我父親過世之後，他就把那棟房子留給了我，雖然母親有權利可以住到老死為止，但她決定把房子提前讓給我，自己搬到療養院。

以來往倫敦的通勤時間、換取更大的住屋空間與花園，凱西與我都認為還是很值得的。起初，我覺得這對我們兩人都有好處，我們誓言要改造這間屋子，還擬訂了重新裝潢與徹底清掃的各項計畫。但我們搬來已經將近一年了，還是沒有完工，擺設只完成了一半，我們在波多貝羅市場所買的圖畫與凸面鏡，依然斜靠在來不及粉刷的牆壁。這屋況幾乎就跟我小時候一樣。我本來以為自己會耿耿於懷，其實沒有，反而讓我有家的感覺，真諷刺。

我回到家，進門，立刻脫去外套——裡面好悶熱，就和溫室一樣，我趕緊調低玄關控溫器的溫度。凱西喜歡熱呼呼，但我卻喜歡偏冷——所以溫度是我們經常發生小爭吵的原因之一。我還站在玄關，已經聽到了電視的聲音，最近她似乎很喜歡看電視，永無止境的無聊聲響已經成了我們居家生活的基本環境音。

我看到她窩在客廳的沙發裡，大腿上放了一大袋的綜合蝦味洋芋片，紅通通的油膩手指不斷從裡面撈出薯片、送進嘴巴裡面。她最近常吃那種垃圾食物，也難怪她變胖了。過去這兩年她甚少工作——而且個性畏縮，甚至有憂鬱症傾向。

她的醫生想要為她開抗憂鬱藥物，但我卻不贊成。我的想法是要找心理治療師，讓她說出自己的感受，我甚至打算要為她找同業幫忙，但凱西似乎就是不想談論這件事。

有時候，我會發現到她看我的眼神很怪異——我不免好奇她到底在想什麼，是不是打算要鼓起勇氣向我說出蓋布瑞爾與婚外情的事？但她隻字未提，只是靜靜坐在那裡，就像是艾莉西亞以前那種模樣。我好希望自己可以幫助她——但我似乎根本無法觸動她。這真是太諷刺了：我拚命做了這一切，就是為了要留住凱西——但終究還是失去了她。

我坐在扶手椅的把手上面，凝望了她好一會兒，「我有個病人用藥過量，」我說道，「她陷入昏迷。」沒反應，「似乎是另一名醫護人員刻意對她下藥，是我的同事。」沒反應，「妳有沒有在聽我說話？」

凱西只是聳聳肩，「我不知道該說什麼啊。」

「至少表露一點同情吧。」

「為誰？為你嗎？」

「為她。我為她看診了好一陣子，一對一的心理治療，她名叫艾莉西亞．拜倫森。」

我說出這句話的時候，刻意瞄了一下凱西。她不為所動，完全看不出任何情緒反應，我繼續說下去，「她很有名，或者應該說是惡名遠播。幾年前，她是大家的熱門話題，她殺死了她先生……記得嗎？」

「不記得，根本沒印象。」她聳肩，開始轉換頻道。

所以我們又開始玩「大家一起裝下去」的遊戲。

最近，我似乎經常在裝——在許多人的面前，就連面對自我的時候也不例外。我想，這就是我為什麼會寫下這些文字的原因。我想要繞過那個獸性的自我、接觸自己的真實面——如果，真有那個可能的話。

我需要喝點酒。我進了廚房，從冰箱裡取出伏特加，為我自己倒了一杯，酒液灼喉，我又倒了一杯。

我在想，要是我告訴羅絲我想要再去找她——就像是六年前的那一次——並且向她懺悔一切，不知道她會怎麼說？但我知道這是不可能的，我現在已經成了截然不同的人，背負了更多的罪，沒辦法像以往那麼誠實。我怎麼可能坐在那位孱弱老太太的對面、望著那守護我多時、只會給我寬容溫善與真話的水藍色雙眼——向她說出我有多麼齷齪冷酷？仇恨心如此強烈又任性？羅絲為我竭盡一切努力，但我卻根本不配？我要怎麼向她說出我毀了三個人？我沒有道德規範，犯下最可怕的罪行卻毫無悔意，而我唯一的焦慮卻只有自己的面子？

當我在羅絲面前說出這些事之後，她的眼中會出現驚駭、嫌惡，甚或是恐懼，但還有比這些更糟糕的反應，就是悲傷、失望，以及自我譴責。因為不只是因為我辜負了她，我知道她一定也會覺得她辜負了我——不只是我，還有談話治療的方式。沒有任何一位心理治療師能夠像羅絲一樣，為某個病人投注這麼多的心力——她花了許多年的時間，治療某個受創者，對——不過，非常年輕，只是個小男孩——亟欲改變，想要成為更好的人，期盼能夠痊癒。然而，經過了數百小時的心理治療，訴說、聆聽、分析，她依然無法拯救他的靈魂。

有人在按大門電鈴，打斷了我的思緒。傍晚有訪客到來，這並不尋常，自從我們搬到薩里之後，還從來沒有發生過這種事。

「是不是有人要來找妳？」雖然我在大吼，但卻沒聽到回應。凱西八成是在看電視，根本沒聽到我說話。

我走到大門口，開了門。居然是艾倫總探長，讓我嚇了一大跳。他裹著圍巾、身穿大衣，兩頰紅通通。

「法博先生，晚安。」

「艾倫探長？什麼風把你吹來了？」

「我正好經過這裡，心想可以過來探望一下。」

我遲疑了一會兒才回道，「老實說，我正打算要煮晚餐，所以——」

「不會耽擱你太久時間。」

艾倫微笑，顯然他不會接受拒絕入內這個選項。所以我側身、讓他進來。進屋之後，他似乎很開心，立刻脫去了手套與外套。

「外頭冷死了，」他說道，「我看已經冷到可以下雪了。」

他的眼鏡沾滿水霧，他摘下來，拿手帕擦拭乾淨。

我回道，「屋內有點太熱了。」

「我倒是覺得很好，我覺得越暖越好。」

「你跟我太太一樣。」

說人人就到，凱西出現在玄關，一臉疑惑，先是看著我，然後又瞄向探長，「怎麼了？」

「凱西，這位是艾倫總探長，他負責偵辦我提到的那位病人的案件。」

「晚安，法博太太。」

「艾倫探長要和我討論一些事。不會花太久時間。妳先上樓洗澡吧，等到晚餐準備好了之後，我會叫妳下來。」

我對探長點點頭，請他進入廚房。

「您先請。」

艾倫探長又看了一眼凱西，才轉身進入廚房。我跟在他後面，留下凱西一個人在玄關，後來，我終於聽到她慢條斯理上樓的腳步聲。

「要不要喝點什麼？」

「謝謝，您真體貼，一杯熱茶就好了。」

我看到他的目光飄向流理台上的那瓶伏特加，我不禁露出微笑。

「還是想換點更強勁的飲料？」

「不用了，謝謝，熱茶剛剛好。」

「您喜歡怎麼樣的茶？」

「麻煩濃一點，牛奶的分量讓茶汁稍微變色就行了。不需要加糖，我正在努力戒糖。」

當他在講話的時候，我的心思開始不安飄動——不知道他到這裡來有何目的，我是不是應該要提高警覺？他的態度很親切，實在沒有擔心的理由，何況也沒有任何證據能夠將我定罪，不是嗎？

我打開煮水壺的開關之後，轉身看著他。

「好，探長，到底想要找我談什麼事？」

「是這樣的，主要是關於馬丁先生。」

「尚費利克斯？真的？」我嚇了一跳，「他怎麼了？」

「哦，他跑去葛洛夫療養院，把艾莉西亞的美術用品全帶走了，我們就開始閒聊。馬丁先生這個人很有意思，他準備要辦艾莉西亞的回顧展，他覺得現在是重新評鑑她藝術家身分的大好時機。依照這事件的轟動程度，我想他說得沒錯。」艾倫開始打量我，「也許您也會想寫出她的故事吧，相信您一定有興趣出個書啊什麼的。」

「我沒有想過這件事，」我說道，「探長，尚費利克斯要辦的回顧展到底與我有什麼關聯？」

「哦，馬丁先生看到那張新畫作，十分興奮——他似乎一點也不在意愛麗芙所造成的毀損，他說這反而增添了獨特的價值——我不記得他的確切措辭——我對藝術所知不多，你呢？」

「其實我也一樣。」

「反正呢，」他繼續說下去，「馬丁先生很喜歡那幅畫，把它拿起來，細細端詳，然後就出現了這東西。」

「什麼？」

「這個。」

他從口袋裡拿了東西出來，我立刻就知道那是什麼。

日記本。

水開了，滿屋子都是尖銳聲響。我關掉煮水壺，將熱水倒入杯中，開始攪拌，發現自己的手在微微顫抖。

「哦，很好，」我回道，「我一直很納悶它到底在哪裡。」

「夾在這幅畫作的後面，」他說道，「就在畫框的左上方，夾得死緊。」

我心想，原來她藏在那裡。我深惡痛絕的那幅畫作的後頭，我根本不想對它多看一眼。

探長撫摸那本日記皺縮的褪色封面，牽動了一下嘴角。他打開之後，翻閱紙頁，「十分精采，這些箭頭，還有惶惑。」

我點點頭，「這是瘋亂心靈的寫照。」

艾倫探長翻到最後，然後——開始大聲唸出來，「……聽到我的聲音，他好害怕……他抓住我的手腕……將針頭插入我的血管。」

我突然恐慌發作，我不知道她寫下了那些話，我從來沒有看過。這就是我一直在找尋的罪證——沒想到卻落入別人的手中。我想要從艾倫手中搶下那本日記、把那幾頁撕掉——但我卻動彈不得，開始結巴。

「我——我覺得我最好還是……」

我太緊張了，他聽出我語氣中的恐懼。

「嗯？」

「沒事。」

我不打算阻止他了，現在我無論採取任何動作，反正都會被當成罪證。我已經無路可逃，奇怪的是，我反而覺得鬆了一口氣。

我把茶交給他，開口說道，「探長，你知道嗎，我想你會跑到這裡來，絕對不是事出偶然。」

「哦，的確不是，真的是被你料中了。我覺得我最好還是不要剛到大門口的時候就表明來意。不過，其實呢，這段日記讓案情出現大逆轉。」

「我很願意洗耳恭聽，」我聽到自己說出了這樣的話，「可以請你大聲唸出來嗎？」

「沒問題。」

我坐在窗邊的椅子上，出奇冷靜。他清了一下喉嚨，開始唸出來。

「李歐剛走，」探長唸道，「只有我一個人，我得盡快寫下這些話……」

我一邊聆聽，一邊抬頭凝望飄忽而過的白色雲朵。終於，雲散了——開始下雪——外頭開始飄起雪花。我打開窗戶，將手伸了出去，望著雪花在指尖消失，我露出微笑。

繼續等待下一片雪花落入掌心。

Storytella 101

緘默的病人

The Silent Patient

緘默的病人／艾力克斯.麥可利迪斯作；吳宗璘譯.－初版.－臺北市：
春天出版國際, 2020.08
面；　公分.－(Storytella；101)
譯自：The Silent Patient
ISBN 978-957-741-271-3(平裝)

873.57　　109006633

版權所有・翻印必究
本書如有缺頁破損，敬請寄回更換，謝謝。
ISBN 978-957-741-271-3
Printed in Taiwan

Copyright © Alex Michaelides 2019
This edition arranged with Astramare Ltd c/o Rogers, Coleridge and White Ltd
through Big Apple Agency, Inc.,Labuan Malaysia
TRADITIONAL Chinese edition copyright:
2020 SPRING INTERNATIONAL PUBLISHERS, CO., LTD
All rights reserved.

作　者　艾力克斯・麥可利迪斯
譯　者　吳宗璘
總編輯　莊宜勳
主　編　鍾靈

出版者　春天出版國際文化有限公司
地　址　台北市大安區忠孝東路四段303號4樓之1
電　話　02-7733-4070
傳　真　02-7733-4069
E－mail　frank.spring@msa.hinet.net
網　址　http://www.bookspring.com.tw
部落格　http://blog.pixnet.net/bookspring
郵政帳號　19705538
戶　名　春天出版國際文化有限公司
法律顧問　蕭顯忠律師事務所
出版日期　二〇二〇年八月初版
　　　　　二〇二〇年八月二版十五刷

定　價　399元

總經銷　楨德圖書事業有限公司
地　址　新北市新店區中興路二段196號8樓
電　話　02-8919-3186
傳　真　02-8914-5524
香港總代理　一代匯集
地　址　九龍旺角塘尾道64號 龍駒企業大廈10 B&D室
電　話　852-2783-8102
傳　真　852-2396-0050